最後的青花

十字蟹與拉丁文密碼

ODYSSEY OF THE HONOR PORCELAIN

the Crucifix Crab & the Latin Code

李念祖 著

Quod fuit, ipsum est, quod futurum est. Quod factum est, ipsum est, quod faciendum est

——Ecclesiasticus 1：9

已有的事，後必再有，已行的事，後必再行，日光之下並無新事。

——《傳道書》1 章 9 節

感念

天主教故狄剛總主教對我的鼓勵期勉

並由衷感謝

中研院陳國棟教授對我的指導

青花獸面耳牽牛花紋倭角瓶

唇口、直頸、獸面耳、方腹折角如八稜之錘、圈足外撇、台階式底、繪牽牛花紋。此一瓶腹為方形而八個邊角折切成斜面的瓶式，過去稱之為倭角瓶。

（此瓶為作者收藏）

瓶花圖

郎世寧繪。此插有一束並蒂牡丹的花瓶即為「 青花倭角瓶 」。

（ 台北故宮博物院館藏原圖 ）

採用十七世紀荷蘭古典靜物油畫風格所畫的水彩畫

畫家楊恩生教授繪。畫中插百合花的瓶子是青花倭角瓶，其他還有鸚鵡螺、波斯織毯、剝皮的檸檬、嘟嘟鳥、鳳梨、蝴蝶等，還有一隻十字架螃蟹，不過書中畫作上並沒有十字蟹，而是藏在畫底。

鏽斑蟳（*Charybdis feriatus*）

又名紅花蟹、十字蟹，背殼上有白色十字花紋。據傳是神父聖方濟各．沙勿略在螃蟹背上畫十字，於是背殼出現十字架記號。此圖出自《動物學圖像》（*Iconographia Zoologica*, c. 1600-1900）系列書。

（阿姆斯特丹大學藏，公共領域，來自維基共享資源）

青花穿花鳳紋三繫竹節把壺

已故的摩納哥王妃葛麗絲凱莉一九八二年來台北訪問時，接待方使用的茶具就是仿自此型青花茶壺。

（此壺為作者收藏）

嘟嘟鳥

牛津大學自然史博物館（Oxford University Museum of Natural History）所展示的嘟嘟鳥骨架與復原模型。

（BazzaDaRambler，CC BY 2.0，來自維基共享資源）

克拉克帆船

明萬曆後生產的外銷瓷，都是用這種遠渡重洋的大型帆船來載運，葡萄牙語稱之為「克拉克」。此圖為「東方的貿易船隻」，掛有荷蘭、英國和西班牙國旗的船隻停泊在東印度群島的海灣中。荷蘭黃金時代畫家弗魯姆（Hendrik Cornelisz Vroom，約 156-1640）所繪，一六一四年。

（英國國家航海博物館藏，公共領域，來自維基共享資源）

荷蘭阿姆斯特丹海事博物館

此船是現代複製的大航海時期荷蘭東印度公司船隻阿姆斯特丹號。

（作者攝於 2018 年）

青花石竹花紋抱月瓶

本書主角在澎湖西吉嶼的藍洞中，撿到一枚顏色湛藍、畫石竹花的明代官窯青花瓷器碎片，圖樣即出自此瓶。

（此瓶為作者收藏）

黎族記憶帶

海南島三亞熱帶海洋學院博物館藏。

（作者攝於 2023 年）

目次

推薦序

李念祖兄終於寫好了小說《最後的青花》。一瞬間，已經過了十年以上的時光。每回念祖兄來說他的構想或進展或困惑時，我們都交換了雲湧的念頭。現在塵埃落定，讀者馳騁於歷史時空時，必定會不時驚豔。太陽底下沒有新鮮的事，只是每一位順著文字移動眼睛的人，都會有專屬於自己的會心感受。

陳國棟，二〇二四年六月十二日

CAPUT I
十字架螃蟹

quod aliis generationibus non innotuit filiis hominum.

——Ephesios 3：5

這奧祕在以前的世代，沒有叫人知道。

——《以弗所書》3 章 5 節

「這是紅花蟹，我相信大家都見過，也都吃過。這種螃蟹也有人稱之為十字蟹，因為螃蟹的背殼上有一個明顯的白色十字花紋。」

李聿用光筆指著講台銀幕上的紅花蟹，不疾不徐的拉開他這次來海南三亞S學院發表演講的序幕。

由於海南島即將在二〇二五年成為如同香港一樣的自由貿易區，未來具有無窮的發展潛力，所以做為海南知名的高等學府，S學院特別舉辦了一場以大航海時期東西方貿易與文化交流為主題的研討會，希望在回顧海南島自古以來就是海上絲路重要據點的過往歷史上展望未來，為海南島打造更美好的明天。李聿也應邀與會。

李聿是荷蘭萊頓大學的博士，在撰寫博士論文期間，曾經來過海南島研究保藏於海南省博物館的一艘一九九六年在南海西沙群島發現的宋代沉船「華光礁一號」，這艘沉船也是李聿在論文中提到目前已知在南海所發現的幾艘沉船之一。後來李聿學成回國，曾經針對海上絲路的貿易活動和南海沉船的遺物發表了一篇論文，文中有相當大的篇幅描述大航海時期的海南島。大體而言，那個時期的海南島幾乎是不設防的化外之地，外國人可以在島上自由進出，可以自由貿易，甚至連海盜也不時進入島上躲藏暫避風頭。

在當時來到海南島的外國人當中，有一個卓爾不群、與眾不同的人，這個人是波蘭籍的天主教耶穌會傳教士卜彌格。二〇一四年習近平主席前往波蘭進行國是訪問期間，曾經在波蘭共和國報發表了題為「推動中波友誼航船全速前進」的文章，特別提到了卜彌格，說他是「波蘭的馬可波羅」。

李聿的這篇論文獲得研討會召集人周平湖教授的賞識，特別親自致電，邀請李聿出席研討會並發表專題演講。

李聿撰寫博士論文期間，周平湖教授給與他不少協助，如今周教授親自出面邀請，李聿除了備感榮幸之外，當然只有恭敬不如從命。既然答應發表演講，那麼當然要有個題目，沒有題目至少也要有個方向。問題是周教授對此毫無提示，只說他非常放心，要李聿自己斟酌即可。

這個自己斟酌可把李聿給難住了。李聿一連兩天盯著牆上掛的那幅南海地圖，苦思演講的題目，試著從南海沉船、海上絲路、地緣政治、經濟發展，乃至於原住民文化等方方面面不同的角度破題，但最後都一一被否決。就在他目光呆滯的看著書架上一排排看似熟悉卻又陌生的中外圖書時，忽然發現書架邊上有一本被推到裡面去的書，拉出來一看，原來是十七世紀來中國傳教的耶穌會神父卜彌格的文集。

「卜彌格？」

李聿突然眼睛一亮，知道自己找到演講的題目了。

李聿坐在書桌前，思緒飄回他在荷蘭跟隨耶穌會的羅神父學拉丁文的那天晚上，他和神父坐在教堂前路邊的長條椅上，神父慢條斯理的跟他說卜彌格的事蹟，談著談著又談到了希臘神話，談到特洛伊戰爭，談到荷馬的史詩伊里亞德和奧德賽，最後談到一個比較嚴肅的話題，就是歷史和所謂的神話、傳說究竟應該如何解讀，才能對過往之事有一個比較正確或者說合理的認知。

神父在言談中所流露出的那種意味深長的神情，給李聿留下了深刻的印象。神父說歷史記錄過去真實發生的事，我們透過歷史明瞭事實真相，理解因果關係，總結經驗教訓，從而採取適當方案因應現在，面對未來，這是歷史所以重要之所在。不過我們心裡也應該要明白：過去真實發生的事並不一定都被歷史所記載，而且被記載下來的也不一定就是真實的歷史。這些不實記載的歷史或沒有被記載下來的真實歷史，很多時候反而是巧妙的隱藏在神話和傳說之中。因此從某些角度而言，神話和傳說甚或有可能比歷史更為真實，因為有些說不清楚講不明白卻又真實存在的事，歷史難以記錄或不便記錄，往往會透過神話和傳說的形式留存下來。

羅神父所言關於神話、傳說和歷史的這段話，李聿當時還是似懂非懂不甚理解，後來才慢慢消化，不過有關卜彌格其人，以及神父提到的一隻神奇的十字架螃蟹，李聿倒是記得非常清楚，而且決定就以卜彌格和那隻神奇的十字架螃蟹做為他這次在海南發表演講的切入點。

在十七世紀前後來華的耶穌會傳教士中，卜彌格不像利瑪竇、南懷仁、湯若望、郎世寧那樣出名，甚至可以說是鮮為人知，但毫無疑問，卜彌格確實是一位熱愛中國而且對中西方文化交流有傑出貢獻的傳教士。他和其他西方傳教士最大的不同之處是，卜彌格並不汲汲於向中國人展現當時西方引以自豪的所謂科學知識，相反的，他用了很大的心力向西方世界介紹他認為是神奇國度的中國。

卜彌格是第一個向西方推介中國古代文明成就的歐洲人，他一生撰寫了大量有關中國語言、哲學、醫學、歷史、地理、醫葯、動物、植物、礦物等幾近全方位的報導，不過他的這些著作有些散佚流失，有些被發現出現在他人的著作中，使得他的學術成就和在中西文化交流上的貢獻沒有獲得應有的尊崇和榮耀，這或許就是為什麼卜彌格鮮為人知的原因。

明熹宗天啟三年（一六二三年），一座刻有一千八百多個漢字，以及數十個罕見的古代敘利亞文字的大秦景教流行中國碑在陝西出土。根據石碑文字記載，唐太宗貞觀九年，敘利亞籍的景教士阿羅本來華傳教，經過多年努力，景教在中土不僅有信徒二十萬眾，而且備受皇室禮遇。遺憾的是後來因為唐武宗滅佛，結果城門失火，殃及池魚，景教連帶受到波及，寺院被毀，教士也被驅逐回國，景教也因為此一事件銷聲匿跡，成為曇花一現的歷史片斷。

大秦景教流行中國碑不但記載了景教在唐代來華傳教的經過，也闡述了景教，也就是古代基督教的一個分支聶斯脫利派的基本教義，並且以中文及古敘利亞文記錄了許多景教司鐸及主教的名字，因此引起其時來華傳教的天主教耶穌會士的注意。卜彌格便是當時聞訊而趕往大秦景教流行中國碑出土地點，實地對這塊具有重大歷史價值石碑進行調研的耶穌會士之一。

卜彌格通曉漢文，對中國文字的形音義的結構以及文字的起源有深刻的認識，在他的努力之下，大秦景教流行中國碑被逐字逐句譯成拉丁文，如果不是對中國語文有相當的造詣，是絕對無法完成這項工作的。此外，卜彌格所著《中國植物志》（*Flora Sinensis*）以圖繪方式向西方世界介紹中國的植物和動物，這在當時堪稱是前無古人的創舉。

卜彌格在一六四五年來華傳教，首先抵達的地點就是海南島。他形容海南島是「神奇之地」（Miracula terra），他在其著作《中國植物志》紀錄描繪了多種海南島植物，包括鳳梨、椰子、芒果、荔枝、麵包樹等等。而他所撰寫的《中國地圖冊》除了圖繪標註中國各省城市的地名，還特別畫出了海南島的地圖。在這頁地圖的右下方，卜彌格畫了兩隻從未在中西方文獻中出現過的螃蟹，一隻是褐色的，一隻是紅色的。前者應該是螃蟹還活著時候的顏色，後者是煮熟後的顏色。然而無論是前者還是後者，螃蟹背殼上的十字花紋始終不變，都是白色的。

「卜彌格所說有十字花紋，也就是十字架記號的螃蟹，其實就是各位所熟知的紅花蟹。」

李聿秀出一張圖片投影，將真實的紅花蟹和卜彌格畫的十字蟹對照呈現。事實上這個有十字架記號的螃蟹，在某種程度上的確影響了卜彌格的人生軌跡。

卜彌格後來在耶穌會澳門教區會長曾德昭的指派下進入南明朝廷傳教，並在南明政權風雨飄搖之際，受朝廷重託，歷盡千辛萬苦，前往教廷求援，惜壯志未酬，並未如願為南明朝廷請來救兵，而且因為在澳門的耶穌會和葡萄牙殖民當局認為南明永曆朝廷已是風中殘燭，為了不影響與中國新政府的關係，不允許卜彌格重回當時已退避到廣西的永曆朝廷。卜彌格人被困在越南，進退失據，內心憂憤抑鬱，最終病死在越南和廣西邊界。

根據卜彌格的記載，一六四七年兩廣附近的中國海中出現了背殼有十字架記號的螃蟹，當時被視為祥瑞之兆，因為這一年南明桂王朱由榔在廣東肇慶即位，改元永曆，並且打了一次漂亮的勝仗，擊敗來犯的清軍。雖然打勝仗的原因有很大一部分要歸功於澳門葡萄牙人所支援的紅衣大砲，不過由於當時永曆朝廷的兩宮太后、皇后和太子都領洗入天主教，同時奉教的司禮監龐天壽，也在勇衛軍中起用十字架旗幟，卜彌格認為這一切都是因為南海出現的這種十字架螃蟹所顯示的天主恩寵。

卜彌格、紅花蟹、十字架、天主恩寵，這些關鍵字疊加在一起，立即引發了台下嗡嗡嗡的交頭接耳之聲。

「我吃了這麼多年的紅花蟹，還從來不知道有這樣的事。」

「本來不覺得這個螃蟹的花紋有什麼稀奇，他這麼一說好像還真有那麼回事。」

「確實很像，不說還真認不出來那是個十字架。」

「要不等下去點幾隻來吃？」

「吃吃吃，吃你個頭，就知道吃。」

台下聽眾的反應其實一點都不讓李聿感到意外，因為當年李聿從羅神父那裡聽聞此事時，自己的反應也和現在台下這些人的反應差不多，一方面覺得不可思議，一方面卻又感到非常疑惑，因為聖經中並無任何一處言及螃蟹，更不用說什麼十字架螃蟹和上帝的恩寵了。

李聿好整以暇的等台下嗡嗡的聲音逐漸平息之後，才又秀出一張耶穌會傳教士的圖片，「這是耶穌會創會元老——聖方濟各．沙勿略，和現任教宗方濟各名字相同，他在一六二二年封聖，所以稱為聖方濟各。十字架螃蟹的緣由就是從他而來。」

繼聖方濟各的圖像之後，李聿接著秀出一張南海的地圖，將雷射筆的光點指向地圖上的麻六甲海峽，然後照本宣科的講了一遍當年羅神父跟他說的有關沙勿略的神奇事蹟。

一五四七年沙勿略準備從麻六甲前往日本傳教，船行經過麻六甲海峽時，遭遇熱帶風暴，他所搭乘的船隻在驚濤駭浪中面臨傾覆的危險，這時沙勿略高舉十字架，口中唸唸有詞的向天禱告，請求上帝賜福保佑，然後將十字架擲入海中。說也奇怪，當十字架投入海中不久，原先狂暴的風浪逐漸平息，而船也平安靠岸。第二天當沙勿略抵達塞拉姆島在海邊沙灘上散步的時候，忽然看見有一隻螃蟹向他走來，而這隻螃蟹的背上竟然馱著他擲入海中的十字架。沙勿略取回他的十字架，並且在螃蟹的背殼上畫十字祝福，於是螃蟹背殼上就出現了十字架記號。

「就是因為之前有沙勿略和十字架螃蟹的故事，所以卜彌格才認定明軍打勝仗和南海出現十字蟹是有關係的，是上帝恩寵再一次的顯現。」

李聿話剛說完，台下立刻就響起一片嗡嗡的哄笑之聲，顯然大家都認為沙勿略和十字架螃蟹的故事，擺明了就是傳教士為了強化信仰的力量所編造的神話傳說。

「我知道各位一定覺得這個故事很荒誕，當初我聽到這個故事的感覺也和各位一樣。」

李聿站在講台上，氣定神閒的等台下安靜下來。

「沙勿略在螃蟹背上畫十字，於是螃蟹背殼上就出現了十字架記號，這樣的事不要說各位不信，我也不信，充其量就像阿里巴巴說芝麻開門，然後門就開了一樣，是一則寓言故事。」

李聿以寓言故事為沙勿略匪夷所思的奇遇定調，顯然獲得台下眾人的認同，現場很快恢復了平靜。

「不過……有沒有可能……這件事不是寓言，而是真實發生的事……」

就在大家都認同沙勿略和十字架螃蟹的故事是一則寓言故事，不是真實發生的事，李聿卻又出人意表的反駁了自己剛才的說法。

「假如螃蟹並不是揹著沙勿略擲入海中的十字架出現在沙勿略面前，而是漁民在捕撈紅花蟹的同時也撈起了沙勿略的十字架，然後將十字架和紅花蟹一起拿給沙勿略，想像一下，那會是什麼情況？」

李聿刻意停頓了幾秒，讓台下聽眾有一個思索的時間。

「沙勿略取回他的十字架，然後他看見一隻他從來沒有見過的螃蟹，一隻背殼上竟然有十字架的記號的螃蟹，這除了是天主恩寵的示現，還能是什麼呢？於是沙勿略很高興的畫十字為螃蟹祝福。」李聿舉起右手，像神父主持彌撒一樣，在虛空畫了一個十字。「這事後來流傳開來，愈說愈離奇，最後變成螃蟹揹著十字架走到沙勿略面前。」

「哪會有這麼巧的事？肯定是瞎掰。」

「這也太不靠譜了。」

「你相信有這種事嗎？反正我是不信。」

「怎麼？你還較真了？所謂姑妄言之姑聽之，這事聽聽就好。」

面對台下的一片議論之聲，李聿倒是很沉得住氣，不慌不忙的以希臘神話中金羊毛的故事為例，說明神話、傳說、寓言其實並不一定都是空穴來風，其中也有事實的基礎。

金羊毛的故事說的是一個王位被竊佔的王位繼承人，必須到遙遠的科爾卡斯國取得傳說中的金羊毛，才能繼承王位。王子歷盡千辛萬苦，最後終於取得金羊毛登上王位。這個故事很明顯是一則神話故事，但卻不是一則完全虛構的神話故事。科爾卡斯國位在今日黑海旁邊的喬治亞共和國。國境內的高加索山出產黃金，黃金順著山澗沖刷而下，而當地人用來在河水中淘取金沙的工具，不是別的，就是有著長長羊毛的羊皮，沾著金沙的羊毛在太陽照射下閃閃發光，從而有了金羊毛的故事。

或許是台下眾人一時沒有會意過來，也或許是希臘神話故事與宗教信仰之間有著本質上的差異，李聿感受到台下近乎平淡的反應後，決定再以聖經裡五餅二魚的故事為例，把神話、傳說、寓言和歷史之間的關係說的更清楚一點。

根據聖經記載，耶穌在曠野講道的那天，有五千人去聽講。後來天色漸晚，門徒跟耶穌說讓眾人散了，到村子裡去買東西吃。耶穌沒有同意，反而要門徒拿出帶來的食物分給大家吃。問題是門徒所帶的食物很少，總共就只有五個餅和兩條魚，自己吃都不夠，如何夠這麼多人吃呢？耶穌見門徒面面相覷傻在那裡，於是要門徒把五個餅和兩條魚拿來給他，然後高舉手中的餅和魚向天禱告，之後將餅和魚掰開分給門徒，門徒又將掰開的餅和魚分給眾人，就這樣一個傳一個的分下去，結果出乎門徒的意料，餅和魚不但夠吃，而且所有在場的人全都吃飽了，眾人不但都吃飽了，甚至吃不完剩下的還裝滿了十二個籃子。

「信耶穌的人認為這是耶穌展現的神蹟，不信的人認為這不過是一則凸顯耶穌有大能力的寓言神話。」李聿語氣平和，慢條斯理的說：「各位覺得……有沒有可能？聖經只是如實記載當時發生的事，既不是神蹟，也不是寓言，而是歷史。」

李聿再次要大家試著想像一下當時的情景。

「想想看：五千人到曠野去聽講，他們身上難道不會帶點自己喝的水和吃的食物嗎？耶穌將餅和魚掰開分給眾人之舉，其實只是一個『分享』的良好示範。因為受到耶穌的感召，眾人都把自己帶在身上的食物拿出來和大家一起分享，以至於最後多出的食物竟然可以裝滿十二個籃子。這很奇怪嗎？不，這事一點都不奇怪，如果每個人都把自己帶來的食物分給他人，就可以出現所謂眾人拾柴火燄高的結果，不是嗎？聖經的這個故事，就應了這句話。」

李聿說完五餅二魚的故事，台下一時呈現靜默狀態，有的人呆坐不動，有的人低頭玩味，還有的人歪著脖子不知道想些什麼。倒是一直在人群後方站著的一男一女，此時卻有了動作。

「這小子巧言令色，能說會騙，滿肚子花花腸子，一看就不是什麼好鳥，要不等下直接請他回局裡喝茶？」

一身灰色西服，身形高大的男子低頭靠近身旁女子耳邊說。

站在灰色西服男子旁邊的是一位身材修長，容貌秀麗，著白色上衣，及膝黑裙及同色外套的短髮女子，此時不知在想些什麼，正望著講台上的李聿出神發愣，沒想到身旁男子不長眼，干擾到她的思緒，於是沒好氣的瞪了對方一眼。

「喝茶？喝什麼茶？人家是海歸博士，私營企業主，在市裡甚或省裡都掛得上號的，無憑無據的把他請去喝茶，沒聽過請神容易送神難啊！」

「可是思南，國際刑警組織傳來的通報……」男子話還沒說完就被身旁女子毫不客氣的打斷，「沒看到那是藍色通報，只讓我們掌握目標的人際關係、經濟活動，沒有上級指令，不能擅自採取行動。」

男子碰了一鼻子灰，自覺無趣，嘴裡嘀嘀咕咕，搞不清身旁的美女為何突然給他擺臉色，平常她人雖然神情比較冷淡，對人不怎麼熱情，但也很少給人臉色看。

「她這是吃了炸藥啊……」

男子碰了個釘子，心中也有氣，又見身旁美女一個勁兒盯著台上口若懸河的李聿，不搭理他，心裡悶著一把火，連帶的看李聿也愈看愈不順眼。

灰色西服的男子姓王名強，和黑衣女子都是深圳國際刑警科的幹員，五天前國際刑警中國國家中心局接到法國國際刑警總部的通報，說有一個活躍在香港、海南島和越南等地的犯罪團伙，涉嫌一起跨國走私詐騙案，要求中國方面派員協助法國警方偵辦，並對一個住在景德鎮名叫李聿的人進行摸底，掌握對方人際往來的相關訊息及公司營運狀態。法國警方雖然沒有明言此人涉案，但根據他們研判，李聿此人很有可能是偵破案件的重要關係人。國家中心局接到國際刑警總部的通報後，隨即通知廣東方面的公安部門，相關單位開會協調之後，最終這項任務就具體落在陳思南和王強身上，由陳思南主辦，王強協辦。

其實論資歷，陳思南不及王強，不過陳思南自從警以來，績效卓著，辦過幾個漂亮的案子，深受上級器重。加上陳思南身手不凡，外語能力也好，因此上面決定由她來主導這個案件的偵辦。

王強眼見年資比他淺的陳思南跑在他前面，雖然有點吃味，倒是沒有太多的負面情緒，反而有些暗自竊喜，因為陳思南年輕貌美，王強對這位漂亮的警花早就有想法，之前也支著招試著親近，只是好不容易鼓足勇氣，沒想到連出幾拳，卻都有如打在棉絮上面，完全是白費力氣。這次上面為了偵辦這件跨國走私詐騙案成立專案組，他雖然沒有擔任組長，但卻給了他一次難得和美女近距離相處的機會。不是說近水樓台先得月嗎？想到這裡，王強就沒了怨言，反而精神飽滿，朝氣十足。

陳思南倒也不是不知道王強的這點心思，對王強也沒有什麼惡感，她也不是蕾絲邊，不排斥男婚女嫁之事。過去陳思南也曾經在別人撮合下處過對象，對方家世很好，本身也很優秀，不過最後兩人還是因為個性不合沒有走到一起。

「哪裡不合？我看人家挺好的，溫文有禮，經濟條件也好。要不是老曹黏得緊，我還就貼上去了。」陳思南的閨蜜許芳蘭認為陳思南什麼都好，就是公主病嚴重，「挑三揀四的，你以為你還是小姑娘啊？」

「沒辦法，我就是沒有心動的感覺。」

陳思南貼著客廳牆壁倒立，輕鬆自如，臉不紅，氣不喘，理直氣壯的說。

「心動？我看是沒有辦法讓你這個武林高手服氣吧！」許芳蘭對陳思南的作派嗤之以鼻。

後來陳思南進入刑偵部門，任務繁重，加以一心辦案，根本就沒有時間，也沒有心思考慮感情的事，當然她也沒有碰到足以令她感到心動，不，令她感到服氣的人。至於王強，在陳思南眼中就像蘇東坡說的，也無風雨也無晴，同事兩個字便蓋棺定論。

剛才王強說等李聿演講結束就把他請去喝茶，其實此舉之前陳思南也不是沒有想過，在對方沒有心理準備的情況下，出其不意以迅雷不及掩耳之勢震懾對方，的確不失為有效的辦法。不過看到李聿在講台上氣定神閒，舉重若輕的演說，陳思南就打消了請李聿喝茶的想法，這樣底氣十足的人，哪裡是三言兩語就能唬得住的。特別是當李聿搬出那隻在海南島可說是人人都見過，人人都吃過，卻沒有人知道其中竟然隱藏如此神祕玄機的紅花蟹時，陳思南整個人幾乎呆在那裡，被這個訊息給震懵了。別人或許不知道紅花蟹就是十字蟹，但她卻是不知道十字蟹就是紅花蟹。

陳思南是海南島黎族人，黎族婦女自古有紋身習俗，認為如果不紋身，日後往生時將無法向祖先證明自己的身份。不過隨著時代進步，現代黎族婦女已經不再紋身，不過陳思南她們家是個例外。陳思南的手臂上有一個紋身，也就是所謂的刺青。這個刺青很小，不過不是一般黑色的刺青，而是紅色的，如果不仔細看，很可能會誤以為是胎記。這個紋身的圖案並不複雜，就是一隻有十字架記號的螃蟹，和李聿所說的那隻卜彌格畫的十字架螃蟹雖不完全相同，但非常相似。陳家人無論男女，手臂上都要刺上這個十字蟹圖案。為什麼？沒人知道，只知道這是祖先傳下的規矩。陳思南擅長抽絲剝繭分析案情，但就是不知道何以自己身上會有這樣一個十字蟹圖案的紋身，直到今天才算是摸到了一點邊。她此刻雖然還不知道自己身上這個十字蟹紋身背後究竟是怎麼回事，但她卻直覺認定這個紋身圖案就是李聿所說的十字蟹，或許應該說，是十字架螃蟹。

陳思南之所以如此在意身上的十字蟹紋身，除了對這個家族祕密不可抑止的好奇心之外，更令她念念不忘的是最疼愛她的祖母曾經在她耳邊跟她說過的話。祖母告訴她如果她遇到知道這個螃蟹祕密的人，她就會知道為什麼。

「這也算是答案？」

陳思南聞言，只覺得啼笑皆非。知道這個螃蟹祕密的人，當然會知道為什麼。如果是別人這樣回答她，她肯定會罵：「白痴。」但回答她的不是別人而是她的祖母，是族中人瑞，也是族中公認最有智慧的人。祖母很少說話，但她只要說話，往往都有深意。別人說的話，陳思南可以不當回事，但祖母說的話，陳思南絕對不會等閒視之。不過不是說凡事都有例外嗎？陳思南對祖母所說十字蟹紋身這件事的回答自然是不會滿意，不斷纏著祖母撒嬌，逼問答案。祖母被纏的受不了，只好把壓箱底的祕密告訴陳思南。

祖母說：「我的祖母就是這樣告訴我的，不過她沒有遇見知道這個螃蟹祕密的人，我也沒有。」祖母的太極拳顯然已臻化境，這一招雲手使出來，雲深霧繞，又把陳思南推向只在此山中，雲深不知處。

「祖母說的人會不會就是眼前這個可能涉案的犯罪嫌疑人？」

陳思南突然感到腦子有些不夠用，好在很快的她就回過神來，並且發現自己似乎碰到了難題。有關十字蟹的問題，陳思南懷疑李聿所言絕非全貌，背後必然還有更多不為人知的故事。李聿說十字蟹就是紅花蟹，紅花蟹就是十字蟹，這樣的說法是絕對不足以解釋為什麼她們家族的人世世代代都要刺上這個十字蟹記號？不過有一點陳思南很確定，所謂解鈴還須繫鈴人，十字蟹這個謎題，答案必然在李聿身上。

「我應該是一個對犯罪嫌疑人實施監控的刑警，不是嗎？怎麼這會兒卻變成了一個要去用心調查取證的私家偵探呢？」陳思南自嘲的搖搖頭。

陳思南從廣東趕來海南，本來是打算佈下天羅地網，只要查實李聿的確涉及國際刑警組織通報的國際走私詐騙案，就將他逮捕歸案，沒曾想她眼中的這個犯罪嫌疑人忽然變魔術似的變出了一隻十字蟹，一下子橫著往左走兩步，一下子又橫著朝右踏兩腳，使得陳思南一時之間抓不準眼前這個在講台上指手劃腳的傢伙，不，橫行霸道的螃蟹，到底是國際刑警組織通報的犯罪嫌疑人，還是祖母說的那個可以為她解密的人？

只不過就連陳思南自己可能也不曉得，就在她還來不及搞清楚到底該向左看還是向右看的時候，這隻螃蟹已經悄無聲息在她毫無察覺的情況下爬上身來，這不，正妥妥的貼在她的手臂上。

「我再問各位一個問題，卜彌格既然在海南島的地圖上畫了一隻新鮮的和一隻煮熟的十字蟹，他必然是親眼見過這樣的螃蟹，對吧？不過卜彌格是如何看到這種螃蟹的呢？」李聿煞有介事一本正經的問。

「這是什麼狗屁問題？」王強不屑的嘀咕了一句。

沒想到還真的是德不孤必有鄰，台下黑壓壓的一片當中忽然有人冷不防的蹦出一句，「螃蟹是自己走來見卜彌格的。」

話一說完，立刻引發哄堂大笑，就連站在後面的陳思南，聞言也不禁莞爾。

李聿在國外多年，很習慣老外講話幽默自嘲的調調，因此這會兒也有樣學樣笑著打屁說：「卜彌格又未曾封聖，螃蟹哪能這麼不講究的自己硬往上湊呢？」話一說完，台下又是一片笑聲。

「卜彌格看到的十字蟹當然是漁民從海裡捕撈上來的。」

李聿在銀幕上秀出南海地圖，地圖上有一條彎曲的白線，從馬來半島和印尼蘇門答臘島之間的麻六甲海峽向北延伸，沿著越南海岸，經過海南島，一直到廣東福建沿海和台灣海峽。

「沿著這條線的海岸都產這種十字蟹，這條線其實說白了就是海上絲路的航線。漁民在這條航路沿線的水域捕撈十字蟹和其他海產的同時，常常也會撈起一些海底沉船上的東西，其中最常見的就是宋元明清銷往海外的瓷器，也就是所謂的外銷瓷或貿易瓷。因為是從海裡撈上來的，一般就稱之為海撈瓷。我說句大白話，這些海撈瓷以及其它海底沉船遺物的價值，那可是比漁民捕獲的螃蟹不知要高出多少倍。」

「露出馬腳了吧！早就知道你不是隻好鳥。還海歸？海什麼歸？十足一隻躲在水裡藏頭露尾的烏龜。」

王強在後面站了半天，憋了滿肚子氣，這會兒從李聿嘴裡聽到海撈瓷這三個關鍵字，立刻就和國際刑警組織通報的走私詐騙案掛上號，迫不及待的靠向陳思南的耳邊悄悄說：「思南，這小子肯定有問題，你沒看他剛才提到海撈瓷，興奮的兩眼放光的賊樣。」

聖經說：「你在什麼事上論斷人，就在什麼事上定自己的罪。」用通俗的話說，就是當你用一根手指指責別人時，不要忘記其他的幾根手指正指著自己。王強如果知道陳思南的祖母對陳思南所說的那番話，知道十字蟹對陳思南所具有的特殊意義，肯定會謹言慎行，不會隨便對李聿說三道四，指指點點。

當然，王強也想不到當他以「興奮的兩眼放光的賊樣」來描述李聿的同時，自己也是一副興奮的兩眼放光的賊樣，而這個賊樣使得他在陳思南眼中從「同事」榮升為「白痴同事」。其實王強也很冤枉，這事還真不能怪他，因為國際刑警組織通報的走私犯罪團伙最主要的買賣就是李聿說的海撈瓷。王強純粹就是直覺反應，卻不想沒長眼，一不小心撞在陳思南的槍口上，不，撞在十字蟹的兩隻鉗子上了。

陳思南這會兒可沒心思理會王強，她正全神貫注，專心聽李聿的演講，就怕漏掉丁點與十字蟹有關的訊息，不過李聿接下來所說的卻令她非常失望，那隻張牙舞爪橫空出世的十字蟹，就這麼亮了個相，然後就不聲不響的退場，把舞台讓給了海撈瓷。

「一九八五年一名叫邁可哈察（Michael Hatcher）的英國人在南海尋獲一艘十八世紀荷蘭東印度公司的沉船，從船上撈起十五萬件中國瓷器，交由佳士得公司於一九八六年在荷蘭阿姆斯特丹舉行拍賣，有一萬八千人從世界各地趕往拍賣現場希爾頓飯店，共拍得一，三五〇萬美元。這在當時是創紀錄的拍賣金額，並且引發了後續在南海打撈沉船的熱潮。」

李聿在銀幕上秀出當年佳士得所印拍賣目錄的封面，以及瓶瓶罐罐杯子碗盤等一堆堆海撈瓷的圖片，其中絕大多數都是明清時期的青花瓷。這場拍賣國家當時也很重視，國務院還特地撥出三萬美金，派出陶瓷專家到拍賣現場，希望買回一些沉船的瓷器，但結果卻很令人失望，因為給的錢不夠，派不上用場，最後一無所獲，鎩羽而歸。

這次拍賣的源頭要回溯到清朝時期，乾隆十七年（1752）一艘滿載瓷器、茶葉和黃金，由荷蘭東印度公司熱蘭遮省商會（Chamber of Zeeland）所打造的商船赫爾德馬爾森號（Geldermalsen），從中國廣州駛往荷蘭首都阿姆斯特丹，結果船在南沙群島曾母暗沙再過去一點，靠近麻六甲海峽附近觸礁沉沒。當時船上載運的貨物包括二〇三箱瓷器、一四七塊金錠，以及將近七十萬磅的茶葉。這些貨物由南京發出，因此佳士得公司在拍賣時稱之為南京船貨（Nanking Cargo）。所謂南京指的是南直隸，包含江蘇、安徽，廣義的說還包含江西。在這些從海裡撈起來的瓷器當中拍出價格最高的是一套一四四人份的青花瓷餐具，由一位瑞士收藏家以三十三萬美元買下。價格第二高的也是一套餐具，一二〇人份，賣出二十六萬美元。

一九九九年邁可哈察又根據一八四八年一個名為哈斯伯格的荷蘭人所寫的東印度航行指南的記載，在南海靠近印尼蘇門答臘島和爪哇島的加斯帕（Gaspar）海峽一帶找到另一艘西方文獻稱之為 Tek Sing 號，就中文對音而言應該是德興號或泰興號的十九世紀沉船。這艘清代的三桅木製帆船於一八二二年（清道光二年），從廈門出海，經台灣海峽，沿海南島和越南海岸，駛往印尼爪哇島，但不幸在加斯帕海峽一帶觸礁沉沒。當時這艘載貨量約為一千噸的船上除了裝有茶葉、生絲、漆器、香料等各式各樣的貨物，以及大量的瓷器之外，還搭載了一千六百位前往南洋的移民。船難發生後，這些人大部分都葬身海底，只有少數人獲救，因此這艘船也被稱為東方的鐵達尼號。

二〇〇〇年 Tek Sing 號船上撈起的貨物，包括三十多萬件的瓷器和一百多塊金錠，交由一家德國公司在德國斯圖加特舉行拍賣，共賣得二，二四〇萬德國馬克，約合當時三億人民幣，等同於現在二十億以上的人民幣。

據說邁可哈察打撈 Tek Sing 號沉船的時候，刻意將許多品相不佳不值錢的瓷器打碎丟棄，只把那些賣相好的拿去拍賣。不過即使如此，那些瓷器的數量也還是比他前次發現的赫爾德馬爾森號多出一倍。

「這些被邁可哈察故意打碎丟棄的瓷器，有的是因為瓷器本身品質粗糙不值錢，有的則是因為瓷器上有藤壺之類難以清除的附著物，減低了瓷器的商品價值。要知道來自沉船的海撈瓷除了有重要的文物考古價值，同時也具有商品的市場價值。對很多人來說，後者遠比前者更有吸引力。」

李聿秀出邁可哈察與他所撈獲的沉船瓷器合影的照片，那是一個寶藏獵人尋獲藏寶時開心到不行、一臉燦爛笑容的照片。

赫爾德馬爾森號和德興號是兩個非常著名成功打撈沉船的案例，而主其事者則是同一個人——英國籍海底獵人邁可哈察。事實上邁可哈察也並非只打撈了上述這兩艘沉船，早在一九八一年他就曾經在印尼海域發現一艘在十七世紀沉沒的三桅中國帆船，起出二萬五千件瓷器，由於不知道船隻的名稱，所以這批海撈瓷也被稱為「哈察船貨」（Hatcher Cargo）。

事實上據估計南海有兩千艘以上的沉船，迄今所發現的除了赫爾德馬爾森號和德興號之外，還有在越南外海發現的頭頓沉船、金甌沉船和會安沉船，以及在印尼外海勿里洞島附近發現的唐代沉船黑石號等等。當然，在中國海域發現的沉船更多，例如在廣東外海發現的「南海一號」和在海南島外海西沙群島發現的「華光礁一號」，以及新近在西沙群島發現，因水深還有待後續發掘的明代正德、弘治年間的沉船「南海西北陸坡一號」等等。

這些沉船的發現有兩點共同之處。其一是沉船都是在離開海岸不遠的地方。從「南海一號」、「華光礁一號」、「南海西北陸坡一號」，以及頭頓沉船、金甌沉船、會安沉船和赫爾德馬爾森號、德興號、黑石號等沉船發現的地點來看，不難發現都是位在沿海岸航行的海上絲路航線上。其二這些沉船之所以被發現，其實和漁民有很大的關係。漁民在捕捉漁獲的過程中，漁網順帶撈起散落在海底的瓷器，消息傳開，接著就有專業的海底尋寶獵人或水下考古人員循線而往，順藤摸瓜，最終發現沉船遺址進行打撈。

李聿接著又舉海南省博物館館藏的「華光礁一號」和新加坡亞洲文明博物館館藏的「黑石號」為例，說明沉船最初是如何由漁民發現，如何又經過商業運作、政府介入，甚或國際角力而歸屬於私人收藏或國家館藏，以及這些從海底打撈上來的東西，無論是瓷器、金銀、槍砲，抑或船體，對於現代人而言，究竟意義何在。

李聿的演講是這樣結束的。「海南島在成為自由貿易區大力發展經貿的同時，不要忽視在廣大南海中大量的文化財寶。只有經濟建設和文化建設都達到了相同的高度，才能成就一個『富而好禮』的社會。」

「富而好禮？哼！調子還拉的真高。」陳思南眉頭緊皺，暗自腹誹。

李聿在南海繞了一大圈，說來說去，不是沉船，就是瓷器，十字蟹連個影兒都沒有，該講的不講，盡扯些有的沒的，你誰啊？子貢還是孔子？不知是否受到王強的影響，陳思南自言自語嘀咕了半天，終究還是沒忍住，一時口快，蹦出兩字，「白痴！」不過陳思南並不曉得她其實冤枉了李聿，有關十字蟹的事李聿其實並沒有隱瞞什麼，他所知道的全都說了。不就是隻螃蟹嘛，哪有那麼多的祕密呢？

而王強自然不會知道這隻螃蟹對陳思南而言意義可是非比尋常，他一門心思的只關心李聿是否涉案。在王強看來，李聿涉案幾乎是板上釘釘的事，要不然全中國這麼多人，國際刑警組織何以專門針對李聿發佈通報，光是這個通報其實就已經很能說明問題了。因此當王強這會兒發現陳思南似乎也對李聿不滿，立刻就對李聿踢上一腳。

「何止白痴，瞧著人模人樣，根本是巧言令色，一肚子壞水，要不就照我說的，等下直接請他去局裡喝茶。」

陳思南沒功夫搭理王強，只是不耐煩的又說了一次，「白痴！」也不知道她指的是王強還是李聿，抑或兩者兼而有之。

李聿的演講在說到「富而好禮」這四個字的時候，其實就結束了。應研討會主辦方的要求，李聿在台下熱烈的掌聲中進行現場答問。台下聽講的大部分是在校學生，或許是因為李聿的年紀和他們相差不多，學生提問很踴躍，也沒什麼顧忌，一堆無厘頭的問題，諸如在國外拿博士學位要多久？有沒有交過外國女朋友之類的問題，著實令人啼笑皆非。李聿倒也不含糊，能直拳對決的就直拳對決，不宜直拳對決的就打太極，四兩撥千斤。不管是直拳，還是太極，李聿都快刀斬亂麻，簡單扼要，絕不多扯。只有兩個問題，李聿不閃不避，扎扎實實的給出答覆。

第一個問題是一名戴眼鏡的男生提出的。眼鏡男顯然事前做過功課，他問說根據學者研究，Tek Sing 號送去司徒加特拍賣的瓷器，不全然是從 Tek Sing 號沉船打撈上來的，其中有不屬於 Tek Sing 號沉船的瓷器，問李聿對此事的看法。

「這位同學顯然讀過台灣大學陳教授的論文。」

李聿開門見山，直接點出問題的來源，不過李聿並沒有多談陳教授的卓見，只說海底尋寶獵人打撈沉船瓷器目的就是要獲取最大的商業利益。為了達到目的，會採取他們認為最有效且最有利的方法來出售。公開拍賣是一個方法，例如邁可哈察就是委託佳士得拍賣。另外，直接出售也是一個方法，例如黑石號沉船的瓷器就直接整批賣給私人收藏，後來再轉入博物館。不管是前者還是後者，打撈出水的沉船瓷器不一定在第一時間就能全數處理，有些沒有賣出去的就留待日後有合適的機會再賣，像「哈察船貨」就是分四次拍賣才賣完。至於 Tek Sing 號沉船的瓷器在拍賣時是否夾帶了不屬於 Tek Sing 號沉船的瓷器，我們可以這樣理解，如果這些瓷器雖然不是來自 Tek Sing 號沉船本身，但確實與 Tek Sing 號沉船的瓷器時代相同，而且也是海撈瓷，這樣做的目的顯然就是要藉用 Tek Sing 號這塊招牌，使得手中存貨比較容易賣出去，或者賣個比較好的價錢。畢竟不是人人都具有鑑定瓷器年代的能力，有明確沉船打撈紀錄的瓷器，肯定要比沒有任何佐證紀錄的瓷器更容易取信於人，也更容易賣出好的價錢。

「如果有人故意弄些瓷器混入海撈瓷當中，各位知道這叫什麼嗎？」

「作假！」

「詐欺！」

「也是，不過要我來說，這就是碰瓷。」

李聿的碰瓷說，引發台下一片笑聲。

提出第二個問題的是一名面容娟秀的長髮女生，她細聲細氣的問：「請問老師您如何肯定您說的五餅二魚的故事，不是神蹟，而是推己及人，互相分享的結果？」

李聿給予提問的人一個正面的肯定，並且深深看了台下這個個子不高的秀氣女孩一眼，心想她應該是基督徒，不然不會還記著這個問題。

「大哉問！」

既然有人問起，李聿就打算把這個問題徹底說清楚講明白，免得明明是西方歷史上發生的真實事件，卻因為宗教原因被染上神話色彩。

新約聖經有四部福音書，也就是耶穌門徒馬太、約翰，以及彼得和保羅的門徒馬可和路加所寫的《馬太福音》、《約翰福音》、《馬可福音》和《路加福音》。四部福音書對這次耶穌講道的記載大致相同，不過對事件描述的重點都放在開頭和結尾，也就是耶穌高舉五餅二魚向天禱告，然後將餅和魚掰開分出去，接下來眾人就都吃飽了，而且多出來的食物還裝滿了十二個籃子。至於中間的過程，比如說門徒從耶穌手上接到幾個餅幾條魚？眾人又從門徒手上接到幾個餅幾條魚？大家是如何吃飽的？每人分到多少餅和多少魚？這些重要的關鍵隻字未提，就好像魔術師變魔術，先向你展示他手上拿的一朵花，接著將黑布一蓋，然後揭開黑布，花就變成了兔子。花是如何變成兔子的？觀眾看不見，魔術師當然也不說。

根據四部福音書的記載，當天耶穌講道一直講到日落西山該吃晚餐的時候，他的門徒提醒耶穌可以讓眾人自行去村子裡買東西吃，或者由門徒去買回來再分給大家也行，不過他們的錢不夠，就是買也買不了足供五千人吃的食物，何況附近村莊一時半刻哪有辦法弄出這麼多的食物。《約翰福音》說耶穌問門徒腓力打算去哪裡買餅？其實耶穌並非真的要知道門徒去哪裡買餅，只是想藉機考驗腓力，看他是否明白眼前的問題要如何解決？用《聖經》上的話說，就是「要怎樣行？」然而門徒沒有耶穌的智慧，沒有人知道問題該如何解決，所以耶穌只好親自示範。

要解決這個問題其實並不困難，就兩個字——分享。耶穌在眾目睽睽之下，把餅和魚掰開分下去，就是以具體行動示範如何分享。眾人受到耶穌的感召，於是也把自己帶來的食物拿出來與他人分享，問題就解決了。

事實上，耶穌分餅之舉並非就這一次，後來耶穌又演示過一遍，把七個餅分給四千人吃，眾人吃飽之後，多出來的食物裝滿了七個籃子。相同的戲碼又來一遍，然而不懂的還是不懂，以至於耶穌忍不住說：「你們為什麼因為沒有餅就議論呢？你們還不省悟，還不明白嗎？你們的心還是愚頑嗎？」

孔子說：「舉一隅，不以三隅反，則不復也。」同樣的問題，耶穌都已經示範過兩次，門徒還是莫名其妙，耶穌真的受不住了，「你們有眼睛看不見嗎？有耳朵聽不見嗎？也不記得嗎？我擘開那五個餅分給五千人，你們收拾的零碎裝滿了多少籃子呢？」門徒說：「十二個。」耶穌說：「又擘開那七個餅分給四千人，你們收拾的零碎裝滿了多少筐子呢？」門徒說：「七個。」耶穌說：「你們還是不明白嗎？」

耶穌分完七個餅之後，法利賽人要求他從天上顯個神蹟給他們看，《馬可福音》記載當時耶穌心裡深深的歎息說：「這世代為什麼求神蹟呢？我實在告訴你們，沒有神蹟給這世代看。」

「剛才同學問我如何肯定五餅二魚的故事，不是神蹟，而是推己及人，互相分享的結果？」李聿面帶微笑看著提問的那個女生，「因為這是耶穌自己說的。」

「其實分餅之舉早在耶穌之前就曾經有過，《舊約聖經．傳道書》說：『已有的事後必再有，已行的事後必再行，日光之下並無新事。』耶穌分餅之舉除了彰顯互助分享的美德，也印證了《傳道書》這句話是真實不虛的。」

既然已經說到這個份上，李聿乾脆把問題說透。

李聿說《舊約聖經．列王記》下篇記載了一則事件，說有一個人從巴力沙利沙來，帶了二十個初熟大麥做的餅裝在袋子裡送給神人以利沙。以利沙說：「把這些給眾人吃。」僕人說：「這一點豈可擺給一百人吃呢？」以利沙說：「你只管給眾人吃吧！因為耶和華如此說：『眾人必吃了，還剩下。』」而事情果然就如以利沙說的，一百人吃二十個餅，最後竟然還有剩，一如耶和華所說。

李聿在回答同學提問的時候，陳思南覺得無趣，便離開會場到外面透透氣，王強自然也屁顛屁顛的緊隨其後，並且纏著陳思南進行「案情分析」，等到陳思南實在忍受不了王強一而再，再而三的表示請李聿喝茶的必要性，懶得再理他，轉身返回會場時，李聿的演講已經圓滿結束，人也不見了。

陳思南雖然不會真的請李聿去局裡喝茶，但她確實打算在李聿的演講結束後，以聽眾的身份找李聿談談有關十字蟹的事，當然也要設法瞭解一下李聿在這起國際走私詐騙案中究竟有沒有扮演什麼角色？可這會兒在現場看不到人，心裡不免有些懊惱，就把罪怪到王強頭上，害得王警官又倒楣的遭到池魚之殃。好在研討會還要進行兩天，因此陳思南也只是嘮叨了幾句就算了，並沒有太放在心上。

其實對李聿實施監控，陳思南不一定要親自趕來海南島。不過她因為忙於公務，已經很久沒有看到祖母，所以便藉查案之便，順道回家探望。祖母住的地方離三亞市區有段距離，而她又迫不及待的想把今天聽到有關十字蟹的事告訴祖母，既然李聿的演講已經結束，她也看不出李聿有什麼不對勁的地方，因此跟王強打了個招呼，就開車回家了。

祖母看到孫女回來很是高興，聽了陳思南告訴她有關十字蟹的事，笑的更是開心，直說陳思南比她有福氣，不過也提醒陳思南要她不要著急，說陳思南已經踏入了五指山，叫她要有耐心，這個家族的祕密遲早有撥雲見日的一天。

海南島人說：「不到五指山，不算到海南。」祖母說陳思南已經踏入了五指山的意思陳思南聽懂了，就是說她已經找對了地方，只是山上有濃霧，看不清東南西北，等霧散了，她自然就會明白是怎麼回事。問題是陳思南性子急，哪有那個耐性等霧散去。

「天曉得霧什麼時候才會散啊？」

陳思南決定什不管那麼多，明天直接找李聿，把十字蟹的事情徹底弄清楚。不過陳思南萬萬沒有想到，第二天當她回到會場時，王強大老遠的就苦著臉跑過來跟她說，李聿昨天不聲不響悄悄的離開三亞飛往香港，而且根據查證，李聿並未在香港停留，直接就轉機飛去了阿姆斯特丹。

「我看這小子是聽到風聲，見情況不妙，馬上閃人。」

人在自己眼皮底下跑了，王強一臉懊惱，都怪三亞警局那個老劉，昨晚非拉他去喝酒吃海鮮，要不然李聿哪跑得掉。

「這會兒飛機還沒有到阿姆斯特丹，要不通知荷蘭警方，請他們協助，在機場把人攔下來。」王強悻悻的說。

「攔下來？幹嘛？喝咖啡啊？」

陳思南沒好氣的頂了回去，今兒個一早就不順，正要出門卻發現車子被一輛貨車堵在院子裡出不去，折騰了好半天才找到貨車司機把車移開。開車上路後她又想東想西的盤算今天該如何公私兼顧的完成任務，沒注意到前方變換紅綠燈，剎車不及，和前車追尾，又耽誤了很長一段時間。等她好不容易趕到會場，結果迎來的卻是一個令她感到十分窩火的消息，忍不住大聲罵了一句，「白痴！」

王強見陳思南發火，倒也沒吭聲，只是覺得有些鬱悶，原以為是近水樓台先得月，哪知月沒撈着，人倒是掉進了水裡，怪誰呢？這還用問，當然要怪老劉，不怪他怪誰？

其實王強想多了，陳思南這句「白痴」罵的不是他，罵的是陳思南自己，要不是她急著趕回家想把十字蟹的事情告訴祖母，怎麼會有早上這一連串不順的事情？不過既然知道李聿去了荷蘭，她也別無選擇，只有繼續跟過去，總不能跟國際刑警組織回報說嫌疑人在荷蘭，要不你們自己看著辦吧！

陳思南拿出手機撥了幾個電話之後，不鹹不淡的對王強說了一句，「回局裡。」就大步離開了。

CAPUT II
船貨迷蹤

Tempus acquirendi, et tempus perdendi ; tempus custodiendi, et tempus abjiciendi.

——Ecclesiasticus 3：6

尋找有時，失落有時，保守有時，捨棄有時。

——《傳道書》3 章 6 節

經過十五個小時的長途飛行，李聿終於在第二天早晨天色濛濛亮的時候抵達阿姆斯特丹史基浦機場。他進出史基浦機場多次，每次不管是起飛還是降落，心情都很輕鬆，但這次心情卻非常沉重。

昨天他在海南三亞S學院演講的時候，手機多次顯示有荷蘭打來的電話，等到演講結束他回撥過去，才知道電話是樂梅爾教授的研究助理韓克打來的。韓克說樂梅爾教授前幾天騎自行車不慎摔倒，頭部受傷住院，好在問題並不嚴重，不過醫院為了慎重起見，還是安排教授住院治療，並且對教授腦部進行詳細的檢查。沒想到檢查的結果卻意外發現教授的腦部有惡性腫瘤，必須儘速進行手術切除。更糟的是因為腫瘤所在的位置很麻煩，所以醫生也不諱言，手術的風險很大，而且就算成功摘除腫瘤，恐怕也會對病人的語言和認知功能造成很不好的影響。只要是稍微有點醫學常識的人都明白，醫生沒有說出口的言外之意就是病人有可能成為植物人。

樂梅爾教授是一個非常理性果斷的人，他得知自己的病情後決定進行手術，事實上除了進行手術他也別無選擇。不過在進開刀房之前，樂梅爾教授要助理韓克聯絡李聿，請李聿儘快趕來，他有重要的事要交代。

樂梅爾教授年輕時曾到中國遊歷，和卜彌格一樣，對中國有一份特殊的情感。因此當李聿進入萊頓大學攻讀博士學位，樂梅爾教授主動約李聿見面，並擔任李聿的指導教授。李聿在萊頓讀書期間，用中國人的話說，樂梅爾教授無疑將其視為關門弟子。要不是李聿身為獨子，不能放下李家由其祖父和父親兩代人苦心經營的瓷器商號——李窯，樂梅爾教授八成早就安排李聿在萊頓執教了。正是基於和樂梅爾教授如師如友的深厚情誼，所以當李聿得知樂梅爾教授病重的消息，也顧不得研討會後續的議程，立刻訂機位由海南經香港飛往荷蘭。

李聿出了史基浦機場以後，不做任何停留，直接拖著行李轉搭往萊頓的火車趕赴醫院。當然李聿並不知道他突然離開海南，沒有出席次日的研討會給陳思南帶來不小的麻煩。李聿也不曉得陳思南雖然沒有照王強說的通知荷蘭警方在機場把他攔下，但還是透過渠道請駐荷蘭使館派員協助進行跟監，直到她趕來荷蘭。

李聿在醫院看到樂梅爾教授的時候，簡直不敢相信眼前這個神情萎頓滿臉病容，頭上還纏著紗布躺在床上的就是昔日神采奕奕，目光炯炯有神，對他多般鼓勵愛護的老教授。坐在教授病床前面，李聿只覺得心裡異常難受，空落落的，也不知道說些什麼才好。倒是樂梅爾教授看到李聿出現，臉上露出笑容，整個人也精神許多。

因為醫院先前已經排定早上要為樂梅爾教授進行幾項檢查，所以李聿在病房只待了很短的時間就離開了。原本李聿是想留在醫院陪伴照護，但樂梅爾教授說他請了專職的看護，要李聿不必掛心，可以直接去阿姆斯特丹拿取他剛才跟李聿說的那件事的相關資料。樂梅爾教授說他知道這件事對李聿來說一定很突兀，不過他相信李聿一定有辦法克服困難，找出事情的真相。

李聿和樂梅爾教授一起做了禱告之後，就看著坐在輪椅上的樂梅爾教授被護士推出病房轉向走道的另一端，隨後他也拖著自己的行李離開醫院，搭車去火車站前往阿姆斯特丹。早上他由阿姆斯特丹匆匆趕到萊頓，因為記掛樂梅爾教授的病情，心裡很是不安，同時也很疑惑，不知道到底有什麼事這麼重要，以至於教授在面臨生死的危急關頭還要特地把他找來。沒想到大老遠趕來，聽了教授說的一番話之後，不但心情變的更加不安，同時心裡的疑惑也更為加深。

在李聿和樂梅爾教授短暫的會晤中，大部分的時間不是他向教授問疾，反倒是教授殷殷垂詢，對李聿回到中國後的工作和生活情形非常關切，而且再度重申萊頓的大門永遠為李聿打開，不管他在或不在。至於樂梅爾教授為什麼找他來，教授卻只是要李聿記下一處地址和兩組密碼，要他去阿姆斯特丹李聿去過的那間爬牆虎旅館對面一棟房子的保險櫃拿取一份檔案資料，說李聿看了那個檔案之後，一切就明白了。教授還說如果李聿看了檔案之後對這個案子沒有興趣也沒有關係，心裡不要有壓力，把檔案放回原處即可，不過他相信李聿對這個案子一定會有興趣的。

樂梅爾教授說的那間爬牆虎旅館就是李聿現在入住的這間旅館，位在阿姆斯特丹德拉海斯街和柯內利斯赫特街的夾角，是一間房子外牆被爬牆虎遮蔽的嚴嚴實實，綠意盎然的旅館。

李聿之所以選擇這間旅館做為在阿姆斯特丹的落腳之處，最初是因為一位家在阿姆斯特丹同學的推薦，說是清靜安全，物超所值，特別是旅館離荷蘭國家博物館很近，對李聿前往博物館做研究非常方便。李聿這位荷蘭同學的建議確實很靠譜，當李聿第一次來到這間旅館就知道他來對了地方，此後李聿只要來阿姆斯特丹一定會住進這間爬牆虎旅館，即便是這次匆匆趕來也不例外。

爬牆虎旅館所在的街道兩旁種植了高大的刺槐，每年四到六月的時候刺槐花開，白色的花瓣綴滿枝頭，空氣中瀰漫著清爽宜人的淡淡花香。旅館右側的運河沿岸是林蔭蓊鬱的青青草地，對岸有一排掩映在花樹園籬間的獨棟式房舍，河邊還繫著小舟，步行其間彷彿就像走在十七世紀荷蘭黃金時期美術巨匠維梅爾的畫中。

李聿習慣早起，外出晨跑。跑的差不多了再散步回去。有一次他來阿姆斯特丹渡假，從旅館出來沿著運河晨跑，回來的時候巧遇正在運河邊草地上散步的樂梅爾教授，方才知道原來教授在阿姆斯特丹也有一間住所，更巧的是教授的房子就在爬牆虎旅館右側運河對岸那一排獨棟式房舍靠左邊的第二間。

這間房子就是李聿現在要去的地方。

李聿按照地址找到了教授的住處，輸入樂梅爾教授說的密碼順利打開大門進入屋內，一眼就看見教授跟他說的壁爐，在壁爐凸出牆壁的檯面上陳列了一個青花瓷的將軍罐和兩個青花瓶，上方牆面還懸掛了五個克拉克瓷的青花瓷盤。

所謂克拉克瓷是國際通用的一個專有名詞，主要是指中國明朝萬曆以後，應國際市場需求所生產的外銷瓷。克拉克瓷之得名據說是因為一六〇三年荷蘭武裝船艦在麻六甲海峽擄獲一艘載運了十萬件中國瓷器的葡萄牙大帆船，這種大帆船葡萄牙語稱之為「克拉克」，所以後來便有了所謂的「克拉克瓷」。

克拉克瓷以碗、盤類實用器物居多，較為輕薄，喜歡將碗面、盤面以環繞方式分成圓形、方形、菱形等不同形式的框格，用所謂「開光」的手法，分區構圖作畫，常見的有四開光、八開光、十開光等等，畫的圖案有人物、花卉、鳥獸、蟲魚、山水、雜寶，樣式繁多。

就圖繪紋飾而言，克拉克瓷大致上可以分成兩大類，一類是一般中國傳統圖案的瓷器，另一類則是描繪西方洋人生活文化的瓷器。就材質來說，有色釉、粉彩，甚至琺瑯彩，不過仍以青花為主。開始的時候洋人買的是一般中國傳統圖案的瓷器，後來就逐漸出現客製化的情形，有的要畫城堡房子，有的要畫聖經故事，有的要畫帆船，有的要畫貴婦，最常見的是畫王室家族或公司機構的盾徽。洋人喜歡將漂亮的瓷盤，尤其是有特殊紀念意義的，掛在牆上或置於玻璃櫃中，彰顯家族榮耀和個人品味。不過樂梅爾教授家的克拉克瓷青花瓷盤畫的都是一般中國傳統的紋飾圖案。

至於懸掛克拉克瓷盤下方的這座壁爐，嚴格的說，其實已經不能算是壁爐了。教授做了一個木質的酒架嵌入壁爐原本凹進去的空間，架上斜放著好幾瓶紅酒，顯然是將壁爐改成了酒櫃。不過這個酒櫃是活動的，李聿將酒櫃拉出，就看到教授說的保險櫃。當李聿按照教授所言輸入 30000020000 十個阿拉伯數字的密碼打開保險櫃時，突然像是被電了一下，歪著頭想了一會兒，忍不住笑了起來。之前他打開大門時輸入密碼 1604 還不覺得這個數字有什麼特別含義，當然也不會無聊到去猜測為什麼教授要設定這組數字為密碼，不過等到他輸入另一組密碼打開保險櫃時，忽然意識到這兩組密碼其實是有關聯的。前一組密碼是時間——一六〇四年，後一組密碼其實是兩組數字的組合，也就是 30000 和 20000。這兩組密碼指的是發生在一六〇四年一件歷史上的懸案，樂梅爾教授和李聿曾經針對後一組數字，正確的說應該是「三萬」和「二萬」有過深入的討論。因此當李聿輸入 30000020000 打開保險櫃的瞬間，就約略明白樂梅爾教授為什麼要找他過來了。

樂梅爾教授的保險櫃裡放置的只是一些文件書信，並沒有任何現金和有價證券，他要李聿去拿的檔案資料就放在一個紙盒裡，紙盒上貼了一個標籤，上面寫了兩個英文字 Missing Cargo。

如果說李聿在輸入 1604 和 30000020000 這兩組密碼的時候，還在猜樂梅爾教授為什麼要把這個檔案資料交給自己，等到他看到檔案盒貼的標籤時就更加確定自己想的沒錯，不管樂梅爾教授蒐集的這些資料所涉及的到底是什麼失蹤的船貨，但很顯然這個船貨和瓷器有關，和自己也不無關係，因為自己和教授曾經討論過的不止是「三萬」和「二萬」的爭議，還包括「瓷器」，也就是 Porcelain 這個字的真實意義。

所謂瓷器，英文稱之為 Porcelain，此一名稱源自義大利文 Porcellana，原本是一種海貝，即古人用以為貨幣的子安貝，這種海貝的殼瑩潤堅硬而有光澤，質感類似瓷器。據說在中國元朝待了十七年的義大利人馬可波羅回到故鄉時，帶回了有著貝殼光澤的美麗瓷器，遂以 Porcellana 稱呼瓷器。不過根據學者的研究，所謂 Porcelain 應該是「波斯藍」的對音，指的是用來自波斯的鈷藍所燒造的瓷器，跟貝殼沒啥關係。換言之，Porcelain 一語嚴格的說，指的應該是瓷器中的青花瓷，而馬可波羅在中國所看到的有著貝殼光澤的美麗瓷器，其實就是如今世人視為珍寶的元青花。

李聿將檔案盒從保險櫃取出，打開盒蓋，首先看到的是一張照片，拍的似乎是一幅十七世紀荷蘭黃金時期流行的靜物畫，從這幅畫的風格來看，很像當時靜物畫大師威廉卡夫的作品，不過李聿印象中似乎不曾看過威廉卡夫畫過這樣的一幅畫。照片背面寫了一個名字——雪菲爾，這個名字對李聿而言並不陌生，是阿姆斯特丹一間畫廊的名字。照片下方是一本可以看出是使用了很久的筆記本。筆記本的下方則是一個資料卷夾，裡面有許多零散的文件圖片。

李聿大致看了一下筆記本的內容以及資料夾裡的文件，很快就明白為什麼這個檔案要名之為 Missing Cargo，因為這個檔案裡的資料和筆記本裡所記錄的事項，顯然和一六〇四年荷蘭東印度公司的韋廝郎來到台灣海峽並登陸澎湖後所發生的事件有關。由於筆記本裡所記錄的事項和卷夾裡的文件頗多，一時半會絕對無法看完，而他現在所在的地方既不方便也不適合久留，所以李聿決定將資料先帶回旅館再慢慢閱讀。

李聿離開樂梅爾教授家進入旅館房間是他從萊頓回到阿姆斯特丹當天中午，等到他再度打開房門已經是第二天的早晨了。他花了一個下午和一整個晚上的時間閱讀樂梅爾教授的筆記和卷夾裡的文件，不時還要上網查找與教授筆記所述相關的歷史記載，直到凌晨三點才上床。但是因為習慣的關係，躺了沒多久，天一亮他又自然醒來，進入浴室沐浴梳洗之後，一如往常出門晨運，不過他今天沒有跑步，就只是沿著運河漫無目的行走。昨天晚上裝進腦袋裡的東西太多，沉甸甸的，他這會兒就是想跑也沒有力氣。

經過一個晚上的折騰，大致上李聿已經弄清楚了 Missing Cargo 這個檔案究竟是怎麼回事。李聿曾經讀過西班牙作家阿圖洛・貝雷茲雷維特寫的一本小說《*the Nautical Chart*》，原名《*La Carta Esférica*》，中文譯為《海圖迷蹤》，描述男女主角根據一張神祕的海圖找尋沉船和財寶的故事。李聿覺得樂梅爾教授的 Missing Cargo 檔案不像一個學術研究案，而是類似《海圖迷蹤》那樣的傳說故事，是以瓷器為主角的「船貨迷蹤」，如同「南京船貨」和「哈察船貨」。

簡單的說，「船貨迷蹤」這個檔案的確是一個與瓷器有關的傳奇故事。這個故事牽涉到一批四百年前失蹤的瓷器，不過不是普通的瓷器，而是一批明代的官窯瓷器。這批官窯瓷器如果出現在今日，其中任何一件都是價值千萬甚至上億的國寶，難怪樂梅爾教授他多年來從未向他人提起，一直悶不吭聲的默默追查這個在李聿看來不曉得應該算是歷史還是傳說的故事。

故事的源頭要上溯到一六〇二年三月荷蘭成立東印度公司（VOC）的時候，當時公司一名位尊權重的董事，也是公司最大股東艾薩克．樂梅爾，派遣韋布蘭．馮瓦維克（Wybrand van Warwijck），明史稱為韋麻郎，率領一支由十四艘船隻組成的船隊航向東方。

一六〇四年八月七日韋麻郎率三艘船來到台灣海峽，在澎湖登陸，並派人和明朝福建地方政府交涉，希望進行貿易通商。由於當時明朝實施海禁，韋麻郎的請求遭到拒絕，但他不死心，又透過華商牽線，以四萬多西班牙銀元，大約折合三萬兩白銀賄賂彼時在福建為明朝萬曆皇帝徵稅的太監高寀，企圖走太監門路，繞過福建地方官員直接取得萬曆皇帝的恩准，使貿易互市之舉一步到位。高寀貪得無厭，見錢眼開，既然拿了好處，也就將此事上達天聽。高寀本以為皇帝必然會准其所請，不料因為中央和地方官員強烈反對，上疏力諫，最終互市之議遭到駁回，胎死腹中。然而互市之議雖息，但福建地方官員見韋麻郎盤據澎湖，恐日久生變，於是派水師把總沈有容率領艦隊陳兵海上，準備展開驅離行動。韋麻郎在沈有容軟硬兼施之下，不得已只好接受叩關失敗的現實，於當年十二月十五日離開澎湖，從此再也沒有回來，直到十八年後荷蘭人才又再度前來，並且佔領澎湖，建立城砦，兩三年後轉向台灣，在今天的台南建立熱蘭遮城，直到一六六二年才被鄭成功趕走。一九一九年澎湖出土了一塊目前台灣現存年代最早的石碑——沈有容諭退紅毛番韋麻郎等碑，存放在澎湖馬公市的天后宮，上面就記載了當年沈有容驅離韋麻郎的事件。

根據《荷蘭聯合東印度公司的起源與發展》一書的記載，韋麻郎離開澎湖的時候是「帶著沒有任何有利結果和一路上沒有做成一筆生意的遺憾踏上歸程。」韋麻郎行賄無果，鎩羽而歸是歷史事實，至於他澎湖之行有沒有做成什麼生意，史料並無明確紀錄。然而李聿翻閱樂梅爾教授的筆記，卻發現教授似乎認定韋麻郎叩關互市的企圖雖然失敗，如文獻所言「沒有任何有利結果」，但「沒有做成一筆生意的遺憾」這句話卻是話中有話。教授認為韋麻郎並非沒有做成生意，他的確做成了一筆生意，而且還是一筆很大的生意，只是這筆原本談好的生意最終未能完成，所以才感到遺憾。所謂未能完成的意思不是買賣黃了，而是賣方本來要交給他的貨物，因為出現變故，所以韋麻郎在離開澎湖的時候，沒有拿到手。

樂梅爾教授治學嚴謹，當然不會因為史料文獻中一兩句語意模糊的話而驟下定論，因此他費了不少力氣找尋能支持他看法的證據。荷蘭人是高明的商人，深諳市場供需及轉口貿易。比如說日本產銀，銀價相對較低，荷蘭人就到日本買銀然後賣到中國，換取中國的黃金，因為中國是銀本位國家，黃金的價格相對而言比較便宜。另一方面，黃金的價格在印度又比較吃香，荷蘭人就用中國的黃金到印度購買棉布，再把印度棉布拿到銷路很好的南洋島嶼換取在歐洲能賣到好價錢的香料。就這樣一來一往，轉來轉去，低買高賣，生意愈做愈大，財富也隨之滾滾而來。

韋麻郎來到澎湖這件事當時在朝廷引發不小的騷動，就連人在北京的天主教耶穌會傳教士利瑪竇都很注意。利瑪竇在一封書信中曾經提到韋麻郎率領了三艘船來到澎湖，要求互市，而福建的地方官員給北京送來了不少反對的奏疏，這些奏疏利瑪竇說他全都看過。利瑪竇在信中還說有一位太監似乎認為荷蘭人的要求會獲得允許，只是在未得允許之前，必須先退出澎湖到別的地方。這個太監指的無疑就是高家。更重要的是利瑪竇在信中證實許多荷蘭人帶來的商品已經來到了首善之區，並且賣到了很高的價錢。

樂梅爾教授認為韋麻郎帶去的商品都已經到了北京，以荷蘭人做生意的慣性，既然來到中國，絕不可能空跑一趟，必定要從中國買貨物運回。樂梅爾教授還特別引述沈有容所輯《閩海贈言》一書中兩位明朝學者陳學伊所著《諭西夷記》和李光縉《卻西番記》的記載支持他的觀點。

根據陳、李二人的說法，韋麻郎送出的賄款其實不是三萬兩而是二萬兩，這和明史以及荷蘭文獻的記載明顯不合，所以要不是明史有誤，就是陳、李二人記錯了，畢竟三和二很容易出現筆誤的情形。《呂氏春秋》就記載了「晉師三豕涉河」的笑話，因為所謂三豕其實是己亥的筆誤。晉國的軍隊是在己亥日這天渡河，而不是說有三頭豬過河。《抱朴子》也說：「書三寫，魚成魯，虛成虎。」這句話說的是一個字轉寫三次之後，魚可能寫成魯，虛也可能寫作虎。同樣的情形也發生在天主教耶穌會士曾德昭身上，因為曾和魯字形相似，所以在與天主教有關的文獻中也出現了魯德昭一名。由此可見，三萬兩的確有可能因筆誤而寫成二萬兩。

問題是：難道兩位學者都寫錯了嗎？

當李聿在樂梅爾教授的筆記中看到這段典故的時候，立刻徹底明白為什麼教授的保險櫃要設定 3000020000 這樣一組奇怪的密碼，同時也明白了為什麼教授在進入開刀房做腦部腫瘤切除手術之前要大老遠的把他找來，硬說他會得到指示，找出隱藏的秘密，所以必須由他而不是教授其他的同事、朋友或學生來弄清楚一六〇四年發生的韋麻郎事件究竟後續是怎麼回事。

樂梅爾教授會如此認定，當然有他的理由。因為從他的角度來看，如果要選出一名最合格的人幫他完成心願，李聿肯定是最進入狀況的人，不作第二人想。

過去樂梅爾教授曾經在課堂上就三萬兩還是二萬兩這件事問過同學們的看法，當時同學們一致認為是筆誤，因為中文的三和二實在很容易混淆，但李聿認為除了筆誤的可能性之外，其實還有一種可能，就是三萬兩和二萬兩這兩種說法都正確，並且以買醬油的錢不能拿來買醋為例說明他的看法，也就是說買醬油的錢得買醬油，買醋的錢得買醋。

李聿認為韋麻郎的確給了高寀三萬兩銀子，但並非全為賄款，如果陳、李二人所記無誤，那有一種可能就是三萬兩中有二萬兩是賄款，另外一萬兩則是另有其他用途。

李聿清楚記得當時教授問他：「你認為是什麼用途？」

李聿想了一下說：「買貨。」

換句話說，另外一萬兩乃是貨款。荷蘭人到哪裡都是為了做生意，所以李聿認為那一萬兩的用途很可能是買貨的貨款。

教授又問：「你認為韋麻郎要拿這一萬兩買什麼貨物？」

當時中國出口貨物最大宗的無疑是絲綢、茶葉和瓷器，但究竟韋麻郎要拿這一萬兩買什麼貨物，歷史也沒記載，誰知道呢？更何況到底有沒有這件事都還兩說，因此李聿很誠實的聳聳肩，兩手一攤說：「我不知道，您認為呢？」

樂梅爾教授對李聿的反問並沒有給出模稜兩可的答案，而是直截了當的回答：「瓷器。」

「瓷器？為什麼您會這樣認為？」

韋麻郎想買瓷器，這不意外，畢竟中國瓷器在那個時候是全世界的搶手貨，但證據呢？在已知的文獻史料中，李聿從未見過韋麻郎買了瓷器的記載，因而感到非常疑惑。

不過這次教授沒有回答，只是笑著搖搖頭，結束了這個話題。

昨晚李聿翻閱樂梅爾教授的筆記，發現教授竟然慎重其事的在筆記本上寫下自己當初所說「買醬油的錢不能拿來買醋」這句話，底下還寫了兩個漢字——高寀，並打上一個大大的問號。「高寀」二字下方則抄錄了荷蘭航海家林斯侯登（Jan Huygen van Linschoten）所著《東印度水路誌》（*Itinerario*）裡的一段話：「說起這裡（中國）製作的瓷器，以及每年出口到印度、葡萄牙和西班牙的瓷器，真是叫人難以置信。其實真正上好的成品，質地之精美，任何水晶玻璃都難以企及，純供本國王公貴族之用，嚴禁出口，違者死刑。」

林斯侯登就是李聿昨晚上網查詢的許多相關資訊其中之一，這位老兄在一五九六年，也就是荷蘭東印度公司成立前六年寫的這本《東印度水路誌》，出版後洛陽紙貴，風靡一時，不但引起荷蘭人對亞洲的好奇和興趣，也是許多歐洲人前往亞洲的重要參考和導覽。林斯侯登曾在一五八三年前往印度，任職葡萄牙駐臥亞大主教底下的文書人員，所以有機會看到葡萄牙人所匯集有關印度乃至世界其他地區的文獻紀錄，同時也促成他寫的這本《東印度水路誌》。

拋開林斯侯登對其他地區的見聞不談，單就他描述中國瓷器的這一段來說，無疑是很正確的。林斯侯登所說「任何水晶玻璃都難以企及，純供本國王公貴族之用，嚴禁出口，違者死刑」的瓷器，指的顯然是所謂的官窯瓷器。當時中國銷往海外的都是民窯燒造的瓷器，官窯瓷器是禁止出口的。比如《明英宗實錄》記載正統三年「命都察院出榜，禁江西瓷器窯場燒造官樣青花白地瓷器於各處貨賣及饋送官員之家，違者正犯處死，全家謫戍口外。」正統十二年再度「禁約兩京並陝西、河南、湖廣、甘肅、大同、遼東沿途驛遞鎮店軍民客商人等，不許私將白地青花瓷器皿賣與外夷使臣。」這或許也就是為什麼荷蘭各地博物館的館藏中國瓷器，特別是青花瓷，乃至於荷蘭民間收藏的中國瓷器，幾乎看不到明顯可以認定是明代官窯樣式瓷器的原因。

樂梅爾教授在韋麻郎付出的賄款是三萬兩還是二萬兩的標題底下，手書「高寀」二字，又抄錄林斯侯登有關中國瓷器的描述，李聿心想：「難不成教授認為三萬兩白銀中的一萬兩，是韋麻郎企圖透過高寀這個無法無天的太監，設法購買嚴禁賣給外國人的官窯瓷器？」

李聿會這麼想其實也很正常，當初他曾經問樂梅爾教授韋麻郎要買的貨物是什麼？教授雖然沒有說明理由，但是卻很明確的回答說是瓷器。從教授在筆記中引用林斯侯登的描述看來，教授顯然認為韋麻郎買的還不是普通的瓷器，而是官窯瓷器。如果真如教授所言韋麻郎想買的是官窯瓷器，那他找高寀還真是走對了路。官窯瓷器一般人既不敢賣也沒得賣，但對於皇帝寵信的太監來說，那就是小菜一碟的事，根本不是問題。高寀不但敢賣而且絕對有辦法找到貨來賣，這一點李聿絕不懷疑。事實上李聿也認為樂梅爾教授的看法很合理，韋麻郎如果要買普通的瓷器，他在馬來半島華商聚集的北大年買就可以了，實在沒有必要大老遠的跑到福建來找高寀。他如果真的找高寀買瓷器，唯一的解釋就是他希望透過高寀買到禁止出口的官窯瓷器。

李聿沿著運河步行，原本是想讓自己昨晚過度使用的腦袋休息一下，然而走著走著卻又發現自己竟然神情恍惚的不曉得要走去哪裡，而且本來應該要暫時放空的腦袋，不但空不下來，反而不斷在樂梅爾教授的筆記和檔案資料中進進出出，片刻不得休息。

對於韋麻郎找高寀買官窯瓷器這件事，李聿雖然認為的確有此可能，但就憑韋麻郎和高寀曾經有過接觸，加上林斯侯登描述精美中國瓷器的幾句話，就能斷言韋麻郎企圖從高寀那裡買到的貨物就是官窯瓷器？

「有證據嗎？」

李聿心裡想著艾薩克．樂梅爾要韋麻郎買瓷器的事，一路自言自語的悶著頭推敲，完全沒有聽到身後響起的自行車鈴聲，等到發覺有車快速接近的時候才猛然警覺，還好他反應快沒有被撞到，但也實實在在的嚇了一跳。不過這一嚇倒是讓他把四百年前的艾薩克．樂梅爾一下子和路德偉．樂梅爾教授擺在一起了。

「樂梅爾！」李聿忽然間像是被施了定身法，就這樣呆呆站在路邊，「我真是蠢到家了，怎麼會犯這麼低級的錯誤！」

之前李聿心裡還在琢磨樂梅爾教授筆記中說的韋麻郎買了一批明代官窯瓷器的事到底存不存在？到底是歷史上真實發生的事抑或只不過是個傳說？而自己又該從哪個角度切入四百年前的這件事呢？現在被一輛自行車這麼一嚇，倒是有如當頭棒喝。古人說：「明足以察秋毫之末，而不見輿薪。」這話說的不就是自己嗎？事實這麼明顯，自己卻視而不見。樂梅爾教授為什麼這麼肯定韋麻郎要買的貨物不是別的，就是瓷器？韋麻郎是艾薩克．樂梅爾派出去的，他要買什麼東西，別人不清楚，難道樂梅爾家的人還不知道嗎？

此外檔案卷夾資料中那封古老的信件，雖然因為嚴重毀損，不知道寄信人和收信人是誰，但這封信的主要內容卻很幸運的並沒有被毀損，信中說的是寄信人不負所託買到了一批最精美的中國瓷器，他交易的對象為了取信於他，特別差人送來一個非常精美且造型奇特，有兩個獸面耳，大約還不到一個手掌高的青花瓷瓶，瓶底有一個 Xuande 的皇帝徽印，可以證明這是不准出口賣給外國人的高檔瓷器。從信件的內容研判，這封信的寄件人和收件人是誰，其實已經昭然若揭。

樂梅爾教授在 Xuande 一語的旁邊又寫了兩個漢字——宣德，既然是明朝的瓷器，Xuande 除了是宣德皇帝，還能是誰呢？至於這封信的真實性，李聿並不懷疑。雖說明朝的時候官窯瓷器是不可以買賣出口的，但李聿很清楚朝廷的一紙禁令如何能阻攔那些為了發財而不顧性命的人。所謂殺頭的生意有人幹，虧本的買賣無人做，這是根本不用去討論的事。

事實上明朝的海外走私活動一直不斷，甚至有王公大員私造大船，假冒朝廷之名和海外番國展開貿易，明人張燮《東西洋考》說：「成弘之際，豪門巨室間，有乘巨艦貿易海外者。」豪門巨室拿到海外去賣的東西難道是些不起眼的普通貨嗎？李聿相信官窯瓷器透過走私管道而流往海外絕非不可能之事，何況韋麻郎交易的對象是明朝作威作福、無法無天的太監，對深受皇帝寵信的太監高寀來說，賣點官窯瓷器有什麼大不了呢？

當路德偉．樂梅爾教授和艾薩克．樂梅爾被李聿認定是「一家人」之後，李聿對樂梅爾教授筆記中出現的另一個也叫樂梅爾的人，就一點也不覺得奇怪了。這個顯然也是樂梅爾家族的人叫馬克西米利安．樂梅爾，是艾薩克．樂梅爾眾多子女中的一個，曾經在一六四三年至一六四四年以議長的身份成為荷蘭東印度公司派駐台灣前後十二任台灣長官中的第七位。

相較於歷任荷蘭東印度公司台灣長官，馬克西米利安．樂梅爾的許多行為在李聿看來顯得相當怪異，令人費解。比如說當荷蘭東印度公司派遣卡隆接替馬克西米利安．樂梅爾的職務時，馬克西米利安並沒有按照公司慣例卸職返國，他死拖活賴的似乎不願離開台灣，同時新任的台灣長官卡隆也特別為其向公司說項，希望馬克西米利安能續留台灣，協助他推動工作。這事整整拖了半年以上，馬克西米利安才在公司要求下很不情願的離開台灣。馬克西米利安任滿之後為什麼要賴著不走，難道是因為他對台灣是如此的眷戀，如此的有感情，以至於捨不得離開嗎？李聿可不這樣認為。李聿推斷馬克西米利安肯定有什麼不能為他人言的重要之事沒有解決，所以才不願離開台灣。

然而就算馬克西米利安再不願意離開台灣，終究還是要聽命於公司。一六四七年，馬克西米利安．樂梅爾終於像其他卸任的公司高幹一樣，以歸國艦隊司令的身份從巴達維亞返回荷蘭。奇怪的是他回到國內沒待多久，突然又在一六五〇年帶著妻子匆匆離開荷蘭，前往巴達維亞，此後行蹤成謎，生死未卜，沒有人知道他的下落，就連他的妻子也不知道。至於他再度趕往東方的原因，跟他不願離開台灣的原因一樣，沒有人知道。

當初馬克西米利安接任台灣長官後，如同在他之前的幾任，大量收購中國瓷器運回歐洲販售，不過他收購瓷器的行動雖然熱火朝天不遺餘力，但他本人卻似乎更重視推動另一項計畫——探勘金礦。他多次派人前往台灣各地探勘，包括淡水、基隆、花東海岸、屏東三地門等地，全都去了，幾乎把台灣繞了一圈，就連蘭嶼都去了。儘管浩浩蕩蕩的探勘行動並無具體成果，而且探勘隊員因染疫而導致眾多傷亡，都不曾讓他打消念頭停下腳步。馬克西米利安究竟為何在沒有任何成果顯示的情況下，仍然三番兩次不斷的派人找尋金礦，同樣也是個謎，無人知曉。

李聿之前研究中荷瓷器貿易史時，對這位荷蘭東印度公司第七任長官馬克西米利安·樂梅爾印象非常深刻，因為就是在他任職的一六四三年和一六四四年，中國局勢發生了驚天動地的變化，滿清入關，明朝亡國。而當時景德鎮瓷器的生產也因此陷入停頓，導致荷蘭東印度公司對瓷器的採購因而從中國轉向日本。

李聿雖然熟知十七世紀荷蘭人瓷器貿易的這段歷史，然而在此之前，他並沒有想過馬克西米利安·樂梅爾和艾薩克·樂梅爾這兩個人之間有什麼關係，當然更不會把三百多年後的路德偉·樂梅爾教授也扯在一起。

昨晚李聿看到樂梅爾教授筆記中提到馬克西米利安派人探勘金礦這一段文字底下有一句樂梅爾教授打了兩個問號的加註：「他真的是在找尋金礦嗎？？」當時李聿還不太明白教授何出此言？現在卻是一下子就想通了。

馬克西米利安派人在台灣各地四處探勘，其實說不定只是個幌子，他要找的或許根本就不是金礦，而是他的父親艾薩克·樂梅爾交代韋麻郎買的那批瓷器，探勘金礦最多不過是附帶之舉。可惜天不從人願，馬克西米利安直到任期屆滿，始終沒有找到那批瓷器的下落，所以他才賴在台灣不願離開。馬克西米利安回到荷蘭沒多久，忽然又在一六五〇年急急忙忙離開荷蘭重返東方，究竟是為了什麼？沒有人知道，但不能排除他是因為接到了有關那批瓷器的消息，所以立刻前往的可能性。

歷史文獻對於韋麻郎賄賂高寀要求准許互市通商一事，有的地方互相矛盾，有的地方語焉不詳。比如說賄款到底是三萬兩還是二萬兩，就兜不攏。而這筆錢到底是給了還是沒給，也說不清楚。不過從高寀確實將韋麻郎的要求上奏皇帝，可見應該是收到了韋麻郎的錢，否則以高寀的德性，肯定是要見到兔子才會撒鷹的。

史書記載沈有容前往澎湖勸說韋麻郎離開的時候，高寀的心腹周之範也在澎湖，周之範和韋麻郎本來議定好的事，因為沈有容的出現而產生變數。最終韋麻郎被沈有容說服，知道互市之事已經沒有希望，因此表示願意離開澎湖，並要周之範退還銀子，只願意拿些禮物出來酬謝。用腳想也知道，要高寀把已經吃進肚子裡的東西再吐出來，根本談都不要談，完全是不可能的事，這一點韋麻郎想必也很清楚。既然錢拿不回來，退而求其次，他當然希望在離開澎湖前至少要拿到他和高寀談好的那批瓷器。高寀雖然沒有搞定互市之事，但設法張羅一些官窯瓷器來賣，對他來說，卻並非難事。李聿在這一點上認同樂梅爾教授的看法，那就是高寀收了錢，也出了貨，但因為沈有容的攪局，以至於韋麻郎還沒有收到貨就被迫提前離開澎湖，從此再也沒有回來，而那批貨最後的下落，也因此而成了懸案。

李聿把這整件事爬梳清楚之後，忽然覺得一個頭兩個大。很明顯，樂梅爾教授這個名為「船貨迷蹤」的案子，其實也沒有什麼好再研究的，歸根究柢所有的問題就在那批四百年前似乎曾經存在卻又不見於文獻記載的瓷器究竟下落何方？就連身為當事者的樂梅爾家族也是僅能肯定有這批瓷器的存在，但東西在哪裡，那就只有天曉得了。

根據樂梅爾教授的推斷，當沈有容受命前往澎湖曉諭韋麻郎離開的時候，高寀的特使周之範應該是已經得知韋麻郎要買的瓷器業已裝船出發了，但因為澎湖海面滿佈明朝水師船艦，這艘裝滿瓷器私貨的船隻不敢靠近。韋麻郎眼看高寀的貨船遲遲不至，而沈有容率領的明朝水師五十艘戰船又已經兵臨城下，除非他準備正面開戰和明朝水師拼個魚死網破，否則他只能選擇離開澎湖，而載運那批瓷器的船發現聯絡不到收貨的人，既不能久留海上，又無命令要他們回航，因此樂梅爾教授認為他們最好的做法就是先把瓷器藏在澎湖群島某座島嶼之上，等緊張的局面過去以後再做打算。這當然是假設這艘貨船沒有因為海象惡劣而船行遇險，否則就一切免談了，因為當時已是冬日，海上東北季風強勁，船行危險。事實上這種情況也的確很有可能發生，要不然這麼大的動靜為什麼後續卻無消無息。樂梅爾教授顯然也意識到這批瓷器的確有可能因為海難早就已經沉入海底，加上他一直找不到更進一步的線索，所以近幾年來，他早已不再像以前一樣對四百年前的這批幽靈瓷器這麼起勁了，直到前不久有人拿了一幅沒有署名的十七世紀荷蘭黃金時期的靜物畫請他鑑定，這才又重新點燃他對尋找當年那批瓷器的熱情。

西方有句諺語說：「當上帝關了一扇門，祂必然另開一扇窗。」意思是天無絕人之路。可是李聿發現這句話對樂梅爾教授來說卻是反方向，上帝為他打開一扇窗，卻又同時關起一扇門。樂梅爾教授發現了令他感到振奮的有關那批瓷器的新線索，卻也同時發現了令他墜入絕望深淵的腦部腫瘤。

樂梅爾教授對醫生能否幫他阻止那扇即將關閉的門並不看好，然而他雖然不畏懼死亡，卻由衷盼望李聿能透過那扇窗找到那批四百年不見天日躲在世界某處角落的最精美的中國瓷器。這是他畢生的追尋，他渴望知道最終的答案，哪怕那批瓷器早已散落各地成為他人的珍藏，或者被大海沒收沉入海底。對樂梅爾教授來說，他要的不是瓷器而是答案。

「看來教授說的那幅靜物畫是目前唯一的線索。」李聿對自己說。

事實上當李聿第一眼看到檔案資料盒中的那張靜物畫的照片時也感到非常訝異，甚至是非常震驚，因為畫中那個樂梅爾教授認為就是韋麻郎寫給艾薩克．樂梅爾的信中所說「非常精美且造型奇特，大約還不到一個手掌高」的花瓶，其實是一個非常罕見的宣德官窯瓷器——青花獸面耳牽牛花紋折方瓶，此一瓶腹為方形而八個邊角折切成斜面的瓶式過去稱之為倭角瓶。

青花獸面耳牽牛花紋倭角瓶是明代官窯瓷器中造型非常奇特的青花瓷瓶，唇口、直頸、獸面耳、方腹折角如八稜之錘、圈足外撇、台階式底、繪牽牛花紋，瓶高約為成人手掌長度，底部有大明宣德年製雙圈六字款。樂梅爾教授認為韋麻郎信中說的那個造型奇特，大約一個手掌高的瓷瓶就是青花倭角瓶，李聿認為可能性非常高。如果照片中那幅靜物畫真是十七世紀的畫作，那麼畫中那個插了一束百合花的青花倭角瓶無疑說明當時確實有官窯瓷器遠渡重洋來到了荷蘭，也就是說韋麻郎買了一批明朝官窯瓷器這件事是真實存在的。更重要的是，那批明朝官窯瓷器顯然也是真實存在的。

李聿研究大航海時期東西方瓷器貿易的歷史，除了對貿易的主體——瓷器，知之甚詳，對十七世紀荷蘭黃金時期的靜物畫也很熟悉，因為那個時期的靜物畫中經常出現來自中國的青花瓷，不過李聿從未見過有明顯可以辨識是明代官窯瓷器的青花瓷出現在當時的畫作之中，更別提是如此罕見的青花倭角瓶了。

在李聿的印象中，除了英國大維德基金會收藏的那件畫有玉器、青銅器，以及陶瓷器等二百多件類似圖錄的雍正古玩圖中，有兩件置於木座上的明代青花獸面耳牽牛花紋倭角瓶之外，就只有台北故宮館藏的那幅清朝郎世寧所畫的《瓶花圖》出現過青花倭角瓶。《瓶花圖》這幅畫的構圖非常簡單，就是一個置於木座上的青花瓷瓶，瓶中插了一束綠葉掩映的並蒂牡丹。根據清朝內務府檔案記載，雍正五年潤三月圓明園有一株牡丹花開並蒂，總管太監於二十七日傳旨郎世寧圖繪祥瑞，《瓶花圖》應該就是由此而來。

當初李聿看到郎世寧的《瓶花圖》時曾經有過疑問，清宮裡有那麼多青花瓷瓶，郎世寧為什麼要選這麼個「小」瓶子來做為凸顯並蒂牡丹的花瓶？是他個人偏愛這個造型奇特的青花瓷瓶，還是用青花倭角瓶做為花瓶乃是皇帝的旨意。現在看到照片中的這幅靜物畫，李聿又不禁心生奇想，難道郎世寧曾經看過這幅畫？雍正五年是西元一七二七年，換句話說是十八世紀，理論上郎世寧的確有可能看過照片中這幅疑似十七世紀威廉卡夫所畫的靜物畫。

「郎世寧看過這幅畫……這是什麼跟什麼……」李聿對自己胡思亂想最終的結論是：「白痴。」

牛頓第一運動力說：物體會保持其靜止或等速直線運動狀態，除非有外力迫使改變其狀態，這就是物理學所謂的慣性。不過對李聿來說，慣性比較像指南針，不論一個人處於靜止或運動狀態，都會習慣性的自覺或不自覺的走向特定的方向。就像他此刻原本是心裡想著事情漫無目的沿著運河行走，可是走著走著忽然發現運河不見了，而眼前卻出現了他每次來阿姆斯特丹必然會去的荷蘭國家博物館，只不過這一次他是在無意識的狀態下來到這裡。如果說指南針恆為南北向的「慣性」是受到地球磁場的外力迫使，則李聿此刻來到荷蘭國家博物館，顯然也是某種外力的迫使，不過不是牛頓說的萬有引力，而是一種……怎麼說呢？潛意識的吸引力，就像量子糾纏狀態那樣的吸引力。

「對！量子糾纏的吸引力。」

量子糾纏，這是李聿認識的少數時髦名詞中他覺得最靠譜的一個字眼。

荷蘭國家博物館有什麼吸引李聿的「量子糾纏」？別說，還真有，那就是青花瓷和……威廉卡夫的畫。

李聿研究大航海時代東西方瓷器貿易，他來到荷蘭去的第一個地方就是荷蘭國家博物館，因為這裡有屬於那個時代的青花瓷，包括來自中國的青花瓷和荷蘭本身所燒製的青花瓷，白白藍藍的糾纏在一起。而李聿也是在荷蘭國家博物館第一次親眼看到威廉卡夫的靜物畫，畫中有個和銀壺糾纏在一起的青花瓷。

十七世紀荷蘭黃金時期大師的畫作中經常出現青花瓷，比如說藝術巨匠維梅爾的畫作《窗邊讀信的少女》就畫了一個盛放水果的中國青花瓷盤。不過維梅爾擅長透過畫面中的人物說故事，不像威廉卡夫喜歡聚焦於諸如中國青花瓷、波斯織毯和來自印度洋的鸚鵡螺這些具有時代象徵意義的海外舶來品。

法國哲學家笛卡兒認為十七世紀那個時代，如果想要在哪個城市找到世人所渴求的各種貨物和稀世珍品，沒有任何城市可以和荷蘭的阿姆斯特丹相比。威廉卡夫的靜物畫就是藉由諸如豪華的銀器、水晶玻璃、鮮豔的花朵、高檔的水果、龍蝦，以及昂貴的舶來品反思人生的浮華和空虛。而在這些畫作所描繪的物品中最吸睛也是最具代表性的，無疑就是來自中國的青花瓷。

相對於世界其他博物館館藏威廉卡夫畫作中有青花瓷的靜物畫，荷蘭國家博物館館藏的這幅《靜物與銀壺》畫面不那麼熱鬧，就只畫了一個青花瓷盤和一個銀壺。不過因為李聿每次看到這幅畫的同時，也必然會看到陳列在博物館中那些和這幅畫處於同一個時空膠囊中的各式各樣青花瓷，會看到彼時載運這些青花瓷遠渡重洋來到荷蘭的模型大帆船，會看到荷蘭人為爭奪這些青花瓷和葡萄牙人展開的海戰圖和所使用的大砲。換句話說，李聿在荷蘭國家博物館看到的不只是一幅畫，也不只是畫中的青花瓷，他看到的以及所感受到的是所有的人事物都糾纏在一起的波瀾壯闊的大航海時代。

這就是李聿明明是沿著運河行走，最後卻不知不覺出現在荷蘭國家博物館的原因——「量子糾纏」。

「不過……那張照片拍的不會真是威廉卡夫的靜物畫吧？」李聿又天馬行空的開始琢磨起來，「除了插花的瓶子是青花倭角瓶，有點匪夷所思，其他的鸚鵡螺、波斯織毯和剝皮的檸檬，全都是威廉卡夫的套路，而且畫中竟然還有……嘟嘟鳥。」

因為嘟嘟鳥，李聿忽然想起了林怡兒，一個他很後悔沒有留下聯絡方式的女孩。

那年李聿到英國去看在牛津大學讀語言學的好友劉韞，不巧劉韞臨時有事到倫敦去了，李聿只好自己招呼自己，反正牛津有好幾間博物館，足夠讓人打發時間。李聿倒沒有特別想去哪間博物館，打算走到哪裡看到哪裡。結果走著走著忽然看到草地上出現了恐龍的腳印，他以前曾經踩著這樣的恐龍腳印走進自然史博物館，如今又看見這樣的腳印，那就……舊地重遊吧！

牛津大學自然史博物館建於十九世紀中葉，館內收藏了大量的動物、礦物和昆蟲的標本，其中動物標本多達二十五萬件，種類超過一千種，很多都是今日已經滅絕的物種，其中最有名的就是在十七世紀滅絕的嘟嘟鳥的標本，也就是眾所熟知的「牛津嘟嘟鳥」。

嘟嘟鳥是一種相貌奇特身體胖嘟嘟的大鳥，原本自由自在的生活在與世隔絕的印度洋島嶼模里西斯。由於生存環境中沒有天敵且覓食容易，以致翅膀退化，無法飛行。當葡萄牙人和荷蘭人在大航海時代先後來到模里西斯以後，這種沒有生存危機意識的大笨鳥因為棲息地遭到外來物種如豬羊和貓犬的破壞以及人類的濫捕，在很短的時間內就從地球上消失了。模里西斯島是荷蘭人海上航行東來西往的中繼站，每一次荷蘭人在模里西斯停泊靠岸，嘟嘟鳥就會減少一點，這樣一年少一點，幾十年後模里西斯就再也看不到嘟嘟鳥了。

也許是因為下雨的關係，那天來博物館參觀的人很少。館內用鋼架支撐的玻璃帷幕展間，有一對年輕夫婦帶著兩個小孩圍在暴龍和禽龍骨架旁邊指指點點，小孩還不時張牙舞爪模仿暴龍獵食的動作打鬧玩耍，此外偌大的展間李聿就只看到在暴龍和禽龍骨架旁邊一個玻璃櫥櫃前有一名女子盤腿坐在地上畫畫。

這個玻璃櫥櫃裡展示的標本就是所謂的「牛津嘟嘟鳥」，共有兩件。一件是嘟嘟鳥的骨骼，另一件則是外形肖生身有羽毛的嘟嘟鳥。這兩件標本各自立於一個圓座之上，背後還有一幅嘟嘟鳥的圖像。如果以牛津自然史博物館展示的這隻嘟嘟鳥來看，嘟嘟鳥除了頭有點禿，嘴有點大以外，長的其實並不如十七世紀荷蘭畫家詹薩維和他叔叔羅蘭薩維所畫的那麼古怪，也不如後來《愛麗絲夢遊仙境》裡坦尼爾筆下的嘟嘟鳥那麼滑稽。

李聿沒有打擾正在埋頭作畫的女子，只是好奇的靜靜站在女子身後看她作畫。女子繪畫技巧顯然非常高明，只見她交互運用手邊幾枝彩色鉛筆，沒多久，畫紙上就出現了一隻活靈活現的嘟嘟鳥。

「請問你是職業畫家嗎？」

女子作畫時李聿一直站在她的身後靜靜的觀賞，直到女子完成畫作，將畫作捲好放入畫筒，收拾好畫具，輕盈敏捷的從地上站起來，才上前以英語詢問。

女子沒有想到旁邊突然有人跟她說話，似乎有點緊張，轉過身來看了李聿一眼，發現是個長的很像中國人的年輕男子，也沒有什麼出格的舉動，心裡鬆了一口氣，「對不起，剛才我沒聽清楚，你說的是……」

「你畫的嘟嘟鳥非常傳神，所以我在猜想你是不是職業畫家。」李聿表達了對女子畫作的讚賞，同時把問題重覆一遍，「對了，我叫李聿，很榮幸在這裡遇見一位天才畫家。」

「你為什麼會問我是不是職業畫家？我還是第一次碰到有人問我這個問題。」

或許是聽到李聿說到自己姓名的漢語發音，這個明顯屬於美女等級，有著小麥膚色和一對黑白分明丹鳳眼的女子眼中閃露一絲慧黠，出乎李聿意料的，竟然說的是普通話，帶著明顯的南洋口音，不過聽起來還是滿悅耳的。

「我看過倫敦自然史博物館羅蘭薩維一六二六年畫的那隻嘟嘟鳥，整幅畫色彩明亮，感覺上嘟嘟鳥很快樂，像是活在天堂，不過那顯然是在人類發現牠們以前的狀態。羅蘭薩維的姪子詹薩維一六五一年也畫過嘟嘟鳥，就是牛津自然史博物館館藏的這一幅，畫面陰鬱灰暗，畫中的嘟嘟鳥眼中流露出深深的驚疑和恐懼，似乎已經意識到即將面臨死亡的威脅。事實上也的確如此，自從荷蘭人來到模里西斯，嘟嘟鳥就注定難逃滅絕的悲慘命運。從這個角度來看，我覺得詹薩維比他叔叔羅蘭薩維畫的要貼近事實。不過剛才看了你畫的嘟嘟鳥，眼神滿是困惑和迷惘，我彷彿看到那隻嘟嘟鳥在問：我的同伴到哪裡去了呢？我在你的畫中聽到嘟嘟鳥的心聲，真的很了不起。」

既然對方能說中文，因此李聿的這段長篇大論除了一些關鍵的專有名詞，例如羅蘭薩維、詹薩維以及模里西斯等等，其他的李聿就直接以漢語表達了。

「我叫林怡兒，很高興認識你。」林怡兒沒有料到李聿會說出這樣一番話，不過顯然很受用，主動朝李聿伸出右手，而且用中文說：「你把我的畫形容的太好了，我沒有你說的那麼厲害，而且我只是喜歡畫畫，不是職業畫家。」

「我倒是很希望你是職業畫家，這樣我可以很坦然的問你是否願意出售你的畫作。不瞞你說，我真的很喜歡你畫的嘟嘟鳥。」

李聿雖然坦率的表明自己的意圖，但光是從林怡兒穿著的品味來看，家境應該很不錯，自己買到那幅畫的機會應該很小。

「很抱歉，這幅畫我不會賣也不能賣，它有重要的用途，不過還是很謝謝你。」

老話說：「買賣不成仁義在。」這句話就是眼前李聿和林怡兒最好的寫照。李聿買畫的意圖失敗了，不過卻搭訕成功，雖然他本來並沒有這種打算，如果有，那絕對是潛意識的行為，嗯……量子糾纏。

「當上帝關了一扇門，祂必然另開一扇窗。」這句話對樂梅爾教授而言或許很弔詭，但對李聿來說顯然很適用。因為嘟嘟鳥，他和林怡兒很自然的聊了起來，彼此先重新自我介紹，李聿知道林怡兒是法籍華裔，在法國利摩日一間陶瓷廠工作，是一名畫師；林怡兒也知道李聿是景德鎮人，萊頓大學的歷史學博士。接著兩人就順理成章的談到模里西斯，因為兩人都去過這座印度洋的小島，雖然彼此去的時間不同，目的也不同。林怡兒去模里西斯是為了嘟嘟鳥，而李聿去模里西斯則是為了當地海域打撈上來的沉船瓷器。

西元一六一四年底，首任荷蘭東印度公司總督彼得・伯斯卸任返國，他率領四艘滿載香料、瓷器的船隻由萬丹啟程返回阿姆斯特丹。一六一五年三月，船隊航行至模里西斯海岸遭遇風暴，四艘船除了台夫特號躲過一劫，其餘三艘包括彼得・伯斯乘坐的班達號在內，全都被狂風巨浪吞噬，沉沒於模里西斯黑河灣外海，許多船員溺斃，彼得・伯斯也未能倖免。一九七九年班達號被發現，打撈出不少明代萬曆時期的青花瓷。李聿跑去模里西斯就是因為從班達號打撈起來的青花瓷無疑都是明代的瓷器，而明青花是李聿的最愛。

荷蘭東印度公司自從一六〇二年成立到一七九九年收攤的一百九十多年當中估計大約損失了七百多艘船隻。根據目前所知，自一九六五年以來，至少已經有五十多艘沉沒的船隻被尋獲和挖掘，其中就包括班達號以及一七五二年在麻六甲海峽附近觸礁沉沒的那艘載運有名的南京船貨的赫爾德馬爾森號。

李聿對沉船和瓷器以及荷蘭東印度公司運作情形的熟稔，使得他在林怡兒眼中成功的擺脫了搭訕者的角色，晉級為學者專家，而且李聿發現林怡兒竟然和他一樣都熱愛瓷器，林怡兒之所以專程從法國瓷都利摩日跑到英國牛津來看嘟嘟鳥，是因為她打算以嘟嘟鳥做為一款瓷器的紋飾圖案，為了畫出這個圖案，她先是前往印度洋的島國模里西斯，對著陳列在博物館的嘟嘟鳥標本仔細臨摩，之後再來牛津自然史博物館寫生。費這麼大力氣，就只是想畫出她自己感到滿意的嘟嘟鳥。這一點倒是和李聿很像，李聿也會為了做出一件自己感到滿意的瓷器，一而再，再而三的重複同一道工序，直到完全合乎要求才停止。從某個角度而言，林怡兒和他是同一類的人——追求完美，因此特別投緣。

遺憾的是李聿和林怡兒的緣份卻似乎止步於此。就在李聿和林怡兒愈談愈投機，大有相見恨晚的時候，一位金髮碧眼高大英俊的男子帶著一臉燦爛的笑容快步走向林怡兒，在李聿忙著握手，說哈囉，很高興認識你這些言不及義的客套話，完全不知道是什麼情況之前，這名男子已經牽著林怡兒的手消失在李聿眼前。

李聿感覺自己像極了林怡兒畫的那隻嘟嘟鳥，困惑，迷惘，然而更令他感到失落甚或惆悵的是好不容易遇到一個這麼談得來的人，還是個美女，就這樣莫名其妙的憑空消失了，而他卻連個電話號碼也沒有留下。

李聿繞著荷蘭國家博物館前的水池踱步，思緒紛亂雜陳，他想起林怡兒，想起嘟嘟鳥，想起模里西斯，想起班達號，想起在模里西斯海域淪為波臣的第一任荷蘭東印度公司總督彼得．伯斯，然後終於想起樂梅爾教授的筆記中提到在荷蘭東印度公司成立之前，艾薩克．樂梅爾和彼得．伯斯曾經一起共事，一五九九年彼得．伯斯曾經率領四艘布拉班特公司的船前往印尼，而布拉班特公司的老闆就是艾薩克．樂梅爾。後來布拉班特公司併入荷蘭東印度公司，艾薩克．樂梅爾是公司最大股東，而彼得．伯斯則受邀擔任公司第一任總督，可見兩人之間的關係非常密切。樂梅爾教授認為以艾薩克．樂梅爾和彼得．伯斯的交情，韋麻郎沒有帶回的那批瓷器，或許有可能被彼得．伯斯帶回。如果這個假設成立，而且樂梅爾教授認為很可能成立，那麼故事就結束了，因為彼得．伯斯在返回荷蘭途中，連人帶船一起沉入海底。那批瓷器如果真的在沉入海底的那三艘船上，當然就沒有什麼後續的故事了，難怪樂梅爾教授最後對找那批瓷器不再抱持希望。

「那批瓷器真的沉入模里西斯的海底了嗎？」

事實上李聿也不得不承認這是極有可能的事，不為別的，光是想起島上的嘟嘟鳥就讓李聿無端生出不祥之感。根據文獻記載，最後一次有人在模里西斯島上看見嘟嘟鳥是一六六二年，此後就再也沒有嘟嘟鳥的消息。

輓歌是一六六二年的主旋律。

嘟嘟鳥滅絕了，害嘟嘟鳥滅絕的荷蘭人被鄭成功趕出他們盤據了三十八年的台灣，然而把荷蘭人趕走的鄭成功卻也在當年離奇身亡，空留遺恨。和鄭成功一起走下歷史舞台的還有南明的永曆皇帝，大明王朝就此在歷史上畫下最後的句點。

歷史有的時候比神話和傳說更神祕，更弔詭，更不可思議。這是李聿最終的結論。

CAPUT III
拉丁文密碼

stupebam ad visionem, et non erat qui intellegeret.

——Daniel 8：27

我因這異象驚奇，卻無人能明白其中的意思。

——《但以理書》8 章 27 節

李聿回到旅館稍微收拾了一下，準備到街上吃點東西，然後去雪菲爾畫廊看那幅靜物畫。到目前為止，這幅畫無疑是解開「船貨迷蹤」檔案唯一的線索。沒想到他才走出電梯就被攔了下來。

「請問你是李聿李博士嗎？」

「我是李聿，請問你是……」

李聿望著出現在他眼前的這個身著黑色套裝，感覺上氣場強大的女子，有點丈二金剛摸不著頭腦。

「李博士你好，我先自我介紹一下，我叫陳思南，中國國際刑警特派員。」女子從上衣口袋裡掏出證件在李聿眼前晃了一下，開門見山的說：「有件跨國的案子要請李博士協助。」

「我們那邊坐吧！」李聿左右瞄了一眼，隨即請對方到大廳旁邊的沙發坐下，「不好意思，不能請你喝點什麼，他們這裡不提供餐飲服務。」

「不客氣，倒是我沒有先和李博士聯繫，希望李博士不要介意。」

女子話雖然說的客氣，但骨子裡的意思卻很清楚，你介意或不介意，其實我都不介意。

「言重了，不敢當。」對於眼前不知打哪兒冒出來的警察，還是國際刑警，李聿表面看似鎮定，其實心裡多少還是有些不自在，警察找上門，換作誰肯定都不自在，「請問陳警官，是……陳警官沒錯吧，找我有事嗎？」

「確實有點事，要請李博士協助。」

「不知是什麼樣的事？」

「是這樣的，法國警方最近破獲了一起跨國走私詐騙案，逮捕了走私團伙的部分成員並且起出了一批由東南亞走私到法國數量高達萬件的海底沉船瓷器。」

「上萬件？」

李聿有點驚訝，既然有上萬件的瓷器，說明這不是一般的私下交易，肯定是哪裡發現了沉船，照理說這種事沒有不透風的，怎麼一點風聲都沒有，倒真是很奇怪。不過李聿感到更奇怪的是，他和這事八竿子打不著，警察找他做什麼？

「不知道這事我能幫得上什麼忙？」

「主要是希望李博士能協助鑑定查獲的瓷器。」陳思南直截了當的表達來意。

「陳警官，不是我不願協助，一來我現在手上的事情很多，抽不出時間，二來法國有不少這方面的專家，無須我去湊熱鬧。」

「不瞞李博士，這次請李博士協助，正是出於法國一位陶瓷專家的建議。」

「哪位陶瓷專家？」陳思南一說法國的陶瓷專家，李聿腦海中立刻出現一個看起來就很欠揍的痞子，「不會又是馮樹雅這個……」

「你認識馮樹雅博士？」陳思南顯然頗感意外。

「認識，當然認識，簡直是太認識了。」知道是馮樹雅在背後作怪，李聿氣不打一處來，立刻拿起手機撥打電話，同時開啟免提。

李聿手機鈴聲響了兩次，隨即傳出一個說法語的男子語音，「日安，親愛的李，有什麼事我可以為你效勞？」

「馮──樹──雅！」李聿完全無視對方說的是哪國語言，直接以中文開砲，「你是不是不找我麻煩就不舒服？」

「啊！這是哪兒的話？」名為馮樹雅的男子忽然改說中文，居然還帶捲舌音，要說多彆扭就有多彆扭，「聽你的聲音好像不太高興，有什麼不開心的事嗎？」

「你！你就是我不開心的事。」

「哇！這麼嚴重，我是不是哪裡得罪你了？」

「要不是你多嘴，國際刑警怎麼會找上我？」

「國際刑警？」馮樹雅似乎感到非常震驚，「你一定做了什麼不好的……你們中國人是怎麼說的……啊，想起來了……狗屁倒灶，不對……是傷天害理的事，對吧？不然警察怎麼會找上你？」

從手機中傳來的這一串痞到不行的聲音，不要說李聿，就是陳思南都可以想像出電話那一頭馮樹雅那一臉誇張到令人忍不住要搥他一頓的表情。

「我，傷天害理？總好過你傷風敗俗。我現在沒時間跟你打屁。我問你，是不是你把國際刑警弄到我這裡來的？」

「當然不是，肯定不是。我這麼光明磊落，怎麼會做這種陷害朋友的事，不可能的。」

「馮──樹──雅！」李聿沒耐性和馮樹雅再扯下去，「你再不說實話，我就告訴賈絲汀你要我帶你去紅燈區傷風敗俗的事。」

「別別別，我說我說。」馮樹雅一聽李聿要向他的女友賈絲汀打他的小報告，立刻認慫。

馮樹雅說法國警方查獲了一批從東南亞走私運到法國的海撈瓷，於是透過管道找到他和另外幾位陶瓷專家鑑定這批瓷器的價值。事實上這批瓷器雖然數量多達萬件，但都是明代晚期常見的普通外銷瓷，經濟價值並不高，所以馮樹雅和幾位陶瓷專家很快就完成了鑑定工作。不過在這批海撈瓷當中有幾件質量比較好也比較少見的瓷器，在警方查獲之前已經先一步以高價賣給了法國里昂一位收藏家馬丁內茲。

法國警方之所以認定這個案件不只是一件走私案還是一件詐騙案，問題就出在賣給馬丁內茲的幾件瓷器上。說的更準確一點，是那幾件瓷器其中的一件。馬丁內茲本人對瓷器頗有研究，所以當時他一看到那件瓷器毫不猶豫的就買了下來，而且還花了很多錢。之後還特別為此舉行了一個慶祝派對顯擺一番。沒想到參加派對的來賓中有博物館的專家對那件瓷器提出質疑，認為是贗品，搞的馬丁內茲顯擺不成還被打臉，氣的馬上打了一個電話給里昂國際刑警總部的高層，那個高層是他的好友，於是詐騙案就成立了。

「成立就成立，跟我有什麼關係？」李聿不滿的對著電話裡的馮樹雅大聲質問。

「我來告訴你這事和你有什麼關係。」馮樹雅沒吭聲，反倒是陳思南把話接了過去，「那件瓷器被送到國際刑警總部以後，你的這個朋友又被請去鑑定。他和其他幾位專家把那件瓷器翻來覆去的看了半天，結果莫衷一是。你猜你這個朋友最後的結論是什麼？」

「我最後的結論是我無法確定那件瓷器是真品還是贗品。」馮樹雅突然高分貝搶著回答，「我說的是真的，我發誓。」

「他是沒有騙你，不過有件事他沒說。」陳思南冷不防又語出驚人，明顯是火上澆油，唯恐天下不亂。

「馮樹雅，你老實說是不是又在給我下套，整我冤枉。」李聿恨恨的說。

「我哪有給你下套，不就是……警方問了我一些話，我就只是……據實回答而已。」

「你給我說清楚，警方問你什麼話，你又據實回答了什麼。」

「警方認為如果這件瓷器是連陶瓷專家都無法判斷真偽的贗品，那一定是高手所為，警方問我知不知道有誰具備這種仿造的能力，這不，除了你還有誰有這個本事，所以我馬上就想到你，一時口快，就……就……」

「就就就你個頭，現在警察就找上我了，真不曉得該怎麼說你。」李聿懶得再跟馮樹雅說話，重重的按下手機的停止通話鍵。

「其實李博士你也不必太責怪馮樹雅，他對你真的很推崇。」

陳思南說她的法國同事跟她說，馮樹雅直言在一般情況下，鑑定瓷器的真偽，對他來說不算是難事。但那是指一般的情況，像眼前這件瓷器就不是一般的情況。馮樹雅說，這件瓷器是一件非常罕見的中國明代官窯瓷器，如果陳列在博物館，他絕對不會懷疑這件瓷器不是真品。但事實上這件瓷器卻是從海裡撈上來的，就他所知，這幾乎是不可能的事，除非有人故意將其放進海裡再打撈上來。如果是這種情形，那麼這件瓷器肯定是假的，這種手法在買賣骨董的行業中屢見不鮮，因為要是真品根本不必這樣做。

問題是：如果這是一件贗品，而且連他都無法辨認真偽，那麼有能力做出如此逼真的贗品會是什麼人呢？這個問題他無法回答，不過他知道有一個人應該可以回答，因為他本身就是一個有能力可以做出這樣瓷器的人。

「而這個人就是我，所以警方就找上門來。」李聿終於明白自己為何會無端被捲入這起走私詐騙案中。

陳思南點點頭，沒有吭聲。其實陳思南來到荷蘭之前，先去了一趟里昂國際刑警總部，瞭解案情的進展。經過調查，得知李聿匆匆離開海南島趕來荷蘭，並非因為案發而畏罪潛逃，純粹就是探望因病住院的樂梅爾教授，所以初步已經排除李聿涉案的可能性，尤其剛才聽了李聿和馮樹雅的這番對話，更加確定李聿是被那個二百五的陶瓷專家馮樹雅給坑了，以致無端受到池魚之殃。那個馮樹雅表面上對李聿推崇備至，實際上卻是整人冤枉，看來李聿一定是哪裡得罪了他，讓他很不爽，所以才明示暗示的給李聿穿小鞋。不過……也不能就這麼說，也許人家真的是全力在協助警方辦案，所以知無不言，言無不盡，既然李聿有這個本事，總要據實以告，對吧？

「李博士……」

「陳警官……」

「你先說。」

「不，還是你先說。」

李聿和陳思南互相推讓了兩下，最後是陳思南先開口。

「那件瓷器目前放在國際刑警總部，我來就是希望你能去一趟里昂，幫我們鑑定一下真偽。根據我們的瞭解，類似這種真偽難辨的高仿瓷器十有八九出自景德鎮。李博士你是景德鎮人，想必可以給我們一些寶貴的指引，有利於案件的偵辦。我很希望這個案子能在李博士的協助下早日偵破，免得我像隻無頭蒼蠅四處亂飛。」

陳思南話講的很漂亮，不過李聿卻聽出了話中的潛台詞，那就是如果案子不破，陳思南肯定會不勝其擾的常常來請他「協助」辦案。既然警方都已經找上門來，看樣子麻煩肯定是避免不了。既是難以避免，那還不如光棍一點，就跑一趟里昂，應該耽誤不了多少時間。

「陳警官你看這樣好不好？我和人約好現在要去一間畫廊看一幅畫，這是我的老師交代的事。要不你先回去休息一下，等我在畫廊的事辦完了，再和你一起去里昂。或者你先去里昂也行，我稍後自己過去，免得耽誤你的時間。」李聿看了一下腕錶，自認提出了一個對彼此來說都不耽誤事情的做法。

「李博士要不你看這樣行不行？我現在也沒什麼事，閒著也是閒著，不如跟你一起去你說的那間畫廊轉轉，也好長點見識。」陳思南面帶微笑的看著李聿，接著又用手指了一下手上的腕錶說：「這樣也不耽誤時間。」

好嘛！好不好vs行不行，李博士和陳警官交鋒的結果，李博士完敗，忍不住在心裡大發牢騷。

「幹嘛這樣緊迫盯人，我不是已經答應去鑑定瓷器嗎？真不知是什麼了不起的瓷器？說到瓷器，真的假的你馮樹雅會看不出來？我看你純粹就是報復。賈絲汀不待見你，跟我有什麼關係？我們不過偶爾一起喝個咖啡，聊聊天，你有什麼好不爽的？有本事你去約她啊……」

李聿對自己無端捲入一場是非耿耿於懷，在去雪菲爾途中悶著頭想心事，沒空搭理陳思南。而陳思南心裡也裝著事，想著該如何問李聿有關十字蟹的事，想問卻又不知從哪裡開口，一路上也是不言不語，進行內部思想鬥爭。

「難不成就開門見山直截了當的說，我在海南島聽過你的演講，我對你說的十字蟹很有興趣，你能不能再告訴我更多有關十字蟹的事？那他要是問說你去海南島是去聽我演講，還是對我實施監控？我怎麼回答？再來他要是問你想知道十字蟹哪方面的事？我又該怎麼說？總不能說我手臂上有紋身，是隻十字蟹，我不知道這個紋身代表什麼意義，是不是隱藏了什麼祕密？我的祖母說你知道，能不能請你告訴我？我要真這麼說，豈不成了神經病……搞不好還被當成花痴。」

李聿和陳思南就這樣各懷心事，貌合神離的走進了雪菲爾畫廊。

因為是樂梅爾教授的高足，畫廊經理范德萊恩對李聿專程來看那幅靜物畫顯得非常重視，早已將李聿要看的畫從倉庫裡取出掛在牆壁上。這是一幅十七世紀荷蘭黃金時期典型的靜物畫，土耳其織毯覆蓋的桌面上有一大盤葡萄，旁邊是一個插滿百合花的花瓶，瓶子右後方是一個酒壺，酒壺前有一隻煮熟的紅色龍蝦，龍蝦左邊是一個以旋切方式削開一半的檸檬，裸露的果肉晶瑩欲滴，果皮垂於桌沿之下，像一截失去生命力的彈簧。檸檬旁邊擺了一個充滿海洋氣息的鸚鵡螺，這種可以在海中懸浮行進的奇特海螺是十七世紀荷蘭東印度公司船員航行經過印度洋時帶回的稀世珍品。

鸚鵡螺與來自中國的青花瓷是十七世紀荷蘭靜物畫家經常用來象徵奢華的主題。被認為是十七世紀最富詩意的靜物畫大師海達（Willem Claesz Heda）就畫過一幅以金屬鑲嵌裝飾的鸚鵡螺杯為單一主題的靜物畫。和海達同時代的靜物畫家德黑姆（Jan Davidszoon de Heem）的靜物畫中也都能看到鸚鵡螺和青花瓷。尤其是威廉卡夫，對鸚鵡螺和青花瓷更是情有獨鍾。

眼前掛在牆上的這幅畫，的確就是李聿在樂梅爾教授交給他的「船貨迷蹤」檔案資料中那張照片所拍的那幅靜物畫。范德萊恩說之前他帶著這幅畫去見樂梅爾教授，請教授幫忙鑑定這幅畫是否是出自威廉卡夫之手，樂梅爾教授看了那幅靜物畫之後，當下並沒有給他一個是或不是的確定答覆，只是把畫用手機拍下來，說他這兩天正在忙一件重要的事，要范德萊恩過幾天再來。

樂梅爾教授博學多才，他不但是權威的歷史學者，也是一位古畫鑑定的專家。本來樂梅爾教授已經準備將「船貨迷蹤」的檔案永久封存，就是因為看到了范德萊恩帶來的這幅靜物畫，所以檔案瞬間又被激活了。遺憾的是樂梅爾教授還來不及進一步仔細的研究這幅畫人就病倒了。幸好他有李聿這麼個學生，所以仍舊有機會幫他完成他想完成的事，算是不幸中的大幸。

李聿對十七世紀荷蘭黃金時期那些大師的畫作其實也頗有研究，他雖然還沒有達到樂梅爾教授那樣的高度，不能斷言眼前這幅畫是或不是威廉卡夫所畫，但這幅畫中所畫的鸚鵡螺、波斯織毯、龍蝦、剝去一半果皮的檸檬，以及白地藍花的青花瓷，確實很像威廉卡夫的風格。不過這幅畫是不是威廉卡夫的作品，並不是李聿此刻關切的重點，李聿在意的是畫中那個插滿百合花的青花瓷瓶，那可是和郎世寧《瓶花圖》中那個花瓶相同的明宣德青花獸面耳牽牛花紋倭角瓶。

之前李聿在樂梅爾教授拍的那張照片中看到青花倭角瓶時，就感到匪夷所思，怎麼可能有這樣一件明代官窯青花瓷出現在一幅十七世紀的荷蘭靜物畫中？現在看到原作中的青花倭角瓶，內心的衝擊更加強烈，覺得實在是太不可思議了，完全無法想像這個青花倭角瓶是在什麼樣的情況下進入畫中的。不過儘管李聿心裡有一大堆問號，他還是不得不承認，他贊同樂梅爾教授的判斷，韋麻郎信中所說的那個造型奇特，有兩個獸面耳，瓶底有宣德皇帝年款，大約是一隻手掌高精美異常的青花瓷瓶絕對就是畫中這個青花倭角瓶。

然而李聿沒有想到的是，他並不是唯一對畫中這個青花瓷瓶內心有強烈反應的人。事實上，站在他身旁的陳思南心裡驚訝的程度比起他來亦不遑多讓，甚至從某種角度而言，有過之而無不及。原因很簡單，因為畫中這個李聿稱之為青花倭角瓶的青花瓷瓶，和她要請李聿到里昂去鑑定的那件瓷器完全是同樣的東西。

多年的辦案經驗和敏銳嗅覺告訴陳思南這其中一定有不為人知的故事，絕對不是偶然的巧合，天底下沒有那麼多的巧合。不過基於她一貫不形於色的審慎態度，陳思南並沒有當場出示里昂國際刑警總部辦案人員傳給她的那張「犯罪證物」的照片。

「我對畫中的青花瓷很有興趣，你能不能跟我上上課，讓我也長點知識。」陳思南放低姿態，臉上堆滿笑容，為了完成任務，她願意放下身段，顯然已經做好「犧牲小我」成全大我的思想準備。

而李聿呢？李聿此刻暫時沒去想為什麼青花倭角瓶會出現在這幅靜物畫的問題，他的注意力已經轉移到這幅靜物畫背景牆面上掛的一幅嘟嘟鳥的硬筆畫。

「嘟嘟鳥……還真是，想什麼來什麼。」李聿搖頭苦笑。

十七世紀荷蘭靜物畫中畫的每一件東西都不是隨便擺放的，都有畫家要藉此傳達的意念，比如說威廉卡夫畫中常見的那種削去部分外皮，露出晶瑩果肉的檸檬，就是藉此一意象鎖住流逝的時間，而來自中國的青花瓷和印度洋的鸚鵡螺，以及閃亮豪華的銀器，則是象徵生活的浮華和生命的空虛。而且那時候的畫作即使是畫中的背景也具有某種程度的暗示作用，或者是藉以營造畫家想要的氛圍。如果從這個角度來理解，那麼畫家在這幅畫背景牆面上掛了一幅嘟嘟鳥的硬筆畫，他要傳達的訊息，或者說這幅畫所隱藏的訊息是什麼呢？難道是暗示這幅畫和那個率先向世界公佈位於非洲東岸印度洋模里西斯島上存在著嘟嘟鳥的韋麻郎有關嗎？

「畫中這個青花倭角瓶是否就是韋麻郎取得的那個青花倭角瓶呢？」李聿的思緒又從嘟嘟鳥繞回到畫中的青花倭角瓶。

「喲啊……你還活著嗎？」陳思南等了半天，沒得到李聿的回應，雖然臉上的皮還呈現出微笑的狀態，但皮下的肉已經開始石化，她伸出手在李聿的眼前晃了兩下說：「你能不能跟我說說畫中的這個青花瓶。」

「抱歉，我沒注意，剛才有點走神……」受到陳思南的干擾，李聿終於回過神來，「對了，你剛才說什麼？」

「我說我對畫中這個青花瓷瓶很感興趣，你能不能跟我開示一下這個瓶子有什麼特別的地方，為什麼你看到這個瓶子，就兩眼發直，跟丟了魂似的。」陳思南臉部的皮現在也離開罕見的微笑狀態，回到平常的御姐範。

「不好意思，我腦袋一時打鐵了，抱歉，抱歉。」

接著李聿就很識相的趕緊把青花倭角瓶這件明青花跟陳思南大略介紹了一下。包括這件青花瓶是宣德朝新創的樣式，現今存世的數量極少，郎世寧曾經用這個瓶子當花瓶，畫過一幅《瓶花圖》，萬曆朝和清雍正時期也仿製過這種樣式的瓷瓶等等。李聿當然不會白痴到跟陳思南說這個青花瓶還關係到一批四百年前的瓷器買賣，只說他從他的老師那裡知道雪菲爾畫廊有一幅十七世紀的靜物畫，裡面居然出現了一個罕見的明代官窯瓷器青花倭角瓶，所以專程過來確認，因為在十七世紀荷蘭靜物畫中過去從未出現過可以明顯辨識出是明代官窯瓷器的青花瓷，所以這幅畫可以說是非常難得，具有高度的學術研究價值。

當李聿和陳思南針對那幅靜物畫小聲交談的時候，畫廊經理范德萊恩則一直面帶微笑站在離李陳二人不遠不近的地方，不去打擾他們。事實上，打從李聿走進畫廊，范德萊恩除了上前跟李聿和陳思南握手表達歡迎參觀之意，簡單扼要的提了一下他請樂梅爾教授鑑定畫作的事之外，一直都只是站在那裡做一名合格的觀眾，不打擾，不吭聲，保持靜默狀態，直到李聿和陳思南似乎已經完成了對他這幅靜物畫的鑑識，才邁步走向李陳二人，時間掌握的恰到好處，不早也不晚。

「兩位有什麼心得？得出結論了嗎？」

范德萊恩舉止依舊很從容，但他的言語卻透露出內心的急切，的確，他實在很想知道這幅沒有署名的靜物畫究竟是不是威廉卡夫的作品。

「這的確是一幅傑作，不過很抱歉，我的學養不足，只能確定這應該是一幅十七世紀的畫作，但無法斷言是不是威廉卡夫的作品。」李聿話說的委婉，其實言下之意已經很明顯了。

「是嗎？我明白了，真是遺憾。」范德萊恩又不是二百五，樂梅爾教授和李聿兩人對這幅畫都不置可否，這已經很能說明問題了。

「我希望你不要誤會，我並不是美術專家，我是研究瓷器的。我這次來是因為樂梅爾教授說這幅靜物畫中有一件罕見的中國明代青花瓷，要我過來看看，所以我其實是來看瓷器而不是看畫，所以我建議你去請真正懂畫的專家來鑑定。

李聿原本以為范德萊恩知道他是來看瓷器而不是鑑定畫作會非常失望，沒想到范德萊恩不但沒有任何失望沮喪的情緒，反而興致高昂的和李聿談起瓷器來，說他非常喜歡中國瓷器，尤其是青花瓷，並且問了李聿不少有關瓷器方面的問題，包括那幅靜物畫裡的青花倭角瓶。遇到瓷器同好，李聿也很高興，還自我介紹一番。當范德萊恩得知李聿是研究十七世紀中荷瓷器貿易的學者，又在中國景德鎮經營瓷器商號，態度顯得十分熱絡，和李聿的對話有欲罷不能之勢，要不是陳思南聽的有點不耐煩，以明顯的動作提醒李聿要注意時間，沒準范德萊恩接下來會請李聿和他共進午餐，深入探討。

「這位是李博士的女友吧！不好意思，看來我是耽誤兩位的正事了。」范德萊恩倒也很識趣，陳思南臉上不耐煩的表情告訴他不便再繼續談下去了。

「你誤會了，陳……小姐不是我的女朋友。」李聿差一點就說出陳思南的身份，好在陳思南並沒有什麼特別的反應，不過心裡還是有些忐忑，「我們其實是……同事。」

「同事，女朋友，意思差不多，哈哈。」范德萊恩跟李聿眨了一下眼睛，笑的很曖昧。

李聿看陳思南臉色不佳，於是主動和范德萊恩握手告辭。就在他要轉身離去時，卻忽然又回過頭說：「對了……我忽然想起一件事，你這幅畫有沒有用X光或紅外線檢視過？如果沒有，不妨檢視一下。我剛才看畫的時候，發現畫中那隻龍蝦和那個青花瓷瓶之間的顏色有些不自然，我懷疑那隻龍蝦所在的位置之前可能畫的是別的東西，不是龍蝦。」

就這麼幾句話的功夫，范德萊恩臉上的表情有了非常戲劇性的轉折，變得驚訝不已，「李博士真是觀察入微，不瞞你說，我們之前確實已經用X光檢視過，你說的沒錯，龍蝦的底下原本畫的是一隻螃蟹。」

「螃蟹？」原本李聿只是有些懷疑，隨口一提，沒想到竟然還真是這樣。

其實很多西方畫家在成名之前，因為生活窮困，買不起高價的畫布，所以往往在舊的畫作上又重新作畫。例如畢卡索畫的一幅女子出浴的畫作「藍色房間」就是畫中有畫，這幅藍色的女子出浴圖底層藏了一個戴有三個戒子的鬍鬚男。這名男子是什麼人，沒人知道，一直是個謎。

又比如說十七世紀荷蘭黃金時期藝術巨匠維梅爾的畫作《窗邊讀信的少女》，畫中的那面白色牆壁，原先掛了一幅邱比特的畫像，並不是一面空蕩蕩的牆壁，這個祕密直到一九六八年才被人發現，而這幅被埋在白牆底下的邱比特畫像，卻又堂而皇之的出現在維梅爾的另一幅畫作《站在古鍵琴邊的女士》這幅畫的牆面上。為什麼？同樣也沒人知道。

過去這種畫中畫的情況往往歷經多年才被發現，現在透過紅外線成像的技術，可以很快速的知道答案。因為出現了龍蝦換螃蟹的意外狀況，李聿暫時停下腳步，簡單的跟陳思南說一說「畫中畫」的事。陳思南是刑警，聽李聿說起畫中畫，立刻聯想到刑事偵查嫌犯隱匿犯罪證據的手法，覺得很有意思，居然忘了催李聿走人。

「李博士請等一下，我剛才和這幅畫的持有者通了電話，他同意我的提議，如果你有興趣的話，我想請你看一下這幅畫底層所呈現的畫面，我想你一定會有興趣。」范德萊恩上前攔住李陳二人。

這麼有趣的事，不要說李聿，就連陳思南也很好奇，兩人跟在范德萊恩身後進入一間辦公室。范德萊恩走向辦公桌上的一台電腦，並且迅速的從電腦中叫出圖檔，然後把電腦螢幕轉向李陳二人。

經過電腦處理後的影像雖然整體的色調呈現的是灰色，但卻相當清晰。一如預期，這幅靜物畫的底層畫了一隻螃蟹，但也就只有這隻螃蟹，並沒有其他的物件，有的是一個橫豎皆為九行的文字方陣。橫的看每一列有九個英文字母，豎的看每一行也是九個英文字母，一共是九九八十一個英文字母。每一個字母都是大寫，大小一致，間隔相等，不過就是讀不出任何意義。

F	L	Y	O	Y	V	Q	L	X
L	G	X	T	L	V	T	L	G
X	R	C	T	X	G	R	Y	T
Q	P	O	G	N	Y	O	Q	R
E	L	L	Y	L	X	Y	V	G
Y	O	Y	L	D	L	T	G	P
N	C	Z	X	C	O	Y	Z	O
Y	X	T	Q	R	F	L	E	Q
V	G	L	Y	V	L	X	G	X

李聿和陳思南看到電腦螢幕裡呈現的畫面，兩人的反應不一。李聿還好，就只是覺得非常意外，臉部表情並沒有太大起伏，只是皺了皺眉頭。一個文字方陣加上一隻螃蟹，這和他原來想像的畫面有很大的差距。陳思南的表情就豐富多了，瞪大了眼睛，以略帶顫抖的聲音指著電腦螢幕裡的那隻背殼上有明顯十字花紋的螃蟹對李聿說：「這是不是紅花蟹？」

「咦？你知道紅花蟹啊！沒錯，這是紅花蟹。」李聿原先的注意力都被那個文字方陣所吸引，並沒有太留意那隻螃蟹，這會兒說起紅花蟹，李聿仔細看了一下電腦螢幕中的這隻螃蟹，發現很像他在阿姆斯特丹大學圖書館看過的一幅螃蟹圖像，但又覺得哪裡不對勁。

「奇怪，紅花蟹是生長在南海的螃蟹，怎麼會出現在荷蘭的靜物畫中。」照理說荷蘭的靜物畫中出現的魚蝦蟹都應該是當地的海產，怎麼會出現來自亞洲熱帶海洋的螃蟹，這的確是件奇怪的事，不過李聿倒並沒有被這個疑問困擾太久，「除非……」

「除非什麼？」范德萊恩似乎急於知道答案，顯得有些沉不住氣。

「除非這幅畫不是在荷蘭畫的，最起碼畫作底層的這個文字方陣和螃蟹不是在荷蘭畫的。嗯……沒錯，就是這樣。」李聿對自己的判斷很有自信。

「不是在荷蘭畫的？那是在哪裡？」范德萊恩愣在那裡，眼光呆滯，畫雖然在他手中，但范德萊恩卻感覺自己一點都不瞭解這幅畫。

「任何可以看到這種螃蟹的地方都有可能。比如說馬來西亞、印尼、台灣，這些荷蘭人曾經佔領過的殖民地都有可能。」李聿很篤定的說：「否則無法解釋為什麼畫中會出現一隻只有南海周邊海域才看得到的紅花蟹。」

「不知李博士對這個文字方陣有什麼看法？」

螃蟹的事雖然有點奇怪，但范德萊恩似乎並不特別在意，他在意的是螃蟹旁邊的那些文字，「不瞞你說，這些英文字母我們研究了好一陣子，一點頭緒都沒有，完全看不懂。」

「你認為這些字母是英文？」李聿反問。

「難道不是？」

「我剛才也一直在想這個問題。其實世界流行說英語不過是最近兩百年的事，也就是說十九世紀和二十世紀。而這幅畫不管是在哪裡畫的，都是十七世紀的事。那時除了中國以外，世界上說西班牙語、葡萄牙語和荷蘭語的地區肯定比英語多得多。」

李聿這幾句話說到重點，范德萊恩一下就聽懂了。

「那麼依李博士看，這八十一個字母是哪一種語言呢？西班牙文、葡萄牙文，還是荷蘭文？」

「我感覺都不像。」

「都不是？那是什麼語文？」

李聿沒有馬上回答，沉吟片刻之後才緩緩的說：「我覺得有可能是拉丁文？」

「拉丁文？那不是早就沒人說的語言嗎？」范德萊恩的語氣顯示他對李聿的說法持保留態度。

「沒人說不代表沒人會說。天主教的神父就會說，而且現在依然常常在說。我原先看這八十一個字母也沒有朝拉丁文想，是那隻螃蟹提醒了我。海裡的螃蟹種類很多，為什麼要畫這種背殼有十字花紋的螃蟹呢？除非這種螃蟹對畫螃蟹的人來說有特殊的意義。事實上這種螃蟹也的確和天主教的神父有關係，天主教耶穌會的兩位神父聖方濟各．沙勿略和卜彌格都視這種螃蟹為天主的賜福和恩寵。」

李聿的說法入情入理，讓人想不出反對的理由。而范德萊恩聽了李聿的解釋，態度丕變，他琢磨這八十一個字母和這隻螃蟹有一段時間了，始終看不出任何名堂，就連用的是哪一種語文也沒搞清楚，還一直以為是英語。而現在，先不談李聿說的到底對不對，光是人家在這麼短的時間內解析出這麼多訊息，他就遠遠望塵莫及，真不愧是名校的高材生。

一旁的陳思南心裡也別有一番感觸，她一直想找機會問李聿有關十字架螃蟹的事。現在倒好，應了一句老話，踏破鐵鞋無覓處，得來全不費功夫。她先前聽過李聿演講，知道有關十字架螃蟹的事，如今居然親眼看到這樣一隻螃蟹，出現在一個完全想不到的地方，簡直就是奇蹟。

「祖母說的果然沒錯，遇到知道這個螃蟹祕密的人，就會知道十字蟹紋身的祕密。」

陳思南外表顯得若無其事，非常鎮靜，實際上內心卻是風高浪起，翻江倒海。之前她在海南首次聽李聿說起十字架螃蟹，雖然的的確確感到李聿所言有如春雷乍響，驚醒夢中之人，但多少覺得他有忽悠人的嫌疑，加上李聿又是國際刑警組織認證的涉案嫌疑人，內心也不無鄙視之意。如今證實李聿與犯罪案件無關，再看李聿站在電腦前面侃侃而談的樣子，那個略嫌清瘦的身影忽然給她一種高大上的感覺。也就是從這一刻起，她覺得她要知道的真相，要找的答案，八成就落在眼前這個李博士身上。

「博士是吧？還行！」

陳思南可能沒有意識到自己有一個短暫的時間已經不再是陳警官，而是陳少女。俗話是怎麼說的？少女情懷總是詩，不是嗎？陳思南縱然再英姿煥發，再巾幗不讓鬚眉，總也有小兒女的心思，她也很希望遇到一個能讓她服氣的人，能讓她不必那麼大女人的人。

陳思南心中這首女兒詩要怎麼寫八字還沒一撇，不過李聿卻已經開始解讀這個他認為是拉丁文的文字方陣了。

「你們看，這八十一個字母看起來像是大寫的英文字母，但其中卻少了三個字母，J、U和W，而古典拉丁文恰好就沒有這三個字母。」

李聿說澳門耶穌會當初為了紀念最早進入中國傳教的耶穌會士利瑪竇，曾經向景德鎮訂購了一批所謂將軍罐的瓷瓶，上面繪有耶穌會會徽。他在澳門博物館看過兩個有耶穌會會徽的將軍罐，一個是青花，一個是粉彩。

耶穌會會徽上方是一個十字架，下方是三根釘子。這三根釘子指的是耶穌被釘在十字架上的那三根釘子。耶穌會會徽中間寫了三個字母 IHS，這是耶穌希臘文寫法 ΙΗΣΟΥΣ 的前三個字母，希臘文的 Σ 這個字母就是後來拉丁文字母的 S。澳門博物館館藏的那個青花將軍罐寫的就是古拉丁文 IHS，但另一個粉彩罐則寫的是後來的拉丁文 JHS，現在英語耶穌 Jesus 一名，寫的就是 J 而不是 I。

李聿有如樂團指揮，站在台上拿著指揮棒，引領風騷，挑動神經，振聾發聵，大有「書生意氣，揮斥方遒，指點江山，激揚文字」的氣概。這不，范德萊恩就被唬的一愣一愣的，就連陳思南也是美目中異彩連連。

「如你所言，這八十一個字母是拉丁文，那說的是什麼呢？」范德萊恩問。

「不知道，讀不出來。」

「讀不出來？」

「沒錯，讀不出來。我懷疑這八十一個字母經過編碼，換句話說，是密碼，必須要找到正確的……嗯……演算法，才能解讀。」演算法一詞是李聿除了量子糾纏之外，另一個他知道的少數時髦名詞。

「那個，李博士……你可不可以幫我們解讀這個……嗯……密碼。」

范德萊恩打蛇隨棍上，直接提出要求，他現在對李聿佩服的五體投地，信任度和看好度雙雙爆表。

「我對這個密碼倒是很有興趣，不過你說的事恐怕不現實。」李聿看了陳思南一眼，見對方沒什麼表示，也就自顧自的說：「一來我和我的……同事，現在還有其他的事要處理，二來就算我能破解這個密碼，恐怕也不是三兩天的事，我可能沒有那麼多時間為了這個在荷蘭久留，所以……」

「不需要你留在荷蘭，只要你答應幫我們解碼。我可以把這個圖檔的拷貝給你，你只要把解讀出來的訊息告訴我們即可，我們願意支付高額的酬勞，相信絕對會令你滿意。」荷蘭人果然是天生的生意人，習慣用商業手段解決問題。

其實就算范德萊恩並沒有要李聿幫忙破解那個拉丁文密碼的意思，李聿也會主動提出這個要求。因為打從看到這個拉丁文密碼和十字架螃蟹開始，李聿就覺得這幅畫中畫很不簡單，裡面一定隱藏了很大的祕密，而且說不定和樂梅爾教授的事有關，畫中那個青花倭角瓶就是最好的證明。

再者，這幅畫除了青花倭角瓶，嘟嘟鳥和畫作底層的十字架螃蟹也讓李聿覺得非常古怪，彷彿其間有什麼「量子糾纏」的關係，只是他一時之間還理不出頭緒，只有一個模糊的輪廓。

嘟嘟鳥是韋麻郎公諸於世的，韋麻郎是整個「船貨迷蹤」檔案的靈魂人物。十字架螃蟹在天主教的文獻中只和兩位神父有關，一位是聖方濟各．沙勿略，一位是卜彌格。前者是十六世紀的人，後者是十七世紀的人，而這幅畫是十七世紀的畫，所以這隻十字架螃蟹和誰比較有關係，不言可喻。

青花倭角瓶、嘟嘟鳥和十字架螃蟹這三個看似不搭軋的物件同時出現在一幅畫中，而且還是隱藏版的畫中畫，要說這裡面沒有文章，純屬偶然，李聿是絕對不會相信的。

如果說上帝給樂梅爾教授開了一扇窗，讓他看到了這幅靜物畫，從而看到了「船貨迷蹤」現出跡象的曙光，那麼這幅靜物畫底層的拉丁文密碼就是窗中之窗，也是能夠進入「船貨迷蹤」祕境的「芝麻開門」通關密語。

李聿發現他要是想完整的還原當年韋麻郎和高宷之間交易的原貌，想找出那批瓷器的下落，他得先弄清楚雪菲爾畫廊這幅靜物畫究竟是怎麼回事，畫是哪裡來的？誰畫的？為什麼會有這幅畫？而要想找出這些問題的答案，關鍵或許就在這個拉丁文密碼上面。

李聿離開雪菲爾畫廊時帶走了那幅靜物畫的圖檔，包括畫作底層的拉丁文密碼和十字架螃蟹，同時簽下保密條款，答應不將此一字謎告訴他人，除非是基於解碼的需要，同時李聿也保證一旦解開字謎，必須在第一時間通知范德萊恩。

在去里昂的飛機上，李聿熬不過陳警官的問案技巧，把他這次來荷蘭要做的事一五一十的告訴了陳思南。陳思南對李聿坦誠合作的態度很滿意，可陳思南卻沒有透露任何有關她手臂上那個十字蟹紋身的事。她說不出口，也不知道該怎樣說出口，她總不能說：「喂，我的祖母說你和我有緣，我們是不是要試著……」拜託，她是陳警官，不是陳少女，不是花癡。

雖然陳思南不曉得該如何開口，她還是很好心的向李聿透露，說到了里昂會給李聿一個大大的驚喜。

CAPUT IV
青花倭角瓶

Audita facio tibi nova ex nunc et occulta, quae nescis.

——Isaias 48：6

我將新事就是你所不知道的隱密事指示你。

——《以賽亞書》48 章 6 節

當陳思南和一名法國男性警探安德列從證物室把那個所謂的犯罪證物——青花獸面耳牽牛花紋倭角瓶放在他面前的時候，李聿完全傻住了。

「不會吧！」

李聿揉揉眼睛確定自己沒有看錯。沒錯，眼前這個唇口、直頸、獸面耳、方腹折角如八稜之錘、圈足外撇、台階式底、繪牽牛花紋、瓶底有大明宣德年製雙圈六字款，瓶高約為成人手掌長度，的的確確是一個和郎世寧《瓶花圖》以及范德萊恩那幅靜物畫中所畫那個罕見明代宣德官窯青花倭角瓶同樣款式的青花瓷瓶。樂梅爾教授「船貨迷蹤」檔案中那個韋麻郎信中所說造型奇特，精美異常的最高檔的中國青花瓷瓶也就是這種樣式的瓷瓶。

李聿一臉不爽的瞅了陳思南一眼，覺得被她給耍了。李聿在飛機上問陳思南找他去鑑定的是個什麼樣的瓷器，陳思南死活不應，只說不急不急，到了里昂就知道了。這麼關鍵的證物，李聿就不信陳思南手機裡沒有圖檔，叫出來看一眼會少塊肉啊？這話有點曖昧，換一句，看一眼會死啊？不就懷疑是個贗品，被騙了，有什麼大不了？世上因為打眼買到贗品的人多了去了，難道每一次都要出動國際刑警大張旗鼓佈下天羅地網的追查到底？

陳思南可不知道李聿心裡有這麼大的怨念，臉上掛著愉快的笑容，端了一杯咖啡給李聿，很是親切的說：「抱歉，他們這裡不提供其他的，只有咖啡。」然後十分輕鬆的坐在李聿對面，心裡有一絲小小的得意。早上我去你那裡，什麼待客之道啊？連杯水都沒有。你看我，多體貼，還請喝咖啡，你是不是應該感到非常榮幸呢？你算是非常有福氣的，居然能喝到我親手倒的咖啡……

陳思南這會兒心情非常不錯，剛才她接到局裡領導的指示，說既然已經確定李聿與本案無關，就不必在歐洲逗留，可以返國交差。不過出國一趟也不容易，而且陳思南也有很長的一段時間沒有休假，所以領導特許陳思南可以在法國多停留幾天再回去。陳思南已經等不及要前往巴黎渡假了。

李聿的咖啡就是這麼來的，滿滿的愜意。

就在陳思南以十分舒適的姿勢享用那種味道又苦杯子又小的法國咖啡之時，忽然發現李聿連碰都沒有碰那杯咖啡，反而是皺著眉頭，神情凝重的看著桌上的那個青花倭角瓶，彷彿發現了什麼嚴重問題。

「怎麼？有什麼不對嗎？」

陳思南放下手中咖啡杯，神經反射式的緊張起來，你老兄可別給我出什麼么蛾子，破壞本姑娘好不容易才有的巴黎假期。

李聿沒有搭理陳思南，只是拿著瓶子顛來倒去，反反覆覆的看來看去，間或停下來望著天花板發呆，若有所思。

「你不會跟我說這個青花瓶是真品吧！」

「有可能。」

「什麼叫有可能？」

「因為這就算不是真的到代明青花，但跟真的已經沒有分別。」

「什麼意思？」

「就是我剛才說的意思。」

聽到李聿這種雲遮霧繞模稜兩可的回答，陳思南真想衝上去把李聿按住海扁一頓。真品就是真品，贗品就是贗品，什麼叫跟真的沒有分別？真的假的都搞不清楚，那這個案子還怎麼辦下去。

「我的意思是如果把這個青花倭角瓶放到博物館絕對不會有人說它是假的。」

李聿看了一眼位在桌子另一側的法國警探安德列，剛才他老兄和陳思南一起進入這間辦公室後便一直安靜的坐在那裡，也不插嘴，同時似乎也不介意李陳二人以中文交談。基於對這位修養不錯的法國警探的尊重，李聿把剛才說的話用法語重覆了一遍。

「你說的和馮樹雅一樣。」安德列突然開口，出乎李聿的意料，說的竟然是中文，「沒關係，我學過中文，聽得懂。」

也是，國際刑警組織人才濟濟，一個法國探員會說中文並不奇怪。

李聿把青花倭角瓶放回原來的位置，沉思片刻，整理好腦中紛亂的思緒，字斟句酌的說：「我贊同馮樹雅的鑑定結果，從燒造瓷器的工藝技術來說，這件瓷器沒有瑕疵，就是真品。唯一的疑點就是……它不應該是海撈瓷。如果真是海撈瓷，那就是有人發現了一艘明代早期的沉船，說不定還是鄭和船隊中的一艘沉船，不然很難想像會有這樣的官窯瓷器從海裡撈上來。」

「你和馮樹雅都沒有肯定的表示這件瓷器是真品或贗品，只說放在博物館就是真品，那我請問你，這件瓷器如果不是放在博物館，是不是就成了贗品？」

安德列有些不耐煩，他受夠了所謂專家學者這種模稜兩可的答案，覺得實在是不負責任，尤其是馮樹雅還辯稱說他這麼說才是負責任，知之為知之，不知為不知。

「不能說沒有可能，任何事都有可能。」李聿不怪安德列，但有些事他就算心知肚明，但話也只能夠說到這個份上，誰知道事實的真相到底是什麼呢？尼采不是說過，「沒有真相，只有解釋。」

「馮樹雅說你有能力做出這樣的瓷器，是真的嗎？」安德列繼續追問。

「如果物質條件俱備，我或許能夠做得出來。同樣的，如果物質條件俱備，其他人也有可能做得出來。」畢竟是警方問案，李聿回答問題很小心，他可不願給自己找來麻煩。

「什麼樣的物質條件？」安德列鍥而不捨。

「比如瓷土和青料。這種明代官窯瓷器用的都是特殊的瓷土和青料，基本上現在已經找不到了。」

「我注意到你說的是找不到而不是沒有，意思是還是有可能存在這樣的瓷土和青料是嗎？」

「就像我之前說的，凡事皆有可能。」

安德列氣的不想問了，「最後一個問題。除了你以外，你知道還有誰有本事做出這樣的瓷器。」這個問題不只是安德列想知道，陳思南也想知道，兩人的目光齊齊鎖定李聿，期望能得到一些真正有價值的訊息。

「在我接觸過的人當中，我認為沒有。有沒有其他的人有這個能力，我不知道。我們那裡有句話說，高手在民間。」

接了李聿使出的一招太極推手，安德列和陳思南都感覺自己在原地打轉。不能判定真假就表示這個案子無法結案，後續還要繼續偵辦，你們學者專家耍耍嘴皮子就過去了，累的可是我們。

陳思南覺得奇怪，法國出現了一個罕見的青花倭角瓶，沒多久荷蘭出現的一幅畫中居然也有一個罕見的青花倭角瓶，這個情況是不是有點太罕見了？世上有這麼多罕見的事嗎？她原本想就這一點問一下李聿的看法，不過話到嘴邊，想一想又打住了。畢竟這是法國警方的案子，她不想多事，節外生枝。

「看來你今天是趕不回荷蘭了。」

李聿走出國際刑警總部時，天已經黑了。陳思南賣乖的表示，她已經幫李聿訂好旅館，四星級，公費報銷，而且還要自掏腰包請李聿吃法國大餐。

所謂無事獻殷勤，非奸即盜。李聿又不是傻子，陳思南那點心思他很清楚，不就是懷疑他在國際刑警總部語帶保留，沒說實話，所以變著法的纏著他繼續問案。李聿也很清楚，陳思南不提雪菲爾畫廊那幅有青花倭角瓶的靜物畫，是她不想節外生枝，並不表示她對這樣奇怪的巧合心裡沒有想法。

事實上，李聿理解的很到位，陳思南不但有想法，而且似乎認定答案就在他的身上。

在陳思南的熱情堅持下，李聿跟著陳思南來到索恩河畔里昂舊城區一間燈光美氣氛佳的餐廳共進晚餐。陳思南點了里昂的名菜梭魚捲，還開了一瓶價格不便宜的紅酒，看得出來她此刻的心情很好。

「我以前來里昂講習的時後發現了這家餐廳，很喜歡這裡用餐的氣氛，菜也不錯。」陳思南舉起酒杯和李聿的杯子碰了一下。

「親親。」
法國人喝酒不說「乾杯」，說「親親」。
「你的法語說的很好，哪兒學的？」李聿很好奇。
「你別看不起人，我可是外語學院畢業的。」
「我哪有看不起人，我只是很意外，很少人可以把法語說的這麼好。」李聿趕緊澄清，順便拍拍馬屁，他可不想得罪陳思南。
「說的再好也比不上你，你不但會說英語、法語、荷蘭語，我估計你還懂拉丁文，對吧！」陳思南煞有介事的搬著指頭計算，李聿還沒來得及客氣兩句，陳思南就堵住了他的嘴，「別否認，我知道你肯定懂拉丁文。」
李聿心想我沒打算要否認啊！她這演的是哪齣？
「那個拉丁文密碼，你一定知道什麼，在雪菲爾你沒說實話，對吧？」
「好傢伙，我說你幹嘛對我這麼好，原來是在這裡等著我。」李聿心裡想的明白，嘴裡可不會這樣說，「你可別冤枉我，我一路過來說的都是實話，絕無半句虛假。」
「我沒說你說的是假話，但我肯定你一定在某些地方有所隱瞞，沒有完全吐實。」
「好啊！你說說看，我還真不知道我什麼地方有所隱瞞，沒有吐實。」
李聿饒有興致的看著陳思南，他當然清楚自己說過哪些話，也清楚哪些話他沒有說。本來嘛！話是肯定不能亂說的，能說的說，不能說的當然不說，這得看說話的對象是誰。孔老夫子不是說過嗎？「可與言而不與之言，失人；不可與言而與之言，失言。知者不失人，亦不失言。」李聿不敢說自己是智者，也不打算去研究失不失人的問題，但他很清楚有些話不能多說，尤其不能對一個警察多說，特別是像陳思南這樣靈敏慧黠的女警，否則無異自找麻煩。

「你說你無法分辨那個青花瓷瓶是真的還是假的，這就不是實話。」李聿正想辯解，卻被陳思南阻止，「我知道你要說什麼，我沒說你說的是假話，但你也沒說實話。我知道你看得出那個青花瓷瓶是真品還是贗品。別問我為什麼？我就是知道。」

陳思南這一番機槍掃射，李聿被火力壓制，完全沒有還手，不，沒有回嘴的能力。他突然覺得這個餐廳燈光也不美氣氛也不佳了，就連那個梭魚捲也超級難吃。更糟糕的是機槍掃射還在繼續進行。

陳思南認為李聿不但知道那個青花瓷瓶是贗品，甚至也知道那個青花瓷瓶可能是誰做的，只是不說而已。這傢伙從小在景德鎮長大，他會不知道景德鎮有哪些做高仿的高手？陳思南對自己的研判信心十足。

還真別說，陳思南雖然拿不出證據，但她的邏輯卻很正確，李聿的確知道景德鎮哪幾個人有這個本事可以做出那種看不出破綻的高仿瓷器，其中一位就是他的父親李民。李聿的技藝都是他父親教的，李聿能夠做出那種幾可亂真的瓷器，他老爸當然也可以。李聿不說，不是因為中國傳統的美德，所謂「子為父隱，父為子隱。」而是因為李聿過去曾經見過那個被視為犯罪證物的青花倭角瓶，不但知道那個瓶子是誰做的，還知道那個瓶子是屬於誰的。

那個青花倭角瓶有五處明顯的鐵鏽斑，這些鐵鏽斑的位置和形狀，以及瓶底圈足一處小小的磕損，他全都記得清清楚楚，印象非常深刻。不要說青花倭角瓶是非常罕見的明代官窯青花瓷，全世界一共找不到幾個，就算有可觀的傳世數量，也絕對不會有兩個瓶子呈現出完全相同的特徵。這種手工製作的瓷器就像人的指紋，沒有兩個人的指紋是完全相同的。

李聿很確定原本擁有這個瓶子的人絕不可能和走私詐騙集團有什瓜葛，也不會將瓶子轉手他人，因為李聿就曾經向對方提過幾次，願出高價，希望對方將瓶子賣給他，但都被對方委婉拒絕了。現在他突然發現這個青花倭角瓶被人從海裡撈起來賣到法國去，想也知道，其中一定發生了什麼變故。至於是什麼變故，必然是要先找到當事人才會知道，在情況沒有明朗之前，李聿當然不願多說，免得忙中添亂，徒增困擾，因為這個人對他而言，無異良師益友。

李聿挨了一陣機槍掃射之後，以為陳思南的彈匣沒了子彈，沒想到陳思南換隻手，又端出一管霰彈槍，霹靂啪啦的又是一陣亂射。

「還有，那幅畫你也沒說實話，對吧！」陳思南意味深長的瞄了李聿一眼，再一次制止了李聿的發言，「別反駁，我知道你看懂了那幅畫，包括畫作底層的拉丁文密碼和十字蟹。別唬弄我，我可不是你那些學生。」

「我那些學生？哪些學生？」

雖然樂梅爾教授一直希望李聿到萊頓執教，但李聿從未有過任何授課行為，唯一面對學生的情況就是在海南島的……

「糟糕！露餡了。」陳思南瞬間熄火。
「你監視我？」
「很抱歉，那時你是國際刑警組織通報的涉案關係人。」陳思南見無法隱瞞，只好大方承認，不過她用了一個比較好聽的名詞——涉案關係人，沒有用嫌疑犯。
「你是什麼時候排除我是……涉案關係人。」李聿當然不願稱呼自己為「嫌疑犯」，他又沒有病。
「嚴格說，你還是涉案關係人，你涉案的可能性並未真的被排除，至少安德列是這樣認為。」陳思南給李聿和她自己的酒杯添加紅酒，面帶微笑的說：「不過我不認為如此。」
「為什麼？」
李聿頗感意外，剛才陳思南還言之鑿鑿的指控他沒說實話，為何現在又來為他平反？
「因為你沒有必要。」
陳思南的邏輯很簡單，既然李聿做的瓷器放在博物館都沒有人能看出是真是假，他可以透過比如說拍賣，合法的賺取高額利潤，根本不需要玩這種掩耳盜鈴欲蓋彌彰的把戲，把東西丟進海裡，再找人撈起來。
「我是不是應該謝謝你相信我的清白，然後結草銜環，感恩圖報。」李聿哼了一聲，沒好氣的說。
「你要是願意，就告訴我誰可以做出那個青花倭角瓶。」陳思南也不演了，直接打開天窗說亮話，「喔，還有……我對那幅靜物畫底層的拉丁文密碼和那隻……紅花蟹很有興趣，要不你跟我說說。」

「說什麼？」李聿的語氣依舊不善，「你也知道那是個密碼，而且我是今天才知道有這個密碼，還沒來得及研究就被你拖來鑑定什麼瓷器，我能說什麼？」

「好吧！不說密碼，說說那隻十字蟹也行。」

李聿說話陰陽怪氣，陳思南也不太高興，要不是想知道十字蟹的事，以她的脾氣，說不定當場發飆。

「十字蟹？」

李聿愣了一下，他記得在雪菲爾他說的是紅花蟹，沒提過十字蟹啊？疑惑的看了陳思南一眼。

「糟糕！又露餡了。」陳思南再度熄火，自己怎麼這麼大意，果然是心急吃不了熱豆腐，「那個……我是海南島人，這不是對我們海南島的螃蟹感到好奇嘛！」

李聿心想：好奇？鬼才相信！我看好吃還差不多。陳思南為什麼會脫口而出十字蟹這三個字，李聿心裡明鏡似的，不就是他在海南島演講的時候，她老兄在場……監視嘛！

「你是海南島人？」李聿懶得回答，隨口亂扯。

「是啊！不行嗎？」

「你不會接下來要告訴我說你是黎族的公主吧？」李聿打定主意，你說鬼話，我也跟你鬼扯。

「我是啊！你不相信？」

在三亞附近幾個黎族的村子裡，陳家確實是如同頭目家族般的存在，陳思南說她是公主也並不為過，何況陳思南的祖母一直都叫陳思南小公主，所以陳思南這公主二字說的是理直氣壯，反倒是李聿聽了有點傻眼。

「真是公主？沒有騙我？」

「我幹嘛騙你，騙你是小狗。」陳思南心裡有點小得意，別說我沒騙你，我就是騙你也是你是小狗。

「算了，我也不跟你鬼扯。你肯定聽過我的演講，既然聽過，那我也不需要再講一遍有關十字蟹的事。」

「不行，我對十字蟹很好奇，你必須給我一個說法。而且就像你說的，我們海南島的螃蟹為什麼會藏在那幅靜物畫中？」

陳思南這會兒似乎又有點陳少女上身，不但語氣放軟，甚至開始耍賴。不過她問的也正是李聿自己也想弄清楚的。事實上，李聿從阿姆斯特丹到里昂，一路上也在想這個問題。既然陳思南纏著問，他也就說一說自己的看法。

十七世紀荷蘭靜物畫中所出現的物件都有其特定的象徵意義，毋庸贅言。雪菲爾畫廊那幅疑似威廉卡夫所畫的靜物畫，百合、龍蝦就不提了，畫中織毯來自波斯，鸚鵡螺來自印度洋，青花倭角瓶來自中國，這幾件東西每一件都代表對浮華生活的反思，這也是李聿對十七世紀荷蘭黃金時期靜物畫的理解。李聿對那幅靜物畫唯一無法理解的是畫中背景牆面上掛的那幅嘟嘟鳥的硬筆畫。因為是硬筆畫，也因為「船貨迷蹤」檔案先入為主的影響，李聿一度懷疑那幅嘟嘟鳥的硬筆畫會不會就是韋麻郎當初在模里西斯島上看到嘟嘟鳥後隨手畫下的，畢竟就是韋麻郎最先向外界公佈了嘟嘟鳥的存在。不過李聿在看到畫作底層竟然畫了一隻十字蟹時，突然產生了新的想法。

「嘟嘟鳥所在之地是模里西斯，鸚鵡螺出自印度洋，而十字架螃蟹第一次有記載是出現在麻六甲海峽，第二次是海南島，另外畫中的青花瓷則是來自中國景德鎮，把這幾個地點連起來，那就是大航海時期荷蘭人往返歐亞兩地的航線。換句話說，這就是一條……」

「海上絲路。」

陳思南興奮的脫口而出，但隨即又有如泄氣的皮球，渾身沒勁。海上絲路跟她的十字蟹紋身有什麼關係啊？十字蟹還是十字蟹，沒戲。

對比陳思南撳下關機按鍵的腦袋，李聿的頭腦可是在快速的運轉。「那幅畫果然是關鍵線索。」李聿甚至有一種感覺，如果能完全瞭解那幅畫隱藏的訊息，說不定就能完成樂梅爾教授交代的任務，運氣好的話，還可能找到那批瓷器的下落，那可不是一件而是一批明代的官窯瓷器，那得值多少錢啊！

「關鍵是那個拉丁文密碼，這得找劉韞幫忙。」

李聿第一個想到的就是他的好友語言學博士劉韞。劉韞取得博士學位的時間比李聿早，他此刻已經回到國內，在京城一所大學執教。李聿決定明天先和劉韞通個電話，看他對這個拉丁文密碼有什麼想法。

十字蟹沒戲唱，紅酒也喝完了，陳思南也沒什麼興致欣賞里昂的夜景。她打算帶李聿去旅館入住，明天再送李聿去機場搭機回荷蘭，做事要有頭有尾，做人也要有始有終，不能過河拆橋，不是嗎？何況這小子雖然喜歡藏著掖著不老實，其他倒還過得去，勉強配得上本公主。

「呸！陳思南，你都在想些什麼？你只是要從他那裡弄清楚十字蟹的事而已，好嗎？」

陳思南決定明天送走李聿之後，她就搭高鐵去巴黎，她要在花都待幾天，然後再搭機返國，這可是她夢寐以求的假期。

就在陳思南喊服務生過來結帳的時候，李聿的手機響了起來。李聿也不迴避，當著陳思南的面和打電話給他的路易・伯斯以荷蘭語哼哼哈哈的嘰咕了一陣子。掛了電話之後，李聿對陳思南說，荷蘭的朋友給他介紹了一筆生意，有個有錢人要委託他燒造一批高檔的青花瓷，約他去巴黎詳談。這是一筆很大的生意，所以他暫時不回荷蘭，明天要去巴黎，要陳思南不必送他，他自己搭高鐵去就可以了。

「你明天要去巴黎？」

陳思南的心情有點複雜，這是事有湊巧，還是心有靈犀一點通？

「你明天也要去巴黎？」

李聿則是感覺有點無奈，他忽然想起這次回國後要去找的另一個人孔修圓過去常掛在嘴邊的一句話：「隨君作不作，我常依法行。」看來案子不破，陳思南肯定不會罷休，自己也絕對不得清靜。

「那感情好，一路上我們可以做個伴。你放心，到了巴黎你去談你的生意，本小姐我要去逛街。領導說了，給我放假。」想到巴黎，陳思南的開心完全寫在臉上，「對了，你在巴黎要待幾天？我可以請大使館的朋友幫忙訂旅館，保證物超所值。」

「時間還沒敲定，不過我估計在巴黎最少也得有個兩三天的時間吧。」

陳思南一片誠意，李聿也不好拒絕，何況有人幫他訂好旅館也省得他去費腦筋。

「那好，我們先回旅館，明天一起去巴黎。」陳思南都這麼說了，李聿也只能點頭稱是。難不成說咱們道不同不相為謀，最好是你走你的陽關道，我過我的獨木橋？

「忙了一天還真有點累了，我帶你去旅館休息。」話是陳思南說的，可聽在李聿耳裡總覺得怪怪的，「去旅館休息？」有這樣說話的嗎？

陳思南可沒李聿這麼無聊，拿出信用卡結過帳就離開餐廳，她給李聿訂的旅館和她自己入住的是同一家旅館，位置在里昂火車站附近，從這裡搭車去市區，去機場，北上巴黎，南下馬賽，都非常方便。不過也因為如此，所以這裡來往人潮眾多，出入份子複雜，是扒手宵小作案的好地點。當李聿拖著行李箱和陳思南從車站走去旅館的路上，剛轉過一條小巷，迎面就碰上三個看起來不懷好意的男子圍了過來。其中一個是白人，兩個是黑人。白人膚色不算太白，看不出是不是法國人，倒是黑人的膚色真的很黑，是那種來自非洲皮膚很黑很黑的黑人。

這一白二黑三個人，塊頭都不小，李聿一看情況不妙，一邊盤算著要如何應付眼前的場面，一邊下意識的把陳思南拉在自己身後，他雖然學過散打，但畢竟沒怎麼特別鍛鍊，肯定架不住對方人多勢眾，不過既然碰上了，而且看樣子就是想躲也躲不掉，只好硬著頭皮上陣。

就在對方逐步逼近，面臨攤牌的時刻，李聿身後的陳思南突然快步一閃，衝上前去，一個像泰拳那樣的膝撞就把一白二黑的那個白的撞的跌了出去，然後又以迅雷不及掩耳之勢，一個肘擊，一個貼山靠就把另外兩個黑的摺倒了。接著慢條斯理的拿出證件說了一句：「國際刑警。」

倒在地上的三個倒楣鬼互相看了一眼，隨即爬起來落荒而逃。一旁的李聿完全沒有想到事情是這麼個結果，英雄救美沒救成，美人反而救了英雄，面子上有點下不來，摸摸鼻子訕訕的說：「你剛才使的是八極拳？」

「類似，不過更厲害，這是我們家祖傳的拳法。」陳思南得意的說。

「以後可要離你遠一點。」李聿小聲嘀咕了一句。

「你說什麼？」陳思南瞪了李聿一眼。

「沒什麼，我是說以後跟著你比較安全。」

「你現在知道本公主的厲害了吧！」

「那是……那是……」

李聿和陳思南第二天並沒有搭早班高鐵去巴黎。

陳思南要去國際刑警總部辦理一些事情，要到中午才能離開。李聿也不急著趕過去，趁著陳思南不在的空檔，他搭上地鐵到索恩河對岸富維耶山上的聖母院為樂梅爾教授祈禱，求天主保祐教授手術順利，平安脫險。這兩天他和教授的助理韓克一直有保持聯繫，知道樂梅爾教授再過幾天就要進行腦部腫瘤切除手術。李聿本來想留在萊頓陪伴教授，為教授加油打氣，但教授不要他留下來，說留之無益，然後給了他一個「船貨迷蹤」檔案，請他務必盡全力解開這個檔案之謎。李聿知道，教授對自己的生死可以放下，但這個檔案他放不下。

李聿當然會竭盡全力去找出「船貨迷蹤」檔案最終的答案，但是看到樂梅爾教授躺在病床上灰敗的臉色和逐漸隱沒的生命光彩，他不自覺的想起《傳道書》的一句話：「加增虛浮的事既多，這與人有什麼益處呢？」這個「船貨迷蹤」檔案難道不是虛浮的事嗎？找出了答案或找不出答案，與人有什麼益處呢？弔詭的是，這個原本在歷史洪流中載浮載沉，如夢幻泡影的虛浮往事居然在一幅反思虛浮的靜物畫中現出實相。

李聿進入聖母院教堂，找了一個角落的位置坐下為樂梅爾教授祈禱，同時拿起放置在座位旁邊的聖經，翻到《新約．腓立比書》第一章十九節和二十節的經文：「因為我知道這事藉著你們的禱告和耶穌基督之靈的幫助，終必叫我得救。照著我所切慕所盼望的，沒有一事叫我羞愧。只要凡事放膽，無論是生是死，總叫基督在我身上照常顯大。」這兩節經文是李聿在病房和樂梅爾教授共同禱告時，教授隨意翻開放在床頭櫃上的聖經所出現在他們眼前的經文。

祈禱完畢，李聿起身準備離開，忽然一位神父朝他走來，手上還拿著一本紅色封面的聖經。神父很親切的問李聿是不是中國人，得到肯定的答覆後便說要將手中的聖經送給李聿。長者賜，不敢辭，這是中國的禮數。李聿雙手恭謹的收下神父賜贈的聖經才發現那是一本以中文簡體字印行的聖經。在國內看到中文簡體字的聖經很平常，但在法國里昂的教堂看到中文簡體字的聖經，著實令李聿感到非常意外，同時也興起了一個念頭。李聿告訴神父他今天來教堂是為即將動手術的樂梅爾教授祈禱，問神父能不能按照聖奧斯定和聖方濟各領受聖恩的方式為樂梅爾教授唸誦一段經文祈福。

李聿此刻所說的聖方濟各不是耶穌會的聖方濟各．沙勿略，而是創立方濟會於一二二八年封聖的亞西西聖方濟各。亞西西聖方濟各和聖奧斯定領受聖恩的方式其實就是羅神父教他拉丁文時所採行的方式，上課時羅神父要李聿隨機翻閱一本拉丁文聖經，翻到哪頁就以那一頁的經文做為教材。神父這一招可謂一魚兩吃，既教了拉丁文，又講了聖經。耶穌會的神父都是飽學之士，學問怎麼來的，就是這樣來的。

不過羅神父的這種教學方式不是他的獨門手法，而是其來有自，神父只是師法前賢之所為。過去聖奧斯定和聖方濟各創立修會時，就是拿著聖經隨意翻開一頁，說：「我們要這樣做。」然後再翻開另一頁，說：「這將是我們的會規。」於是就像《舊約．創世紀》描述神如何創造世界說的那樣，「事就這樣成了。」用中國人的話說，就是言出法隨。

神如何創造世界，李聿不甚明瞭，但李聿覺得這樣的學習方式很有效也很有趣，很像之前他的一位來自台灣的朋友孔修圓跟他說的投花得佛。

孔修圓是台灣一家廣播電台旅遊節目的主持人，寫過與佛教有關的小說。他的祖父、父母和李聿的祖父和父親是舊識，私交甚篤。後來孔修圓的父母去了台灣，直到兩岸恢復交流，孔修圓陪他的母親返回江西老家探親，李聿和孔修圓才互相認識，進而成為好友。

事實上，李聿從分享的角度理解聖經五餅二魚的故事，靈感就是來自孔修圓的真實生活經驗。

孔修圓說有一回他參加一座寺院舉辦的短期免費佛學課程，中午進入膳堂用餐的時候，看見膳堂牆壁上掛著一塊白板，上面記載著今日某甲供養青菜若干，某乙供養米麵若干，某丙和某丁又供養什麼等等，方才知道他們午間所食有很大一部分是來自他人的供養。李聿將孔修圓所言和聖經五餅二魚的故事相互比對，從而對所謂神蹟又有了更深刻的認識，也因此他和孔修圓雖然不常見面，但友誼不減。

有一次李聿和孔修圓聊天時，談到如何理解宗教儀式的意義。孔修圓舉密教儀軌為例，說密教在舉行灌頂時，弟子要以巾帛遮面，然後將手中所持之花投入曼荼羅中。曼荼羅中繪有諸天神佛，花所落處之佛，就是自己的本尊，之後便奉此本尊修行。李聿曾經問孔修圓透過這樣的方式真能得佛嗎？孔修圓笑笑說，他只知道他知道的，他不知道他不知道的。他知道密教有這種灌頂的方式，所以如實以告。李聿問的是他不知道的事，所以無法回答。

孔修圓無法回答的問題，李聿也同樣問過羅神父：「聖奧斯定和聖方濟各領受聖恩的方式靠不靠譜啊？」羅神父同樣沒有正面給出答案，不過他引述前教宗本篤十六世對這個問題曾經說過的一段話回答李聿的問題，那時本篤十六世還不是教宗，是若瑟拉辛格樞機主教。

若瑟拉辛格樞機主教認為聖奧斯定和聖方濟各領受聖恩的方式是一種很古老的做法。聖奧斯定透過這種方式進行懺悔，聖方濟各也透過這種方式得到指引，就連比利時國王博杜安也用這種方式祈禱而得到很多推動政務上的幫助。所以這樣領受聖恩的方式不是不可以，不過到了某一個程度，就不可以把這種方式當作標準守則，不然就把聖經變成占卜的卜辭了。我們應該有規則的閱讀聖經，讓聖經陪伴我們指導我們。當我們和聖經在內心交談時，總會找到特別讀給我們的話，在特別的境遇內，一路上幫助我們。

如同若瑟拉辛格樞機主教所言，李聿在聖經內找到了特別讀給他的話。

神父答應了李聿的請求，按照聖奧斯定和聖方濟各領受聖恩的方式為樂梅爾教授唸誦一段經文祈福，不過神父要李聿自己去翻閱聖經，而且直接翻閱現在手中這本中文簡體字版的聖經。

李聿照著做了，結果他翻開的那一頁很奇妙的竟然就是他剛才唸誦過的《新約．腓立比書》。神父看李聿一臉驚詫的神色，笑著說：「你唸過這章經文，對不對？」

李聿點點頭沒有說話，神父從李聿手中取過聖經，稍微看了一眼，然後以一種獨特的腔調，用漢語選讀了兩節經文，巧的是神父選讀的就是方才李聿唸誦的第十九節和第二十節經文。

「年輕人，你是第一次來這裡吧？」神父和藹的對李聿說：「你可以等我一下嗎？」

「好的，神父。」

神父轉身走向聖壇，回來時手中握著一本厚厚的聖經。

神父說：「你用聖奧斯定和聖方濟各領受聖恩的方式為你的老師祈禱，你是神所喜悅的人，如果你願意，我也用聖奧斯定和聖方濟各的方式為你祈禱。」

李聿合掌單膝下跪，神父翻開聖經，以拉丁文唸誦了一句簡短的經文。那是《舊約．以賽亞書》四十八章的經文。這一章經文共有二十二節，神父選讀的是第六節：「我將新事就是你所不知道的隱密事指示你。」

「感謝您的祝福，我的確有所不知，需要指示。」對於神父在二十二節經文中會選讀這一節，李聿感到不可思議。

「你懂拉丁文？真是太奇妙了。」神父顯得非常意外，也非常高興，「不要懷疑，孩子，你會得到你需要的指示。」

神父說他會得到指示，欒梅爾教授似乎同樣也這麼認為，反倒是李聿自己非常懷疑，「我會嗎？」李聿不只一次自問，但都沒有答案。不過說也奇怪，欒梅爾教授研究了幾十年的「船貨迷蹤」，始終無法突破，他才一接手，線索就一而再，再而三的跑了出來，就連罕見的青花倭角瓶都可以一下子出現兩個。

「難道我真的會得到指示，發現『船貨迷蹤』的隱密嗎？」

李聿告別神父，不過並沒有馬上離開，他在富維耶山頂待了很長一段時間，直到接近去巴黎的高鐵發車的時間才下山。

從富維耶山頂可以俯看里昂整座城市，是極佳的觀景之地。不過李聿並沒有太多的閒情逸致欣賞風景，他心裡裝了滿滿的心事，而且每一件事似乎都迫在眉睫，等著他立刻去處理。「船貨迷蹤」檔案的事就不說了，他所能做的就是根據出現的線索一步步的追下去，就像官方常說的一句話，證據到哪裡就辦到哪裡。倒是路易·伯斯告訴他有人打算跟他訂製一批青花瓷這件事對他來說意義非凡。

李聿在歐洲這些年看了很多歐洲的瓷器，一般日常家用的瓷器不去提它，但凡比較精美的瓷器價格都很高，鑲金繪彩，貴氣逼人的住在燈光明亮的玻璃櫥窗裡，感覺遙不可及。

李聿是李家獨子，李窯更是他祖父和父親兩代的心血，所以李聿責無旁貸的必須要承擔起繼往開來的使命，就是基於這樣的認知和使命，李聿其實很早就開始審思李窯整體的業務走向和市場定位。不過看了歐洲各國這些奢華豔麗光澤鑑人的精美瓷器，他決定不走同樣的路線，他要反向操作，回到元明之際那個瓷器（china）等同於中國（China）的最初，回到那個白地青花瓷器風靡全世界的時代，在文化底蘊和精神內涵的層面而不是華麗精美的工藝技術上展現中國的人文情懷和藝術品味。

李聿會有這樣的想法，並非一朝一夕。自從十八世紀法國籍的耶穌會傳教士殷弘緒在康熙年間跑到景德鎮偷師，將燒造瓷器的祕密傳到歐洲以後，瓷器生產就不再是中國一家獨佔市場的局面了。不說日本、韓國、越南這些臨近中國的國家可以生產瓷器，就是歐洲的德國、英國、法國，從十八世紀起也陸續開始生產品質優良的瓷器。一七九三年英國馬戛爾尼率領使節團抵達北京，獻上祝賀乾隆皇帝八十大壽的禮物，其中有一件禮物竟然是……瓷器，但不是中國燒造的瓷器，而是英國生產的瓷器。中國是瓷器大國，製瓷技藝舉世無雙，所以李聿真的不明白，英國人此舉究竟是意在巴結討好，還是諷刺打臉，抑或是宣揚國威？

無論如何，馬戛爾尼帶的這件融合浮雕玉石手法的雙耳瓷瓶開啟了瓷器工藝技術的新頁，也奠定了日後英國瑋緻伍德瓷器成為皇室御用瓷器以及世界著名瓷器品牌的基礎。降及今日，英國瑋緻伍德、德國邁森、法國利摩日等瓷器品牌在國際市場上早已是高端瓷器的代名詞，反倒是景德鎮雖然一年生產數以億計的瓷器，但卻看不到過去那種世人豔羨，萬國競求的榮景。景德鎮就像紫禁城遲暮的白頭宮女，在夕陽晚霞中緬懷昔日的金碧輝煌。

李聿不想在落日餘輝中細數前朝，也不想在古窯址發掘的殘片中去拾掇曾經的天朝氣象，李聿要在瓷土窯火中走出屬於李窯也屬於中國的一條新的瓷器絲路。

當初李聿選擇來荷蘭深造，除了基於荷蘭在大航海時代東西方瓷器貿易往來過程中所扮演的關鍵角色之外，還有一個重要的原因就是荷蘭有一間以生產白地藍花瓷器聞名世界的台夫特荷蘭皇家陶瓷廠。這間明顯受中國青花瓷影響的陶瓷廠始建於一六五三年，一九一九年正式被冠以「皇家」之名。如果說運河是荷蘭地表上最令人印象深刻的線條，那麼白地藍花的所謂「台夫特藍」就是荷蘭最醒目的顏色。

李聿最初去荷蘭皇家陶瓷廠，原本只是要一睹陶瓷廠燒製的那幅青花版的林布蘭名畫《夜巡》，但當陶瓷廠經理路易．伯斯得知李聿來自景德鎮，而且家裡世代從事燒造瓷器的工作以後，立刻邀請李聿現場展示繪瓷的技藝。李聿選了一個現成的素坏小碗，借用廠裡一位畫師的毛筆和顏料，仿明朝成化的雞缸杯，只用了很短的時間就在素坏上完成了一隻公雞、一隻母雞並小雞的圖案，贏得在場諸人的熱烈掌聲。

路易．伯斯不久離開荷蘭皇家陶瓷廠，自行開店經營瓷器生意，這個小碗一直擺在他的店內展示，並且給他帶來不少生意。

所謂台上一分鐘，台下十年功。李聿有如此的筆下功夫並不是因為李聿天生就有這個本事，而是靠著不斷的學習和努力所得的成果。從小李聿的祖父和父親就要求他臨摹明朝官窯瓷器的青花紋飾，就好像學寫書法的人必定要臨摹古人的字帖，綜合數家之長，最後寫出自己的風格。李聿畫青花也是如此，從描摹圖樣勾繪線條開始，分水、填彩、謀篇、佈局，一步一步的紮下青花技藝的堅實基礎。像他畫的那個仿成化鬥彩雞缸杯圖案的小碗，之前不曉得畫過多少遍了，因為胸有成竹，所以信手拈來，自然駕輕就熟遊刃有餘。

李聿沒有想到的是因為他畫的這個雞缸杯圖案的小碗，竟然意外的為他帶來一筆不小的財富。一位法國富豪在路易．伯斯的店裡看到李聿畫的這個仿成化鬥彩雞缸杯圖案的小碗，讚不絕口，要路易．伯斯幫他製作一批這種母雞帶小雞圖案的蛋杯。路易．伯斯立刻找上李聿，請李聿幫忙。李聿來荷蘭是為了求學，沒有多餘的時間從事商業行為，所以只幫路易．伯斯繪製了圖稿，由路易．伯斯以轉印的方式完成訂單。路易．伯斯因為這個仿雞缸杯圖案的蛋杯賺了不少錢，而李聿也因此跨出了他的青花之路的第一步。

昨天晚上路易．伯斯打電話給他，要給他介紹一筆大生意，說有一位法國富豪，也就是過去向路易．伯斯訂購那批仿雞缸杯圖案蛋杯的有錢人，打算委託李聿製作一批包括餐盤、沙拉碗、湯碗、咖啡壺、咖啡杯碟，乃至於燭台、花瓶等在內，數量高達八百多件的整套青花瓷餐具。希望李聿能抽出時間去一趟巴黎，當面談一下有關這批瓷器要做成什麼樣的形式，要畫什麼樣的圖案等等相關事宜。

李聿很重視這個案子，因為對方委託製作的這批瓷器無異是李窯未來朝國際發展一次難得試水溫的機會，他當然要牢牢把握。

從富維耶山頂看出去的那一片美麗的房舍屋瓦，在逐漸拔高的陽光照耀下色溫發生了變化，彷彿和天上的藍天白雲融為一體，那是李聿最熟悉的顏色——白地青花。

CAPUT V
王妃之壺

An non habet potestatem figulus luti ex eadem massa facere aliud quidem vas in honorem, aliud vero in ignominiam?

——Romanos 9：21

窯匠難道沒有權柄，從一團泥中拿一塊做成貴重的器皿，又拿一塊做成卑賤的器皿嗎？

——《羅馬書》9 章 21 節

「喲嗬，你還活著嗎？」

在里昂往巴黎的子彈列車上，李聿不言不語的望著窗外飛快倒退的景色發呆，坐在一旁的陳思南幾次開口欲言都自我克制，不去打擾，完全是警民合作良好的典範。可她對李聿這個人實在很好奇，而且她心裡也有不少問題，想藉同行之便得到答案，否則她也不必半軟半硬的把李聿綁上車。沒想到李聿上了車卻一個勁兒的發呆，陳思南耐著性子坐在那裡乾耗了半天，最後實在憋不住，伸出手在李聿眼前搖晃。

「你這人怎麼說話的，這又不是喪屍列車。」

李聿以嫌棄的眼神試圖拍開陳思南的手，而且居然還說出喪屍列車這樣的流行名詞，倒是頗出陳思南意外。不過李聿試圖使陳思南那隻在他眼前晃來晃去的手停下來的努力顯然是失敗了。和陳思南相比，他出手的速度是普通列車，陳思南出手的速度則是他們現在搭乘的法國高鐵。

說到速度，李聿很驚訝的發現，他和陳思南從初次見面到現在一起同行去巴黎，好像才不滿兩天，怎麼彼此間對話的口吻卻已經有如認識很久的老朋友。李聿不知道陳思南是不是也有同樣的感覺，當然也不知道陳思南心裡是怎麼想的，不過李聿自己是這麼想的：他和陳思南之所以感覺像老朋友，是因為他的身份轉變太戲劇化，有點像以兩倍速甚或三倍速看戲劇片，畫面快速前進，開始播放時男女主角才剛認識，沒多久按下搖控器的停止鍵回到正常的播映速度，兩人已經成為男女朋友了。

李聿在一天之內先是被陳思南視為社會敗類的犯罪嫌疑人，之後發現證據不足不構成羈押條件，於是交保候傳。隨著案情逐漸明朗，涉案嫌疑降低，冤情獲得平反。接下來他又因為身負奇技，竟然搖身一變成為協助警方辦案有功的鑑識專家。這一路的發展變化就好比變臉迅速的股市，前一刻陰霾密佈，後一刻晴空萬里。這實在是太勵志太令人振奮了，李聿完全就是浪子回頭金不換的最佳男主角，不然陳美女怎麼會和他結伴同行。

「你在想什麼？」陳思發現李聿目光渙散，呈現癡獃狀態。

「想什麼……噢，我在想那個拉丁文密碼。」李聿回過神來。

李聿說的是實話，昨天晚上他是看著手機裡面那個范德萊恩傳給他的拉丁文密碼圖檔睡著的，睡前他的腦海裡翻來覆去的就是拉丁文密碼那八十一個字。

之前李聿在雪菲爾畫廊看到這八十一個字時，就曾經猜想這些文字八成是經過編碼後所呈現的亂碼狀態，並非這些文字的本來面目，當然也就讀不出任何意義。不過當時要趕著去機場搭機前往里昂，沒有時間仔細推敲。到了里昂又是回答問題，又是鑑定瓷器，也找不出空檔去研究，何況那個要他鑑定的「犯罪證物」對他所帶來的意外和震撼，比起那個拉丁文密碼更是有過之而無不及，所以他完全沒空去理會那八十一個字。好不容易熬過堪稱是意外連連驚濤駭浪的一天，終於有了獨處的時間，可以不受干擾的靜下心來審視這個由八十一個字母所組成的文字方陣，不過他實在是太累了，看著看著兩隻眼睛的眼皮已經沉重的再也撐不住，勉強掙扎了一下，最終還是不敵睡魔施法，昏睡過去。

在閉上眼陷入昏睡之前，李聿眼中出現幻影，感覺自己好像看到有一隻手在牆上寫字，當他想靠近去看那隻手寫的是什麼字的那一剎那，忽然他就不醒人事了。

「我是不是作了一個夢？」

早上醒來的時候李聿就問自己這個問題，直到上了子彈列車，他還是不確定留存在他腦海中的那個畫面到底是他在入睡前一刻想起來的，還是在睡夢中夢到的。不過無論是前者還是後者，他都很清楚他看到了什麼。

李聿看到的是一幅畫，是荷蘭十七世紀最偉大的畫家之一林布蘭的名畫《伯沙撒的盛宴》。這幅畫描述的是《舊約聖經》所記載的一個故事，說巴比倫王伯沙撒繼位後大擺筵席，用從所羅門王聖殿中擄掠而來的金銀聖器做為餐具飲酒作樂。然而在宴會進行期間，突然半空中伸出一隻手，在牆上寫了一些奇怪的字，出席宴會的人無人能看懂，直到但以理被找去才解讀出牆上文字的意思，不過解讀出來的文意很不吉利，因為伯沙撒褻瀆了所羅門王聖殿中的聖器，因此將受到審判，而巴比倫的國祚就到此為止，國土將由米底亞人和波斯人瓜分。

李聿當初在倫敦國家美術館觀賞林布蘭這幅畫時，他所感興趣的並不是林布蘭卓越的繪畫技巧，忠實呈現了伯沙撒王面對突如其來的異象所顯露的驚疑，而是牆上的那些字。畫中那隻半空中突然伸出的手在牆上寫的其實不過就是猶太人使用的希伯來文，並非什麼不可辨識的文字，但因為那些字不是按照猶太人傳統書寫的方式，從右至左橫書，而是由上而下直寫，以至於竟然無人能看懂這些文字的意義。換句話說，因為文字排列方式的改變，使得半空中那隻手在牆上寫下的這段文字成了實質上的密碼。

當然，李聿也知道他看到的這幅靜物畫中的拉丁文密碼，絕對不會像林布蘭《伯沙撒的盛宴》畫的那樣簡單，只要改變閱讀的方式就能解讀，至少在這些字母沒有還原成正確的文字之前，絕對無法讀出其中的意義。不過有一點李聿很確定，這個文字方陣如果確實是拉丁文，那麼最有可能設計出這個密碼的人很可能是神父，因為除了神父，一般人不太可能使用拉丁文，更別說用拉丁文來進行編碼，而且如果對照文字方陣旁邊的十字蟹，這個設計出拉丁文密碼的神父，人數其實可以縮減到兩個人，一個是聖方濟各．沙勿略，另一個就是卜彌格。天主教的神父雖然很多，不過和十字蟹能連上線的卻只有聖方濟各．沙勿略和卜彌格。而在聖方濟各．沙勿略和卜彌格兩者之間從時間的角度來看，前者只能連上一條虛線，後者連上的卻是實線。換句話說，這個拉丁文密碼很可能是卜彌格寫的。

卜彌格生於一六一二年，卒於一六五九年。他在世期間主要活動的場域就是南明朝廷，而且剛好和「船貨迷蹤」檔案中的主要關鍵人物——韋麻郎、艾薩克．樂梅爾、馬克西米利．安樂梅爾，甚至是明朝的太監高寀，在時間的軌跡上有不同程度的交集。如果因為某種原因，卜彌格和上述諸人曾經有過接觸往來，李聿絕對不會感到意外。

「這個拉丁文密碼肯定是卜彌格的手筆。」這是李聿做出的結論。

十字蟹和卜彌格是等號關係，這是卜彌格當年在《中國地圖冊》海南島地圖旁邊畫上兩隻這樣的螃蟹時就已經是板上釘釘，無可置疑之事，就好像註冊商標，只此一家，別無分號。

「所以你很確定那幅畫作底層的十字蟹圖案就是你說的那個波蘭籍耶穌會神父卜彌格畫的，

是嗎？」

李聿在海南島的演講，陳思南聽得很仔細，對於卜彌格其人她並不陌生。不過那時她的心思都集中在十字蟹而不是卜彌格。問題是如果按照李聿的說法，十字蟹和卜彌格是等號關係，那豈不是意味著除了十字蟹之外，她恐怕還要深入去瞭解一下卜彌格，說不定這個神父才是她身上為什麼有十字蟹紋身的原因。

「畫中那隻螃蟹和卜彌格在海南島地圖旁邊畫的螃蟹是同一種螃蟹，這一點我很確定，至於畫中那隻螃蟹是不是卜彌格畫的，很難說，不過看起來不像。」李聿有一說一，實話實說，畫中那隻螃蟹畫的很寫實，和卜彌格在海南島地圖旁邊畫的十字蟹確實不太一樣。

「你知道卜彌格是波蘭籍的耶穌會神父？」

李聿很確定他和陳思南的交談中沒有提到卜彌格是波蘭籍耶穌會神父，而陳思南似乎早就知道這一點，「不用說，肯定是在海南島聽來的。」想到這裡，李聿又忍不住瞪了陳思南一眼。

唉喲，居然還記仇，真是小心眼。陳思南心裡這樣想，表面上卻賣乖裝可愛，「那個……我又不是故意的。」

「哼！好男……」不，不是好男，是好險，李聿話到嘴邊猛然剎車，他可不想去惹陳思南，開什麼玩笑，貼山靠吱，隨隨便便就可以把人甩出八丈遠，還是少惹為妙，「算了，不跟你計較。」

李聿色厲內荏的樣子，陳思南覺得好笑，不過也懶得去抬槓，畢竟她想知道的事，目前看起來，也只有李聿可以告訴她答案。陳思南心裡很清楚，儘管李聿說十字蟹和卜彌格是等號關係，但她們家世世代代身上之所以有十字蟹圖案的紋身，絕不可能只是因為卜彌格在海南島的地圖上畫了兩隻他認為是天主恩寵的螃蟹，一定還有別的原因。什麼原因她不知道，不過就目前的情況看起來，那幅畫中畫的拉丁文密碼沒準就是原因之一，不然幹嘛畫隻十字蟹在旁邊？

「你說那個拉丁文密碼……」

陳思南雖然不是學者，可她好歹也是刑偵專家，邏輯思維一點不輸學者，甚至可能還要更敏銳一些，只是有時候太過敏銳，別人往往跟不上，以至於彼此對話不是雞同鴨講，就是牛頭不對馬嘴。像現在她想問的是那個拉丁文密碼和十字蟹是否也是等號關係，但聽在李聿耳中就覺得她太心急了，密碼哪！這才多久，哪裡就能解讀出來。

「讀不出來，至少目前還讀不出來。」李聿沒好氣的說。

「我是問你那個拉丁文密碼會不會是在說那隻十字蟹的事？」陳思南姿態很低，話說的很小聲。

「哦！」李聿有點不好意思，武斷了，得趕快圓場。

「是有可能，至少卜彌格在海南島地圖畫的那兩隻十字蟹下方他就寫了一段文字，說明這兩隻螃蟹所代表的意義。」

話是圓過來了，但李聿的好奇心也跟著起來了。

「昨天你也問過我有關十字蟹的事，我發現你好像對十字蟹特別感興趣，為什麼？」李聿問。

「我祖母最喜歡吃這種螃蟹，上次我回去跟她說起螃蟹和神父的故事，她覺得很有趣，一直問我，後來呢？後來呢？」真不愧是刑偵高手，陳思南說起謊來，不，套起話來，簡直是信手拈來，天衣無縫。「我哪知道什麼後來不後來的，這不，就只好問你啦！」陳思南唱作俱佳，臉不紅氣不喘的說。

「你確定是你祖母喜歡吃十字蟹，不是你自己喜歡吃？」

學者果然心思單純，比不上刑警有豐富的辦案經驗，三兩下就被陳思南給忽悠了。

「我是滿喜歡吃螃蟹的，但也不至於只吃紅花蟹吧！純粹就是祖母聽說紅花蟹就是十字蟹，很好奇，比我還好奇，所以對於十字蟹我當然要知道的愈多愈好，回頭好說給祖母聽。何況那隻螃蟹神祕兮兮的出現在那幅畫中畫裡面，一看就知道這裡面有故事。你不是最會說故事嗎？我不問你，問誰啊？」

為了弄清楚十字蟹紋身的祕密，陳思南不惜擺出小女人姿態，賣萌拍馬，連哄帶騙，也真是難為她了。不過陳思南這幾招還真管用，至少對李聿很管用。

「雖然我答應范德萊恩不將畫作底層的祕密告訴他人，不過這並不包括協助我破解密碼的人。從某個角度來說，你也是協助我破解密碼的人。所以如果我能破解那個密碼，我一定會讓你知道那個密碼和十字蟹究竟有沒有關係。我認為這兩者之間一定有某種程度的聯結，只是或多或少而已。你放心，你肯定可以有新的故事跟你祖母說。」

「那我就先謝謝你了。」

李聿最後這句話撥動了陳思南的心弦，她對李聿表示感謝，說的不是客套話而是由衷之言。反倒是李聿覺得自己有些不夠光明磊落，拿十字蟹和拉丁文密碼作籌碼，有利用陳思南之嫌，雖然他也有不得已的苦衷。

昨天陳思南質問他，說他明明看得出那個從海裡撈起來的青花倭角瓶是贋品，說他明明知道那個瓶子是誰做的，甚至知道那個瓶子原本是屬於誰的，但就是裝傻不肯說。面對陳思南的質問，李聿知道狡辯無益，所以只好顧左右而言他。也不知道陳思南是不是打算來個欲擒故縱，或者有什麼其他考量，當時並沒有繼續窮追猛打，可以說是放了他一馬。

其實李聿不肯說是有原因的，一來李聿很清楚這個青花倭角瓶原來的持有者絕對不可能把這個瓶子拿去賣，就算他遭遇了什麼經濟上的困難，不得不將這個瓶子割愛，也絕無可能玩什麼海底撈寶的遊戲。原因很簡單，這和陳思南排除李聿涉案的可能性是一樣的，因為沒有必要。擁有這個瓶子的人很清楚他手中這個青花倭角瓶的價值，他只要拿去拍賣公司就可以換回一大筆錢，他何必去搞什麼詐騙的勾當，這是完全不合邏輯沒有道理的事。

李聿不肯說的第二個原因是己所不欲，勿施於人。李聿對自己無端被捲入一樁走私詐騙案感到非常氣惱，他當然不願意讓自己的朋友也遭遇同樣的麻煩，難道就為了自清，排除本身涉案的嫌疑，就拿他人當擋箭牌，這是小人行徑，君子不為。李聿不知道自己夠不夠資格被稱為君子，但出賣朋友的事他是絕對不會做的。

李聿不肯供出朋友是一回事，但李聿仔細琢磨之後，卻開始為他的朋友孔修圓的人身安全感到憂心。李聿不是杞人憂天，孔修圓的確有可能身陷危機，原因是匹夫無罪，懷璧其罪。

幾年前孔修圓陪其母返鄉探親，他先在南昌跟母親家族的親戚見面，之後去孔修圓父親老家臨川，最後去景德鎮。景德鎮有一間光緒時期建造的天主堂，孔母小時候在這裡跟著一位法國籍修女學過外語，因此藉探親之便順道過來看看。也不知是哪位熱心鄉親居間聯絡，孔母竟然和李聿的父親李民通上了電話。李民得知孔母人在景德鎮，立刻帶著由荷蘭返國渡假的李聿趕到孔母下榻的旅館會面。李聿那時才知道孔李兩家過去是世交，孔修圓的祖父孔惜福和李聿的祖父李存藝過去是莫逆之交，二人早年都曾受學於有「宣德大王」美名的瓷器大師、大收藏家孫瀛洲門下，在抗戰期間也都在景德鎮有名的范永盛瓷號工作。李聿看到的那個從海底撈上來的「犯罪證物」——明宣德青花獸面耳牽牛花紋倭角瓶，其實是出自孫瀛洲之手，並非真正的宣德遺物，不過孫瀛洲擅仿宣德青花，他燒造的宣德青花，眾所公認，與真品不別。孔家曾經幫過孫瀛洲一個大忙，孫瀛洲為了表示感謝，就送給孔家一個他精製的青花獸面耳牽牛花紋倭角瓶。

後來孔惜福的兒子和媳婦，也就是孔修圓的父母去了台灣，從此和家鄉斷了聯繫。多年後孔惜福因病過世，他在往生前將那個孫瀛洲送給他們家的青花倭角瓶託好友李存藝保管，說日後要是能遇到他的兒子和媳婦再轉交給他們，留個念想。李存藝信守承諾，他離開人世的時候也沒有忘記老友的託付，把事情交代給了兒子李民。多虧熱心鄉親的協助，孔修圓這次隨母返鄉探親，終於和李聿的父親李民聯繫上了，兩家人也在景德鎮見了面。也就是在這一次會晤中，李民將那個孔惜福託李家保管，也是李聿從小看了無數遍的青花倭角瓶交給孔修圓。孔修圓跪著領受了這個青花瓷瓶，說他一定會好好珍惜，因為這個瓷瓶象徵血緣和文化的傳承。李聿雖然捨不得這個瓶子，卻很為孔修圓說的這番話感動，兩人因此也和他們的祖父一樣成為很談得來的朋友，雖然兩人天各一方，相處的時間有限。

李聿看到這個原本應該放在孔家的青花倭角瓶竟然成了犯罪證物，表面雖然平靜，但內心卻非常震驚，想不通到底發生了什麼事情。李聿列舉了那個青花倭角瓶之所以會成為犯罪證物的所有可能狀況，然後仔細推敲再依次排除其中不太可能的狀況，最後得到的結論是孔家遭竊，那個青花倭角瓶被偷了。因為是偷來的贓物而且瓶子本身又是非常罕見的瓷器款式，如果出現在諸如拍賣的公開場合勢必引起各方注意，如果不能清楚交代器物來源，不但難以銷贓，還可能惹上麻煩，所以偷瓶子的人就將其混入海撈瓷當中，企圖偽造身份，藉此漂白，然後送往國外賣給有錢的老外。

李聿摸清楚問題的來龍去脈，立刻透過手機聯繫孔修圓查證，結果孔修圓手機始終無人接聽。他再打電話到台灣孔修圓家中，從孔修圓的妻子那裡得知孔修圓為了還願，一個星期前就去了大陸，估計還要一段時間才會回來。李聿再問那個青花倭角瓶呢？孔修圓的妻子說她不知道也沒看過什麼青花倭角瓶。這個回答讓李聿心裡產生了很不好的感覺，他擔心孔修圓遭遇不測，所以決定把青花倭角瓶的事，包括他心中的顧慮跟陳思南說清楚講明白。簡單的說，他需要陳思南幫忙找到孔修圓。李聿知道即便是警察，也不能為了私人目的隨便動用國家情治管道去查某個人的行蹤，如果李聿要請陳思南幫忙找出孔修圓的下落，他必須跟陳思南吐實，因為涉及案情，陳思南就可以師出有名的運用各種科技和非科技方法，迅速找到孔修圓。

「這就是你不肯說出真相的原因？」

陳思南明顯鬆了一口氣，說實在的，她很欣賞李聿，甚至有點喜歡，但這個案子不破，她很難向上面交代，更別說為李聿說話了。領導是給了她幾天假，但並沒有說案子不辦了。什麼意思，她心知肚明。李聿說出真相，她知道了那個青花倭角瓶的來歷，也知道瓶子原本屬於何人，剩下的事就好辦了，找到犯罪團伙，將人逮捕歸案就大功告成。不過陳思南感到輕鬆高興的可不是因為破案立功指日可待，而是她可以真正拋下公務，好好逛逛巴黎。嗯……還有就是，李聿可以摘清自己，她為此……嗯……感到高興。

「是啊！我本來想回國後趕快找到孔修圓，弄清楚到底是怎麼回事，然後再……呃……再向你報告。」李聿有點心虛，說話居然有些結巴。

「那這會兒怎麼提前……報告了。」不知為何，陳思南很喜歡「報告」這兩個字。

「這不就是看情況變得嚴重了嘛，當然要馬上向領導反應，以期及時制止犯罪，早日破案，您說是嗎？」

李聿連「您」這個字都用上了，明明是拍馬屁，卻說的一本正經，大義凜然，陳思南暗自竊笑，表面上卻也裝模作樣，官腔官調的配合李聿演戲。對李聿此刻的態度和表現，她其實是很滿意的，尤其很滿意李聿說的「領導」這兩個字。

「破案需要警民合作，你要是早點有這個思想覺悟，沒準案子早就破了。」

話說回來，陳思南對李聿之前油鹽不進的跩樣子還是很不順眼，心想：怎麼著也要電他一下。

同樣的，李聿對陳思南在爬牆虎旅館威風凜凜一臉殺氣的德性也很感冒，心想：什麼早點覺悟，不就昨天的事嘛，難不成昨天說了，今天你就能破案，別唬人了，我才不信。不過內心不信歸不信，可明面上肯定要自我檢討一番，爭取坦白從寬。

「陳警官，你批評的對，我昨天腦袋打鐵，不靈光，沒體認到事情的嚴重性，今天頭腦總算恢復正常，這不，馬上就坦白交代了不是？這個案子我相信只要找到孔修圓，絕對能案情大白。」

李聿也算是煞費苦心，又是自我檢討，又是坦白交代，就是要提醒陳思南趕快找到孔修圓的下落。遲了，他怕事情有變。

「等下到了巴黎，你跟我去一趟大使館，把這事辦了。」陳思南看李聿表情嚴肅，也就不再跟李聿胡鬧，馬上採取相應行動，不過她話才說完，忽然又想起一個問題，「馮樹雅和你都說那個青花倭角瓶要是放在博物館就是真品，可見要分辨真偽難度是很高的，你可不可以跟我說，你究竟是怎麼看出那個青花倭角瓶不是到代的宣德官窯而是孫瀛洲仿製的，難不成上面有記號？」

陳思南不愧是刑警，思維和反應都很敏銳。

「沒有記號，不過那個瓶子曾經在我家放了幾十年，你說我看不看得出來？」李聿一副嫌陳思南有眼不識金鑲玉的表情。

「放了幾十年和看不看得出來之間沒有必然關係，你一定是有什麼根據才認得出來。」陳思南兩眼死盯著李聿，看你是要坦白從寬還是抗拒從嚴，「當然，如果這裡面有什麼不能為外人道的業務機密，你可以不說。」

「不說我會不會死的很慘？」

「會！」

「那好吧！」李聿很識相，決定服軟，反正也沒有什麼不可說的，「這個青花倭角瓶一共有五處明顯的鐵鏽斑痕，三處在獸面耳，一處在瓶頸，一處在瓶腹。我曾經多次用二百倍的鏡頭仔細觀察過每一處鐵鏽斑青料顏色的變化，並且攝相存檔，對這個青花倭角瓶五處鐵鏽斑的位置、形狀，乃至於顏色深淺，釉面氣泡大小等現象都已經熟的不能再熟。你問我如何認得出來，我就是這樣認出來的。」

陳思南雖然覺得李聿話說的實在有點臭屁，不過坦白說，還真不能不佩服他的執著和用心。陳思南甚至認為李聿如果改行當警察，一定會是刑案鑑識的高手。

「你都是這樣在研究瓷器啊？」

「那倒不至於，那個青花倭角瓶是個特例，一般的情況下用不著這麼麻煩，我看一眼，過個手，大概就知道這件瓷器是什麼時候做的，是哪個窯口燒造的。」

「真的假的？怪不得馮樹雅對你推崇備至。」

「其實也沒什麼，說穿了就是熟能生巧。他如果像我一樣三歲就開始玩泥巴，五歲就在瓷器碎片堆裡爬來爬去，他也一樣能做到。」李聿一副理所當然的表情。

「你還真行，三歲就玩泥巴。」

「三歲已經說的保守了，真要說起來，一歲就開始。」李聿愈說愈來勁，「你呢？你小時候在幹嘛？練武功？」

「不要轉移話題。」不知道是不是因為李聿忽然說起練武功，陳思南的情緒明顯有些起伏，好在很快又恢復正常，「你說青花倭角瓶非常罕見，那麼你對那幅靜物畫中居然出現了一個這麼罕見的青花瓶有什麼想法？」

「想法是有，不過除了問號還是問號，不說也罷。」

「反正沒事，說說看，就當打發時間。」

李聿其實不太想談與青花倭角瓶有關的事，因為青花倭角瓶是「船貨迷蹤」檔案最核心的祕密，而他到目前為止對於這幅畫的瞭解還非常有限，談論自己並不清楚的事明顯不智，不過看陳思南的表情，他要是什麼都不說，恐怕更不智。

「明代官窯瓷器照理說不應該也不可能出現在十七世紀荷蘭的靜物畫中，尤其是像青花倭角瓶這樣罕見的瓷器。問題是這種不可能發生的事竟然真的發生了，我只能說其中必定有一個不為人知的故事。這個故事不說是你，就是我也很想知道，特別是過去我還仿過這個青花倭角瓶。」

「你以前仿過這個瓶子？」陳思南明顯對此感到興趣。

「你知道什麼樣的瓷器最難做？就是像青花倭角瓶這種圓中有方，方中有圓的最難做。」

「怎麼個難做法？」

李聿看陳思南的注意力似乎已經暫時離開那幅靜物畫，於是順水推舟，說他出生滿周歲的時候，祖父特別按照古老的習俗準備了幾樣東西擺在他面前讓他抓周。有筆，有錢，有吃的，有玩的，還有一塊瓷土。結果他別的不拿，單單拿起那塊瓷土玩的不亦樂乎。後來他父親跟他說，當時他祖父很欣慰的說了一句：「真是吾家千里駒。」

李聿本來只是想打消陳思南對青花倭角瓶的注意力，沒想到陳思南對他小時候的事非常感興趣，結果李聿不得不從周歲講到三歲，又從三歲講到五歲，好在法國子彈列車很給力，李聿才剛滿五歲，還沒來得及說他五歲時長什麼樣，車就到站了——巴黎里昂站，Paris Gare de Lyon。沒錯，就是李聿覺得莫名其妙不知道到底是巴黎站還是里昂站的巴黎里昂站。

從高鐵巴黎里昂站轉搭地鐵，陳思南帶著李聿沒多久就抵達了巴黎第七區位在香榭麗舍大道和塞納河之間的中國駐法大使館。

從大使館出來，李聿總算覺得好多了，他相信公安部門展開行動以後，孔修圓的下落很快就可以水落石出。而陳思南呢？陳思南簡直開心的不得了，她終於如願以償來到美麗的巴黎了。

方才在大使館，陳思南打了幾個電話，得知法國警方已經掌握了那個走私團伙的行蹤，正在擬定抓捕計畫。國內領導對陳思南的表現也很滿意，慰勉有加，多所鼓勵。至於追查孔修圓下落的差事，不作第二人想的落到了王強的頭上。上回在海南島，李聿從他的眼皮子底下開溜，搞得他顏面無光，這次可絕不能讓歷史重演，否則真的無顏見江東父老，更別提見陳思南了。當然王強絕對不會知道，追查孔修圓行蹤這件差事可不是近水樓台先得月，相反的，是漸行漸遠漸無窮。

從來沒有在心裡留位置給什麼人的陳思南，居然在這兩天空出了一個位置。這個位置是留給誰的，陳思南還不確定，不過這個位置肯定不會是留給王強的。

陳思南口中大使館的朋友給陳思南和李聿訂的旅館地點很適中，無論是去巴黎鐵塔、凱旋門、羅浮宮、歌劇院和拉法葉百貨公司都不遠。不過這些都是明後天的行程，陳思南和李聿找到這間既不豪華也不寒酸的旅館辦妥入住手續，放好行李之後，陳思南就拉著李聿上街了。大使館的朋友本來打算給陳思南接風洗塵，餐廳都訂好了，但不曉得為什麼，陳思南婉拒了對方的好意，在電話中跟對方說她今晚還要繼續研究案情，吃飯耽誤時間，明後日再約。

李聿十分不解，他該交代的都交代了，而她該知道的也都知道了，還要繼續研究什麼案情？等到陳思南拉著他又進入一家燈光美氣氛佳的餐廳好整以暇的坐下來聚精會神的仔細看服務員送來的酒單和菜單時，他終於明白陳思南要繼續研究的案情是什麼了。那是一大盤冰鎮的生蠔、牡蠣、大蝦，外加一瓶冒著迷人氣泡的香檳，還有配著鵝肝醬的法國麵包。

李聿心想：「有免費的晚餐不吃，跑來這裡擺闊，你有病啊？」

先擠點檸檬，其次用湯匙挑起厚厚的牡蠣殼中鮮美的海鮮，再以李聿前所未見的優雅動作，把肥嫩多汁的牡蠣肉送入口中，陳思南終於異常滿意的呼了一口氣，還蹦了一句洋文 C' est la vie。陳警官都感嘆說這才是人生了，李博士當然也只好很配合的再說一次 C' est la vie，表示心有同感，藉以增進友誼，培養革命情感。

不曉得陳思南是因為難得休假，而且還是在巴黎休假，非常開心，還是因為真的餓了，桌上海鮮盤裡的牡蠣、大蝦一個個送入口中，香檳也一杯杯接連不斷，動作神速，運指如飛，李聿看的目瞪口呆，佩服不已。好在她對付的是海鮮，要是作用在人體上……李聿不禁想起陳思南在里昂修理小混混剽悍的身手。

「我說……陳警官，咳……咳」李聿感覺喉嚨好像不太舒服，「你可不可以跟我說說，你那個貼山靠是怎麼練出來的？」

「怎麼？想學啊？」陳思南握著高腳香檳杯，意態十分悠閒。

「是啊！那個貼山靠實在是酷斃了。」李聿很認真的說，他不是打屁，他是真的想學。

「好啊！但是我話說在前面，我教你沒問題，不過你要考量一下你承不承受的住。上次有個同事和我切磋，結果力道沒控制好，他肋骨斷了兩根。」陳思南似笑非笑的看著李聿。

「斷了兩根肋骨？」

李聿舉起食指和中指，比劃出「二」這個動作，現在這個姿勢可不是照相時裝可愛，更不是什麼代表勝利的手勢，這是兩根肋骨，斷了的肋骨。李聿突然覺得他好像把問題想得太簡單了。

「那個……你的功夫是跟誰學的？」

李聿決定轉移焦點，貼山靠這事回頭想清楚再說。不過根據一般經驗，凡是回頭來買、回頭來看、回頭再談之類的回頭之舉，通常是不來買、不來看、不再談，全都沒有下文。

不過李聿的確成功的轉移了焦點，陳思南聽見李聿問她說她的功夫是跟誰學的，突然失去了笑容，沉默不語，隔了好一會兒，陳思南才神色如常。

「是我父親教的。」

雖然不知道為什麼，但李聿心知肚明他剛才的問題，八成勾起了什麼令陳思南傷心的往事，好在陳思南恢復的很快。

「令尊是……？」

「我父親跟我一樣，也是警察，我的功夫都是他教的。」

「那令尊現在是哪個地方的領導？」

「曾經是……現在已經不是了。」

李聿沒有再問下去，他發現陳思南神情有些不對勁，眼中似乎含著淚水。不過李聿雖然不吱聲，陳思南自己卻不由自主的打開了話匣子，說的大多是她和她父親的往事。讓李聿感受到一位父親對女兒的溺愛，這是李聿從來不曾有過的感覺。對照陳思南和他父親的親密關係，李聿和父親之間的相處，顯然是太過嚴肅了。

陳思南吐露心事時有哭有笑，感覺上她父親離她而去，帶給她的傷痛和懷念無可言喻，而她始終把傷痛和懷念藏在心裡，一個人獨自承受，沒有人可以訴說。也不知道是不是因為酒精的影響，陳思南在李聿面前似乎完全不設防，東一句西一句的回憶她和她父親在一起的點點滴滴。

李聿很清楚在這樣的時候，他所應該做的就是傾聽，而他也的確扮演好了這個角色。從陳思南斷斷續續的傾吐中，李聿得知陳思南的父親在一次緝捕毒梟的行動中遭遇埋伏，他為了搶救同僚，不幸中槍，英勇殉職。陳思南的母親身體本來就不好，知道丈夫去世的消息，直接就病倒了，因為悲傷過度，不久便隨夫而去。之後陳思南便和祖母相依為命，她之所以當警察，顯然是為了能繼續和父親在一起。

也不知說了多久，陳思南似乎有些累了，安靜下來，給自己添了一點酒，忽然又冒出一句：「你覺得我是怎麼樣的人？」

「俠女。」李聿回答的很迅速，沒有一絲猶豫。

「從心理學來看，你剛才說的是你對我真實的印象。」陳思南的語氣平靜，不喜不悲，感覺不出她內心對俠女之名是滿意還是不滿意。

「我說的是實話，你給我的感覺就是洞燭機先，武藝高強，很像電影《刺客聶隱娘》裡的美女刺客聶隱娘。」李聿表情真摯，看得出不是違心之論。

「你真的覺得我像電影裡的那個……美女刺客？」陳思南的心情忽然又好了起來，「你為什麼會有這樣的感覺？」

「我也說不上來，不過我想問你一個問題？」

「什麼問題？你問。」

「那個害你父親的毒梟抓到了嗎？」

「抓到了，抓了很久，後來是我親自抓的。」陳思南感到疑惑，「你怎麼會問這個？」

「證實我心裡的猜想。那個毒梟如果沒有落網，你剛才不會以那樣的語氣懷念你和你父親在一起的往事。」

李聿坦然說明自己的想法，但他沒有料到陳思南卻因為他這句話而淚流不止，搞得李聿手足無措，不曉得要出言安慰，還是乾脆坐過去幫她擦拭眼淚，真是哪壺不開提哪壺，事情都已經過去了，你沒事猜什麼猜啊？

陳思南畢竟是陳警官不是陳少女，沒多久激動的心情就逐漸平復，她瞄了李聿一眼，忍不住說：「你可真會安慰人！」

悲傷的情緒宣洩了，服務員也適時過來重新撥亮餐桌上的燭光，典型巴黎夜晚的氣氛。

「不說我了，談談你吧！」酒喝完了，陳思南端起桌上的咖啡。

「我？我有什麼好說？」

「你不是說你五歲就在瓷器碎片堆裡爬來爬去嗎？」

「這個啊！你看過人家玩拼圖嗎？那種很大的拼圖，桌子上擺不下，必須攤在地板上來拼，就像那樣。」

李聿說他小時候整天就在玩這樣的拼圖遊戲。他的祖父隔一陣子就會找來一些青花瓷的碎片攤在地上，要他把相同花色的碎瓷片挑出來，他就是這樣認識什麼是菊花，什麼是蓮花，什麼是茶花，什麼是牽牛花等等。比較麻煩的是牡丹和芍藥，這兩種花長的很像，他常常搞錯。後來祖父提醒他注意花的葉子，很快他就明白牡丹和芍藥不同之處在哪裡。牡丹的葉子像五指張開的手掌，類似楓葉，而芍藥的葉子像五指併攏的手掌，類似茶花。不久以後，他就是不看葉子也能分辨什麼是牡丹什麼是芍藥。

「我就是這樣開始認識瓷器的。」說起小時候的事，李聿不禁有些感傷，他很懷念和祖父在一起的時光，他的祖父給他打下了很好的基礎。

圖拼完了又開始辨色，深藍、淺藍、紫藍、灰藍，光是藍也就是所謂的青，就有好多種，每一種又有濃淡深淺，要很用心才能辨別箇中差異。能分辨顏色以後接著就開始拿毛筆在紙上臨摹瓷器碎片上紋飾的線條和筆觸，從哪裡起筆，在哪裡落筆。等這些有了心得，又開始觀察瓷器碎片的胎土和釉色，不同窯口的胎土有不同的特色，比如說浙江龍泉窯胎土呈灰色，福建德化窯胎土是牙白色，就以江西來說，景德鎮窯、湖田窯、七里鎮窯、吉州窯，每個窯口都有自己的特色。

「我在一次聚會上認識一位荷蘭朋友，他是法醫，他說的一句話我印象很深刻，他說死人會說話。同樣的，瓷器碎片也會說話，就看你能不能聽懂。」

李聿用亡者比喻瓷器碎片，別人也許覺得突兀，陳思南倒是一聽就懂。她是刑警，當然知道死人會說話是什麼意思。一件兇案發生，人是怎麼死的，什麼時間死的，被什麼樣的兇器殺害的，甚至兇手是什麼樣的人，如果你夠細心，受害人都會一五一十的告訴你。

這是一種很奇特的感覺，對陳思南對李聿來說，都是。

先是陳思南藉著酒力宣洩了因為父親離她而去長久積壓在內心的傷痛，李聿扮演了一個稱職的聽眾。一個沉默不語的稱職聽眾，帶給對方的安慰有時勝過千言萬語。陳思南明顯感受到來自李聿的貼心與慰藉。接著李聿又藉著瓷器碎片述說他對祖父的懷念，陳思南也感同身受。李聿的祖父怎麼教李聿認識瓷器，陳思南的父親就怎麼教她學會武功。當李聿說到他的祖父帶他去湖田窯跟一位老師傅學拉坏，陳思南彷彿也看見那天她父親陪著她去警校報到的情景。

李聿和陳思南真正相互認識就是從巴黎的這一晚開始。

這天晚上，陳思南知道除了有人不停的在敲邊鼓，李聿還沒有認真的和誰在交往；陳思南也知道，李聿並不打算接受老師的提議留在萊頓執教，他必須回去接手李窯的營運，事實上他也已經開始這樣做了。這兩點是陳思南最想知道的事，其他的都不重要。

除此之外，還有一件事陳思南很高興。她對李聿說她難得來巴黎，不想一個人瞎逛，而且她法語也沒有李聿說的好，所以希望李聿明天可以陪她在巴黎到處看看。李聿和客戶約定的時間是後天，所以明天的確是個空檔，雖然他原本打算明天抽空研究一下那個拉丁文密碼，但又覺得一時半會兒的恐怕也看不出什麼名堂，因此很爽快的答應陳思南明天陪她逛巴黎。

說是明天逛巴黎，其實陳思南已經迫不及待的從今天夜晚的巴黎就開始進行，她和李聿離開餐廳，便沿著塞納河一路慢慢閒逛。巴黎的夜晚有一股說不出的迷人情調，少了白晝熙來攘往的人潮車陣，無形中便瀰漫著令人沉醉的詩情畫意。

也許是沉浸在夜晚燈光掩映的朦朧美感，也許是感染到巴黎那種永恆的浪漫，李聿看著陳思南略帶醉意的酡顏，忽然覺得自己是不是因為她的警察身份而無視她的本來面貌。其實無論是從哪個方面來看，陳思南都可以稱得上是美女。

肯定是酒喝多了，李聿走著走著突然以法語對陳思南說：「剛才在餐廳我說你是俠女，我說的不很正確，其實你也是一位很漂亮的美女。」

這句話如果以中文來說，或許會覺得有點肉麻，但以法文來說那就迷死人了，誰叫法文就是專門用來說這種談情說愛的浪漫語言呢？李聿選擇以法語而不是中文來讚美陳思南，確實是有意避免可能產生的尷尬，不過他聽信陳思南說她的法文沒有他好，明顯犯了錯誤。陳思南不但完全聽懂了他剛才說的法文，而且同樣以法文說了一句令他哭笑不得的話。

陳思南顯然很開心，笑嘻嘻的說：「我知道，你先前已經說過了。你說我是美女刺客。」

李聿睡到接近中午才起床，他不是自然醒，又是陳思南打來的電話把他吵醒。昨天陪陳思南從大清早去聖母院開始，整整在巴黎逛了一天。這座矗立於塞納河畔已經八百年的聖堂，在二〇一九年發生大火，屋頂燒毀，石造拱頂也破了三個大洞，幸好建築整體結構還算完好，大部分文物包括最重要的耶穌荊棘冠都及時搶救出來，算是不幸中的大幸。法國政府在火災發生後就立即展開修復工程，許多法國富豪也慷慨解囊協助修復。就是陳思南沒有要求李聿陪她看看巴黎，李聿本來也準備來聖母院憑弔一番，他在萊頓讀書的時候，就跟著羅神父來過聖母院，不過聖母院遭受祝融之災以後，他還是第一次來。昨天陳思南一早就把他從床上挖起來，一臉興奮迫不及待的問他先去哪裡。

一大早巴黎都還沒睡醒，你說去哪裡？能去哪裡，當然是去聖母院禱告了。雖然聖母院的修復工程正在進行不對外開放，但聖母院前的廣場還是聚集了不少遊客，李聿和陳思南就是其中之二。李聿看著聖母院不言不語，不知道想些什麼；陳思南看著聖母院一臉好奇，東張西望。兩人在聖母院停留了一會兒，隨即去旁邊的餐廳吃早餐。早餐很簡單，就是咖啡和麵包。吃過早餐李聿和陳思南就正式展開了陳思南期盼已久的巴黎一日遊。不過對李聿來說，這可不是什麼一日遊，這是兩萬五千里長征。喏！羅浮宮、凱旋門、香榭麗舍大道、巴黎鐵塔、聖心堂、蒙馬特、拉法葉，一樣沒少，直到晚上去過紅磨坊才鳴金收兵。所幸陳思南並非購物狂，她只給自己買了兩盒她喜歡吃的那種薄荷口味的巧克力，以及一個被李聿好說歹說才下定決心買下的手提包。女生嘛！沒個像樣的手提包像話嗎？否則巧克力放哪裡？手機放哪裡？皮夾放哪裡？還有那些這個那個的放哪裡？李聿這一連串問號丟出來，陳思南想不買都不行。

晚上去紅磨坊是李聿的建議，不過顯然是個錯誤的決定。一聽說去看秀，陳思南很興奮，等到節目開始，一排上身沒有一絲半縷的美豔女郎以整齊劃一的舞步跳起康康舞的時候，陳思南就開始坐立不安了，不時瞪李聿一眼。李聿渾然未覺坐在旁邊的美女正在變身為刺客，也就是所謂的殺手，兀自全神貫注觀賞台上的演出，絲毫不覺自己正處於極大的危險之中。

好不容易表演結束了，陳思南在最後關頭收斂起殺氣，說服自己這不過就是洋人過於開放的娛樂文化，不是李聿這個傢伙有意藉機吃自己豆腐。既然看都看了，再去計較也沒多大意義，可李聿千不該萬不該，居然還發表觀後感言。

「真不知他們去哪裡找來這些康康舞女郎，不但身高在一條線上，大腿揚起的角度在一條線上，就連胸線也在一條線上。」

就是最後這句話李聿吃了陳思南一記肘擊，他終於想起陳思南會的可不是只有貼山靠。

「你好像意猶未盡，要不要再去看一場？」陳思南愈想愈不甘心，「不行，帶我來看這種表演，必須受到懲罰。」

李聿的懲罰就是今天也必須陪陳思南再遊巴黎，即使李聿下午和那位法國富豪約好談生意，她也要跟著李聿執行罰則，不能讓李聿藉機開溜，去些不三不四的地方。

有陳思南押著，李聿當然去不了「不三不四」的地方。他去的地方是離他和陳思南所住旅館不遠的一棟樓高三層的豪宅。豪宅內有極為寬敞的客廳和餐廳，多間臥室和浴室，還有圖書館和室內游泳池。豪宅的主人就是透過路易．伯斯約李聿來談製作瓷器事宜的法國富豪，正確的說是一位法籍華裔世居越南的富豪，名字叫林恩寶。

李聿帶著陳思南在下午約定的時間來到林恩寶所居的豪宅。林恩寶將近八十的年紀，身材頎長，滿頭華髮，臉部線條硬朗，看得出年輕時必然是個美男子。林恩寶看到李聿和陳思南上門顯得很高興，互相自我介紹後，便帶領兩人在客廳的古典式沙發坐下，禮貌的關懷了一下李聿這次來法國的行程，對於自己沒有早一點和李聿聯繫，突然約見面表示歉意。說他自己也是幾天前才由越南過來，因為想到了他計畫委託李聿製作青花瓷的事，所以打電話給路易．伯斯，設法聯絡李聿，看約什麼時間什麼地點見面。沒想到這麼巧，李聿人在法國，所以就冒昧的請李聿來巴黎見面，還請李聿不要見怪。

李聿不知林恩寶是何許人也，但路易．伯斯曾經跟他提過這位法籍華裔富豪的背景，說他是一個集團公司的總裁。這樣的人做事是不會有什麼偶然和巧合的，都是謀定而後動。想來林恩寶一定是透過什麼管道，打聽到李聿的行蹤，然後就安排在巴黎會面這件事。不過不管是刻意還是巧合，一個老人家肯這麼費心的解釋說明，已經是給足李聿面子了，何況人家還是大客戶，這年頭天大，地大，都比不上客戶最大。

客套話說的差不多了，林恩寶請李聿和陳思南用點女傭剛端上來的咖啡和甜點，隨即進入主題。林恩寶先是提了一下之前在路易·伯斯的瓷器店裡看到李聿設計的那個仿成化雞缸杯圖案的青花蛋杯，說這個蛋杯讓他經營的酒店獲得不少好評，著實把李聿大大的恭維了一番。

「是這樣的，有件事比較急，不曉得李博士有沒有空？」林恩寶狀似為難，卻又不得不說。

「如果不需耗費太多時間，應該沒什麼問題。」李聿不知林恩寶此言何意，所以也沒有把話說死，有空沒空得看是什麼事情。

「那太好了，這事別人肯定要傷透腦筋，估計短期內絕對無法交差，但對李博士來說，我相信只是小問題，三兩下就解決了……」

林恩寶扯了半天，卻盡兜圈子，李聿心裡則是感覺愈來愈不踏實，為了避免林恩寶再捧下去，萬一要是出現了什麼難以應付的情況，當然非所樂見，故而李聿主動打斷林恩寶的話。

「林總裁就別給我戴高帽子了，究竟有何急事，但說無妨。」

「李博士真是快人快語。好，那我就直說了。」

林恩寶說他們有幾個玩瓷器的朋友不久前組織了一個不定期的聚會，叫青花宴。聚會時每人要拿出一件新做的瓷器，什麼形式大小都可以，但必須是青花。上次聚會，倫敦的紐曼爵士以一件瑋緻伍德的青花咖啡壺拔得頭籌。他非常不服氣，準備花重金請高手做一個青花茶壺扳回一城。這個高手在哪裡，他打聽來打聽去，最後就……

做一個青花茶壺問題不大，但什麼樣的壺式和花樣才能贏得比賽卻是個問題，這一點李聿其實也沒什麼把握。而且李聿感到納悶的是路易·伯斯不是說林恩寶找他是要訂製一批八百多件的青花瓷餐具嗎？怎麼突然縮水到只剩下一件如此不像話的地步。李聿心裡嘀咕，他是在開玩笑嗎？不過看林恩寶認真的表情，似乎又不像。再說他一個大老闆有必要跟自己這個剛從學校畢業的學生開這種玩笑嗎？

李聿的腦袋飛快的運轉，評估眼前的情況。這時陳思南忽然彎腰拿起桌上的咖啡杯，技巧的向李聿眨了一下眼睛，這個眼神李聿昨天陪陳思南逛街時領教了好幾次。比如說在香榭麗舍大道喬治五世地鐵站出口，李聿問要不要到路邊的咖啡座喝杯咖啡歇歇腳，陳思南就是眨了一下眼睛也不說話。當時李聿對陳思南眨眼的理解是這大概是警察辦案所謂的眼神，碰到不便說話的情況，使個眼色就知道是否要採取行動。既然陳思南朝他眨眼不說話，不管她此舉是打算培養默契還是練習心電感應，李聿決定就當她是同意了，否則她大可以搖頭，幹嘛老眨眼是吧？於是主動找了個位子坐下，果然陳思南也跟著坐在旁邊，然後大聲說：「走這麼多路，真是累死人了。」

這會兒李聿發現陳思南刻意背著林恩寶跟他眨眼，自然不難理解她眨眼的意思。很明顯，陳思南是要他答應這件事。

「如果林總裁能提供茶壺的圖樣，我有把握可以完成這項工作。」李聿開出保證，不過也留下但書。

「那太好了，我想請你做的就是像這樣的青花茶壺。」林恩寶從上衣口袋裡掏出一張經過護貝的照片遞給李聿，顯然是早有準備。

照片中有一名貴婦人站在一張桌子旁邊，桌上擺了一組茶具，包括六個繪龍紋的青花蓋杯和一把繪鳳紋的青花茶壺。這張照片裡的貴婦人和青花瓷李聿都不陌生。貴婦人是已故摩納哥王妃葛麗絲凱莉，而那把青花茶壺則是仿明永樂青花穿花鳳紋三繫竹節把壺。這把青花茶壺和六個青花蓋杯曾經出現在二〇一五年中國一家拍賣公司秋拍的圖錄中。仿製的青花瓷堂而皇之的出現在拍賣場合是一件很不尋常的事，李聿因此在網上追蹤了一下與這次拍賣有關的新聞，得知這組仿製的青花茶具之所以得到拍賣公司的青睞破格徵件，是因為這組青花茶具是出身美國好萊塢的大明星摩納哥王妃葛麗絲凱莉一九八二年來台北訪問時使用過的茶具。

李聿既然知道這件往事，對林恩寶拿出的這張王妃與青花瓷的照片便不像陳思南那樣大驚小怪。陳思南看到照片的反應和李聿完全不同，她的表情就好像在秦始皇的兵馬俑中突然發現了一個偽裝的外國人，真是見鬼了。不過李聿並不知道陳思南看到這張照片感覺如受電擊是有原因的。這個原因和照片中的人沒有關係，因為王妃去世的時候，陳思南都還沒有出生，她根本不認識王妃，沒有理由產生如此強烈的反應。令陳思南幾乎懷疑自己是不是因為撞邪而產生幻象的原因是照片中那個青花壺。

「我可以做出和明永樂青花穿花鳳紋三繫竹節把壺一模一樣的青花壺，但我做出的青花壺和照片中的那把壺恐怕會有所出入，這一點請林總裁諒解。」

李聿話說的委婉，也不多作解釋為什麼他做的壺和照片中那把壺會有所出入。說實在的，要不是葛麗絲凱莉王妃曾經用照片中這把壺喝過茶，否則以這把壺的仿製水準李聿並不覺得有照著再做一個的必要。

「我明白你的意思，我看過陳列在博物館的那件明永樂青花穿花鳳紋三繫竹節把壺，我很清楚博物館的藏品和照片中的仿品兩者之間的差距。」林恩寶笑著說：「我想請你做的當然是放在博物館的那一件。」

「林老闆什麼時候要？」

「雖然我們的聚會還沒有訂下日期，不過我希望這事不要拖太久，有了壺我才好訂聚會的日期。」

「這把壺在這裡是做不出來的，等過兩天我把這裡的事處理完畢，回到景德鎮以後，便立即展開作業。這樣吧！一個月，可以嗎？」

「行！那就這麼說定了。」

「不過有句話我要說在前面，永樂青花的高仿品可是不便宜的。」

「我知道你曾經為一名客戶所收藏的一件缺蓋的宣德官窯青花藏文八吉祥出戟蓋罐配製了一個蓋子，我也打聽到你配的那個蓋子是什麼價格。這個我很清楚，你放心。」

林恩寶為了請李聿製壺，顯然做足了功課。

「喔，對了，先前我跟路易·伯斯說想委請你做一批青花瓷餐具，不過確實的數量和種類還在討論，等討論有了結果再麻煩李博士。」

李聿和林恩寶就這樣高來高去的結束了彼此間的對話。做一把仿明永樂青花穿花鳳紋三繫竹節把壺得花多少錢？不知道。八百件青花瓷到底做不做？不知道。林恩寶在搞什麼把戲？李聿其實心裡有數，只是懶得說，反倒是陳思南忍不住，一走出林恩寶那座豪宅就迫不及待的開炮。

「那把壺是個考試，你把壺做好了，訂單就來了。壺要是沒做好，訂單就沒了。」

「就你明白，難道我是笨蛋？」李聿不滿的看了陳思南一眼，「還有，那張照片有什麼問題，你幹嘛跟見了鬼一樣，嘴巴張那麼大？」

「不告訴你，有本事你去猜呀！」

CAPUT VI
范永盛瓷號

Narrabo nomen tuum fratribus meis, in medio ecclesiae laudabo te.

——Psalmi 22：22

我要向我的弟兄宣告你的名，在會中我要讚美你。

——《詩篇》22 章 22 節

一大早李聿和陳思南就坐在旅館餐廳用早餐，等下兩人就要分道揚鑣，各奔東西。陳思南奉命回國辦案，李聿雖然也要回國，但回去之前，他要先去一趟萊頓，在樂梅爾教授進入開刀房以前，將他所獲得的有關「船貨迷蹤」檔案的最新進展告訴教授，給教授帶來新的希望，希望能使人堅強，也許能幫助教授渡過難關。

陳思南原本打算在巴黎再待兩天才回國，但昨晚突然接到局裡的指示，要她即刻銷假返國，因為國際刑警總部已經部署就緒，準備展開行動，將活躍在東南亞的這個走私販罪團伙一網打盡，因此請求中國警方提供協助。同時，根據情報顯示，這個走私販罪團伙有兩個身份不明的中國人，一個綽號叫小胖，一個叫瘦猴。此二人行蹤不定且異常狡猾，走私團伙這些年運往歐洲的瓷器包括海撈瓷和矇混冒充的仿古瓷很多都是這兩個人所供應的。領導要陳思南回來就是讓陳思南主持追捕小胖和瘦猴的行動，國際刑警組織的來文說這兩名犯罪份子不但擁有武器，而且身手了得，緝捕時千萬不能大意，要特別小心。

陳思南和李聿兩人顯然都有心事，用餐時默不作聲，氣氛有點沉悶，一直等到兩人連咖啡都快喝完了，陳思南才猛然想起忘了一件事。

「你想不想看看我祖母的照片？」

「好啊！從你身上我可以斷定你的祖母一定是個大美女。」經過幾天相處，李聿愈來愈無視陳思南警察的身份，也愈來愈會拍馬屁。

「油腔滑調！」

陳思南給了李聿一個白眼，不過還是將手機遞給李聿。手機屏幕上出現的是一個面容慈祥身著黎族傳統服飾坐在一張桌子旁邊的老太太。李聿看了照片，竟然也像見了鬼一樣，嘴巴張的老大，他現在終於知道為什麼昨天陳思南看到那張葛麗絲凱莉王妃的照片時好像觸電一樣。電到她的不是照片中的人，而是照片中擺在桌上的那個青花茶壺。王妃照片中的青花茶壺和陳思南祖母照片中的青花茶壺都是所謂的青花三繫鳳紋竹節把壺，此一形式的青花壺僅見於永樂朝，只不過王妃照片中的青花壺一看就不是到代的永樂青花，而陳思南祖母照片中的這個青花壺則恰好相反，無論壺的造型和紋飾都和博物館陳列的明永樂青花穿花鳳紋三繫竹節把壺一模一樣。李聿雖然沒有見到實物，但光憑這張照片，他就敢斷言這把壺必然是永樂朝的真品，因為壺實在是太美了。

「這把壺是你祖母的？」李聿感到難以置信。

「是我們家世代相傳之物，因為上面沒有任何文字，所以也不知道是哪朝哪代的瓷器，直到昨天才知道原來是永樂朝的青花。」陳思南忽然降低音量小聲的問：「你看這把壺是不是真品？」

「光看照片不能完全確定，不過我感覺是真品的機會很大，如果這把壺是你們家世代相傳之物，那應該沒錯。」

聽說這把壺是陳思南家世代相傳之物，李聿對壺之真偽心裡僅有的一絲疑慮也煙消雲散。不過問題來了，陳思南家怎麼會有這樣一把壺？陳思南是黎族人，她們家世居海南島，而海南島就如同島上立在南海海邊的那兩塊石頭上的刻字，是名副其實的「天涯」和「海角」，自古以來就是邊陲蠻荒。蘇東坡那首有名的絕筆詩：「心似已灰之木，身如不繫之舟。問汝平生功業，黃州惠州儋州。」

詩中的儋州就在海南島，直到今天還叫儋州。蘇東坡被貶官，一路從黃州、惠州，貶到儋州，已經是貶無可貶，再貶下去就成為南海的波臣了。

像這樣一處荒野之島居然出現了一個世代傳家的大明永樂官窯瓷器——青花穿花鳳紋三繫竹節把壺，這實在是令人難以想像的事。別人或許不明白，李聿可是很清楚，陳思南家的這個竹節把壺和宣德朝的青花倭角瓶一樣，都是世間極為罕見的瓷器。要不是因為這麼稀有，以林恩寶的財力，在市場上或拍賣會上取得一件真正的明青花完全不是問題，為什麼非要請人來仿製這個竹節把壺不可呢？

李聿雖然不知道林恩寶請人仿製永樂青花穿花鳳紋三繫竹節把壺的真實原因，但李聿認為林恩寶此舉與其說是為了在那個什麼青花宴上扳回面子，還不如說如同陳思南所言，是為了考驗李聿製瓷技藝的藉口。問題是：為什麼是永樂青花穿花鳳紋三繫竹節把壺？這還不算，更加奇怪的是：為什麼陳思南家竟然有這把壺？

「你可以說說你們家這把壺是怎麼來的嗎？」李聿真的很好奇。

「我不知道，自我有記憶以來，這把壺就在那裡了，一直放在祖母房間，祖母對這把壺愛逾珍寶，不許人隨便亂動，連我都不行。」

「那你祖母呢？她知道嗎？」

「我不知道她知不知道，不過如果你帶著十字蟹去問她，說不定她會告訴你。」陳思南不知為何忽然有些慌亂，「你知道的，我祖母她……她喜歡吃十字蟹。」

祖母喜歡吃十字蟹？這個理由就連陳思南自己都覺得太離譜了，不禁為之臉紅，這是她第二次拿祖母喜歡吃十字蟹當擋箭牌，同樣的謊話說兩次，像話嗎？

陳思南要是知道李聿現在心裡的想法，估計會一頭去撞牆。

「她要我帶著十字蟹去看她祖母，什麼意思？傻女婿上門啊？」

想到這裡，李聿自己都覺得好笑，是不是太自作多情了？不過就憑那把壺絕對值得自己帶著十字蟹當一回上門的傻女婿，不，孫女婿。他還正在琢磨林恩寶要他仿製的那把永樂青花穿花鳳紋三繫竹節把壺他要從哪裡著手，想不到天外飛來一筆，答案竟然就這樣出現了。

「你沒有騙我吧？回頭我真的會帶著十字蟹去看你祖母哦！」

「我幹嘛騙你？騙你是小狗。」

陳思南話一出口就後悔了。陳思南啊陳思南，你害不害臊？說謊就已經夠糟了，居然又成了小狗。李聿看陳思南耷拉著臉，還正奇怪她是那根筋不對勁，不料下一秒陳思南卻突然又活了過來，臉上笑容可掬，真是翻臉如翻書，不能不自嘆不如。李聿當然不會知道陳思南心情轉換的如此戲劇化是因為她的思維羅盤已經重新定位。

誰是小狗？當然「你是小狗」。

陳思南拉著行李箱和李聿道別，她的心情顯然不錯，大使館的朋友還開車過來送她去機場。倒是李聿有點鬱悶，看著陳思南上了寶馬絕塵而去，自己卻得拖著行李箱搭地鐵去巴黎北站，轉乘開往荷蘭的列車。這幾天他和陳思南幾乎是形影不離，雖然時間不長，但他似乎已經適應了有人在旁「監視」的陪伴，現在突然又回到以前一個人踽踽獨行的狀態，反倒是有點不太習慣，感覺空蕩蕩的。

李聿就這樣空蕩蕩的回到萊頓，準備把有關那幅靜物畫的事，包括畫作底層的十字蟹和拉丁文密碼告訴樂梅爾教授，跟教授說他回國後的第一件事就是去找在北京任教的語言學者劉韞研究那個拉丁文密碼，李聿認為這個拉丁文密碼說不定就是「船貨迷蹤」檔案拼圖中最關鍵的一塊拼圖。

「不行，這樣太耽誤事情，得先把密碼傳給劉韞，爭取一點時間。」

李聿想到就做，在抵達醫院之前，一封信連同拉丁文密碼的圖片就透過手機傳送給劉韞了。

樂梅爾教授看到李聿來了，躺在病床上的他露出一絲笑容，開始的時候教授還有力氣聽李聿述說他對這些新線索的看法，但沒過多久李聿就發現樂梅爾教授已經閉上眼睛睡著了。不過即便是李聿知道教授已然入睡，他還是輕聲細語的把他要跟教授報告的事一一說完，然後握住教授的手為教授祈禱，同時拿起床頭櫃的聖經，像聖奧斯定和亞西西聖方濟各那樣，翻開聖經領受聖訓。李聿翻開的是《詩篇》第二十二章第二十二節：「我要向我的弟兄宣告你的名，在會中我要讚美你。」

李聿禱告完畢，和樂梅爾教授的助理韓克打過招呼就離開醫院。五天前李聿搭機抵達阿姆斯特丹史基浦機場的時候，因為記掛著樂梅爾教授的病況，除了心情有些沉重並無其他心事，五天後他離開史基浦機場，不但心情沉重而且心事重重。

首先，樂梅爾教授交給他的「船貨迷蹤」檔案，他無論如何都要想辦法找出四百年前韋麻郎和高寀所達成的那筆瓷器交易最後的結果，雖然他並不認為那批瓷器在四百年後的今天仍然存在。

其次，他來了荷蘭之後才知道自己無端捲入了一件走私詐騙案，雖然警方已經排除了他涉案的嫌疑，然而那件所謂的犯罪證物——青花倭角瓶，卻引發了離奇的連鎖反應，不但莫名其妙的讓自己涉案，還牽扯到他們李家和孔家的一段陳年往事，原本屬於孔家的青花倭角瓶突然成了犯罪證物，而當事人孔修圓又下落不明，這其間到底發生了什麼事？

奇怪的是，那件所謂的犯罪證物青花倭角瓶居然就是「船貨迷蹤」檔案中一幅十七世紀靜物畫的畫中之物，這麼罕見的明代宣德官窯瓷器當初是怎麼來到荷蘭的？又是如何入畫的？這些問題似乎都和韋麻郎和高寀的那筆瓷器交易脫離不了關係。

更奇怪的是，這幅靜物畫居然還是一幅畫中畫，隱藏在畫作底層的十字蟹和拉丁文密碼，把時空背景一下子就推回大航海時代，推回南海，推出了天主教耶穌會的神父卜彌格，而他在幾天以前還在海南島當著許多人的面談論卜彌格的事蹟。說到海南島，負責調查他的警察陳思南就是來自海南島，她有一個愛吃十字蟹的祖母，而她的祖母有一個和青花倭角瓶一樣罕見的明朝永樂年的青花竹節把壺，這個竹節把壺又恰恰好是他要仿製的對象。這還不算，他要想找到孔修圓問明青花倭角瓶的事，擺明了又需要陳思南的協助。

這一件件表面看似不搭嘎的事，李聿仔細推敲後卻隱隱然覺得其中似乎有著千絲萬縷難以言喻的牽扯，而串起這一件件事的竟然……竟然就是自己，難道自己真是樂梅爾教授和神父說的會得到指示的人？還是這又是什麼「量子糾纏」的奇妙感應？

不管是什麼，在飛機抵達香港之前，李聿已經排好了處理事情的先後順序，他得先找到孔修圓，確定他的人身安全，問清楚有關那個犯罪證物青花倭角瓶的事。之後他要找劉韞，想辦法破解那個拉丁文密碼，李聿直覺那個拉丁文密碼很可能就是解開「船貨迷蹤」檔案最關鍵的答案。

「喂，陳警官嗎？我是李聿。」李聿解除了手機的飛航模式。

「李聿，你人在哪裡？」

「我在香港，飛機剛落地。我想請問找到孔修圓……」李聿話沒說完就被陳思南打斷，「你在香港，那好，你直接搭機去敦煌，孔修圓在敦煌，到了敦煌再聯絡。」

就這樣三言兩語，李聿才下飛機，沒多久又上了飛機，雖然不是遭到遣返，但卻是實打實的被發配到邊疆，只差一點點就進入西出陽關無故人的塔克拉瑪干沙漠了。

四個多小時以後，李聿抵達古代河西四郡最靠近邊疆關塞陽關和玉門關的敦煌。李聿領取了行李，一出關就看見陳思南一身便裝，臉上架著一副蛤蟆鏡，像個大明星似的雙手抱胸站在入境大廳中央似笑非笑的看著自己。

「走吧！我請你吃這裡最有名的烤羊頭。」

簡單卻不容置疑的一句話，彷彿具有魔力，使得李聿像被上了手銬一樣亦步亦趨的跟著陳思南上了一輛休旅車。雖然距離上一次和陳思南在一起才不過兩三天時間，李聿卻覺得陳思南變了。儘管依舊是個領導御姐範，說話的語氣也一如過去，但李聿卻感覺陳思南整個人像減肥成功似的輕鬆不少，臉部輪廓的線條也比先前柔和許多，而且心情好像不錯，嘴角一直微微上揚。她是有什麼喜事嗎？升官？發財？還是男朋友向她求婚？李聿時而看著窗外那條通往市區路旁兩邊筆直高聳的楊樹，時而瞄一眼坐在駕駛座上的陳思南，東想西想，坐立不安。

「怎麼？看到美女坐不住啦！」

上車後臉上掛著一抹微笑卻一聲不吭的陳思南突然發話，著實把李聿嚇了一跳。

「喂，警官大人，你講話好歹也先吱個聲，你這不是嚇人嘛！」

「怎麼？做了什麼虧心事啊？是不是和馮樹雅一樣去紅燈區啦？」

「我倒是想去，沒錢。」

「怪不得都說男人有錢就作怪，看來要看緊一點才行。」

陳思南猛然脫口而出的這一句頓時讓車內瀰漫著尷尬的氣氛。她這回想不出什麼託辭，話已出口想轉彎都轉不過來，臉紅的從耳根一直到頸脖。好在現在是薄暮時分，天色已暗，不然她可能直接開車去撞牆。

而李聿呢？李聿也被陳思南這句話嚇出一身冷汗，好不容易才洗清了走私詐騙犯的嫌疑，怎麼突然又成了馮樹雅的同路人。馮樹雅不是什麼好鳥，李聿早就知道，賈絲汀更是清楚，不然怎麼會不搭理馮樹雅。她是不是在調查我的時候也把馮樹雅查了個底朝天，然後認為我和馮樹雅是一丘之貉？不行，我得把話說清楚講明白。

「報告警官大人，我是遵法守紀的良好公民，和馮樹雅不一樣，你不需要看緊我，而且我也沒錢，不會作怪。」

「哈哈哈……」

陳思南不可遏止的哈哈大笑，她不知道李聿是有意替她遮掩，還是真的在自證清白，總之，陳思南很滿意很開心，她決定到了餐廳，除了烤羊頭之外，還要多點幾樣，就是吃不完也要點，高興嘛！

「那個……孔修圓……」李聿心裡一直記掛著孔修圓的安危。

「放心，沒事。不過他是個怪人，明明有手機卻不開機，費了一番手腳才鎖定他的行蹤。」

「他現在人在哪？」

「不遠，就在我們吃飯附近瑞月公園旁邊一家叫鑫鵬快捷的賓館。這是一家平價旅館，很清靜。他在這裡住了好幾天，白天幾乎看不見人，晚上才回來。一個人獨來獨往，也不和人接觸，感覺很神祕。」孔修圓的動向顯然完全在陳思南的掌控之中，「等下吃完飯，我們直接去旅館找他。你來的正好，要是晚一天你就要去吐魯番找他了。」

「怎麼說？」

「我們發現他訂了明天下午飛往吐魯番的機票。」

「要不我們現在直接去那間賓館？」

「不急，他還沒回來。」

休旅車繞過一座立在十字路口中央的飛天雕像後抵達了用餐的地點。既然孔修圓還沒回來，而且看樣子並未遇到什麼麻煩，李聿也就放鬆心情和陳思南進入餐廳雅間享用晚餐。從阿姆斯特丹飛香港，接著又馬不停蹄的趕來敦煌，說實在的，李聿也確實有點餓了，連啃帶咬，沒多久盤子裡的羊頭、羊排、涼粉、烤餅就一掃而空。

「你是餓死鬼投胎啊？」

陳思南鄙視的目光中帶著笑意，遞給李聿一張濕紙巾。李聿把手擦乾淨後才發現陳思南似乎根本沒吃什麼，那一個羊頭幾乎被他一個人幹光了。

「你吃了嗎？我看你好像沒怎麼吃，要不再點一些。」

「我不太吃羊肉，而且光看你吃，我就吃飽了。」

「要不這樣，你想吃什麼，明天我請你。」

「你恐怕沒機會了，明天我得趕回深圳。」陳思南笑著搖搖頭。

沒想到李聿不知哪根筋不對，居然應聲秒回，「那我到深圳請你。」

尷尬了，李聿剛才只顧著吃飯，並沒有喝酒，可這會兒卻像是灌了一大杯二鍋頭，辛辣的感覺從舌頭直到腸胃。陳思南也被李聿這句話電到不知如何回應，說好也不是，說不好也不是。好在尷尬的時間不長，陳思南的手機適時發出了貼心的鈴聲。

「孔修圓回來了，我們過去吧！」

「李聿？你怎麼會在這裡？」孔修圓打開房門，一臉驚訝，「這位是……女朋友？」

「她叫陳思南，是……」李聿忽然感到手臂傳來一陣疼痛，「是……我的朋友。」

「看你這樣子，是專程來找我的？」孔修圓把李聿和陳思南請進室內，「隨便坐吧！茶，可以嗎？」

「不用麻煩，我們剛吃過。」

「那喝口水吧！」孔修圓拿起兩瓶礦泉水遞給李聿和陳思南，自己也拿了一瓶，隨即就喝了一大口，顯然非常口渴，「我在這裡差一點連我自己都不知道，你倒是厲害，居然能找上門來，怎麼辦到的？」

「我是因為有非常要緊的事要找你，結果電話怎麼打也打不通，打去台灣你家裡，大嫂說她也不知道你在哪裡，實在沒辦法，只好請公安局的一個朋友幫忙，好不容易才打聽到你的下落。」

「是什麼事這麼要緊？」

「你能不能告訴我你那個青花倭角瓶現在在哪裡？」

「什麼青花倭角瓶？」

「就是之前你和伯母返鄉探親，跟我和我老爸在景德鎮會面時，我老爸交還給你的那個青花瓷瓶。」

「喔，那個瓶子啊！早就送人了。」

「不是說了，那是很難得的一件瓷器，怎麼就送人了呢？」

「這是我母親的意思，我也沒辦法。」

「送給誰，你知道嗎？」

「知道啊！送給景德鎮天主堂的幸神父，還是我親手送去的。」

孔修圓說他和他母親離開景德鎮的前一天，他母親到天主堂去做彌撒，主持彌撒的是他母親的本家幸神父，得知他母親也是幸氏宗親，而且是從台灣來的，幸神父便請他母親和他一起在教堂的一間辦公室裡茶敘。辦公室內有一個書架，架上放了一個只剩下半截的青花瓶，這半個青花瓶竟然和李家交還給孔修圓的青花瓷瓶一樣，也是青花倭角瓶。

神父看孔修圓一直看著書架上的半截青花瓶，似乎對這個瓶子很感興趣，就主動說起這個瓶子的來歷。神父說抗戰期間有一個荷蘭籍的伍維克神父從越南來到景德鎮，向當時做聖品瓷出名的范永盛瓷號訂製耶穌基督和聖母瑪利亞的聖像。神父身上帶著一個從腰部斷裂，只剩半截的青花瓷瓶，就是李聿現在看到的這個瓶子，問有沒有人可以修補。彼時范永盛瓷號有一名擅製青花瓷的師傅跟神父說，因為破損情況嚴重，而且斷裂的碎片也沒有保存下來，所以已經無法修復，不過他有這個瓶子原來的圖樣，可以重新做一個。

神父接受了這位師傅建議，於是委託范永盛瓷號重做一個青花倭角瓶，另外又訂製了幾個寫了拉丁文的盤子。神父離開的時候，行李中除了有他訂製的耶穌基督和聖母瑪利亞的聖像，還有那個新做的青花倭角瓶和拉丁文瓷盤。至於那半個破損的青花倭角瓶神父則沒有帶走，留在景德鎮天主堂做為紀念，同時他還把訂製的幾個拉丁文瓷盤其中一個送給了范永盛瓷號那個做青花倭角瓶的師傅。不過范永盛瓷號的師傅並沒有真的收下那個盤子，後來他又把瓷盤送給了景德鎮天主堂。

「幸神父說要是瓶子是完好的，而不是只有半截，他會把瓶子放在聖壇上而不是書架上。我母親聽了神父這句話，就叫我把你父親給我們的那個青花倭角瓶送給幸神父，所以那個瓶子早就不在我們家了。」孔修圓一直說到這裡才停下來喘口氣，接著把剩下的半瓶礦泉水也全都倒進嘴裡，「你大老遠的跑來這裡，肯定不會只是為了這個瓶子，出了什麼問題嗎？」

「是出了不小的問題，那個青花倭角瓶因為是一件走私詐騙案的犯罪證物，現在被扣在法國國際刑警總部。」李聿嘆了口氣。

「哇！這麼嚴重！你得告訴我究竟發生了什麼事，那個瓶子好端端的怎麼會成為犯罪證物？」孔修圓顯然非常納悶。

一個原本擺在教堂的青花瓶居然成為犯罪證物，孔修圓當然納悶。不過李聿卻是連想都不用想就知道是怎麼回事，這肯定是有人認出教堂的這個瓶子是一個值錢的東西，於是潛入教堂偷竊，再透過渠道銷贓。偷瓶子的人不但識貨，而且還懂得銷贓之道，知道這樣的東西不能曝光，於是將其混在海撈瓷當中拿到國外去賣。

連李聿都能想到的犯罪情節，對陳思南來說更是洞若觀火，如臨現場。何況她本來就已經獲得情報，知道這次國際刑警要緝捕的走私販罪團伙中有兩個身份不明的中國人，一個綽號叫小胖，一個叫瘦猴，這些年一直在幕後操控。這兩個人到目前為止，警方還沒有查明他們真實的身份。聽了剛才孔修圓的細說當年，陳思南很確定這兩個人和景德鎮一定有地緣關係，得立刻進行排查。

「你們繼續聊，我出去打個電話。」陳思南和李聿及孔修圓打過招呼，就快步走出房間。

「她是……」

孔修圓先前就覺得陳思南氣場強大，絕對不是普通人，只不過李聿不說，他也不好追問。

「國際刑警。」李聿靠近孔修圓，小聲說。

「你行啊！把妹把到警花。」孔修圓斜眼看著李聿，「我得提醒你，警花可不是好採的，你要好自為之。」

「去去去，說哪去了，我們認識才一個星期，普通朋友而已。」李聿忙不迭的否認。

「喂，我可是過來人，看得比你清楚，她看你的眼神可不一般。」孔修圓擺出一副老師傅的架勢，「我說你也老大不小了，緣份要自己把握。我看你帶來的這個不錯，漂亮大方，氣質出眾，沒準還是個領導，要是娶了她，穩賺不賠。」

「她何止是領導，她還是個武林高手。」

李聿擺了個姿勢——貼山靠，每次他一想到這個貼山靠，心裡就毛毛的。

「說說看你們是怎麼認識的，對了，你還沒有告訴我那個青花倭角瓶怎麼會成了犯罪證物？」

「這事說來話長。」

李聿忍不住又嘆了口氣，然後簡單扼要的把他如何被警方懷疑是嫌疑犯，又是如何辨認出那個青花倭角瓶就是當年他父親交給孔家的青花瓶。沒想到同樣的瓶子又出現在一幅十七世紀的畫作中，而這幅畫又是他的指導教授拜託他查明一件四百年前的瓷器買賣的重要線索，結果他竟然發現在這幅畫的底層居然還有名堂，畫了一隻有十字架記號的螃蟹和一個9×9共81個拉丁字母的文字方陣。他要弄清楚這個文字方陣到底在說些什麼，而陳思南要追捕走私團伙的幕後藏鏡人，就這樣兩個人就一路同行到現在。

「你剛才說的是一隻有十字架記號的螃蟹和一個9×9共81個拉丁字母的文字方陣？」孔修圓激動的雙手抓住李聿，「你知道嗎？我在幸神父的辦公室看過一個瓷盤，盤子中央寫的也是一個文字方陣，也是9×9共81個字母，神父說是拉丁文，但是沒有人看得懂。神父說這個盤子就是當年那個荷蘭籍的伍神父送給范永盛瓷號做青花倭角瓶師傅的那個盤子，而且盤子的背面還畫了一隻有十字架記號的螃蟹。」

孔修圓透露的訊息簡直把李聿炸翻了，迫不急待的問：「你有那個拉丁文瓷盤的照片嗎？」

「沒有。」孔修圓可沒李聿那麼激動，輕描淡寫的說：「這事也不用急在一時，你回到景德鎮，去天主堂找幸神父一問就知道了。」

拉丁文密碼的事一直在李聿腦海裡盤旋不去，解又解不開，線索也沒有，真是傷透腦筋。現在可好，踏破鐵鞋無覓處，得來全不費功夫。雖然不一定就能解開密碼之謎，但至少有了一條重要的線索，說不定根據這條線索，順藤摸瓜，很快就能解開謎底了。

「對了，孔大哥，你怎麼會跑到敦煌來？」

「我是為了還願。」

原來孔修圓當年陪母親返鄉探親，回去後又寫了一本小說，是他前一本小說的續集，這兩本小說旨在追溯千手觀音像和經的問題。由於追溯的過程和當年玄奘法師西行取經的路線有關，所以小說完成後，孔修圓決定到小說中提到的幾處菩薩示現法相的地點去還願。他第一站去的是四川大足寶頂山，那裡有一尊金光閃閃的摩崖千手觀音像，在那裡他遇到了從敦煌來的一個和唐代女詩人薛濤同名的年輕人，兩人談的很投機。薛濤跟他說敦煌莫高窟第三窟有一尊元代的千手觀音像，也是莫高窟唯一的一尊千手觀音像，這是孔修圓之前所不知道的，於是孔修圓就在薛濤的邀請下來到敦煌。這些天他去了玄奘走過的火燄山，看到當年烽火台的遺址，也去了玄奘回國時經過的陽關，這些地方即使在今天依舊是一片黃沙連天的曠野，人畜難居，可見當年玄奘要具有多麼堅強的意志，歷經多少生死存亡的考驗，才能完成西行取經的宏願。昨天他去參拜位在月牙泉景區的一尊鎏金千手觀音像，隨後就在泉水旁靜坐，直到夜幕低垂。他在月牙泉待了很久，躺在沙地上仰觀滿天星斗，沒有光害的夜空，星星就像耶誕樹上掛的小燈泡，近在眼前，觸手可及。忽然滿天星斗中有一顆星星脫離星群奔向北方天際，他感覺離開的時間到了，於是今天訂了機票，準備明天去吐魯番，也就是玄奘西行取經到過的高昌國，展開下一站的巡禮。

「你來的正好，早了你找不到我，晚了你又要到別的地方找我。」

「你的行程結束之後，來景德鎮，有意外的驚喜。」

孔修圓把那麼貴重的青花倭角瓶捐給教會，李聿決定要想辦法還他一個。如果扣在里昂的那個犯罪證物無法取回，那就重做一個。

「意外的驚喜？好啊！回去之前我一定過來。」

「什麼意外的驚喜？」陳思南忽然風風火火的從外面進來。

「孔大哥剛才告訴我一件事，我……明天不能去深圳請你吃飯了，我得趕回景德鎮。」答應的事卻變卦，李聿覺得很不好意思。

「沒關係，明天我也要去景德鎮，你可以在景德鎮請。」

陳思南似乎早已預知，沒有一絲驚訝之意，倒是李聿卻心中打鼓，摸不著頭腦，不知道陳思南又想幹嘛，為什麼要去景德鎮？

孔修圓看著李聿一臉茫然的樣子，搖搖頭，轉身又去拿了兩瓶礦泉水，「還要不要水？」

這是端茶送客？李聿和孔修圓說了幾句諸如一路順風、路上小心之類的告別語就和陳思南離開了。

敦煌沒有直飛景德鎮的航班，李聿和陳思南必須先到西安，再轉機去景德鎮。在飛往西安途中，李聿和陳思南肩並肩的坐在一起卻不說一句話，兩個人都在閉目養神，有那麼一會兒李聿還睡著了。昨晚從孔修圓那裡回到旅館，陳思南聽李聿說孔修圓在月牙泉看到流星，一時興起，硬拉著李聿去月牙泉，說她也想看流星。結果流星沒看到，倒是看到一堆男男女女依偎著在那裡星星知我心，李聿和陳思南雖然對彼此有點感覺，但再怎麼說也絕對不到依偎著彼此你儂我儂看星星的程度，只好邊散步邊聊天。而且就算是聊天，談的也不是年輕人談戀愛時說的那些頭腦不清楚的胡話。相反的，兩人的對話，一個很直白，一個很坦白。

「有件事你一直沒說。」

「哪件事？」

「你為什麼要去雪菲爾畫廊看那幅有青花倭角瓶的靜物畫？我知道你說過是你的指導教授要你去的，不過我認為原因應該不止於此。」陳思南不吐不快，但又不想破壞氣氛，「我沒別的意思，只是好奇，你可以不說。」

話都說到這個地步，李聿覺得如果不說明原因好像就有點小家子氣了，「我不是有意隱瞞，而是那幅畫是三百多年前四百年的畫，明顯與你們偵辦的海撈瓷走私詐騙案無關，純粹是一個歷史和學術上的問題，覺得沒必要去說。」

「說說看嘛！就當滿足我的好奇心。」對陳思南來說，事情知道一半是很難受的。要嘛完全不知道，既然知道，那就要知道全貌。

「好吧！既然你想知道，我就告訴你。」

接著李聿就把他在海南島演講時接到樂梅爾教授病重入院的消息，於是立即前往荷蘭探望，沒想到教授卻交給他一個「船貨迷蹤」檔案，要他查明一件四百年前荷蘭東印度公司的韋麻郎和明朝一個叫高寀的太監之間的一筆瓷器交易。那筆交易不是普通的瓷器買賣，而是一批明代官窯瓷器的買賣，只是這批官窯瓷器最終下落不明，而那幅十七世紀的靜物畫就是尋找這批瓷器的重要線索，所以他當然要去雪菲爾畫廊看那幅畫。他有理由相信畫中那個青花倭角瓶很可能是當年那批官窯瓷器買賣中的一件。

「明代的官窯瓷器，那應該價值不菲吧？」不愧是警察，一下子就掌握住關鍵所在。

「何止價值不菲，應該說價值連城。」李聿老實說。

「原來我去抓壞人，你卻跑去尋寶。」陳思南恍然大悟，「還真是天作之合。」

明明是合作無間，咋就成了天作之合呢？陳思南不禁懷疑自己的語文程度是不是有問題？好在夜色昏暗，沒人看到她臉紅的樣子。

李聿呢？李聿可沒心思去分辨合作無間和天作之合有什麼不同，他對陳思南不時提起十字蟹這件事也覺得很奇怪。既然你問我初一，我當然也要問一問十五。

「你呢？你為什麼對十字蟹那麼感興趣，別又說是因為你祖母喜歡吃這種螃蟹。」

「十字蟹是我們家的祕密，不能告訴外人。」陳思南發現「騙你是小狗」這一招也不是每回都管用的，像現在的情況，這一招就不管用了。既然不管用，那就換個方式，「如果你要知道這個祕密，只有一個辦法，就是加入我們陳家。」

「我又不是楊露禪，一心想學陳家拳，不說算了，等我破解了拉丁文密碼，也不告訴你。」李聿忽然發現自己有打贏陳思南那招貼山靠的辦法，不覺得意起來，「萬一我真的發現了十字蟹的祕密，你要想知道，得加入我們李家。」

「這可是你說的？」陳思南忽然笑了起來，她的笑容在夜色中顯得很陰謀，很詭異。

「是我說的。」李聿心想等他破解了拉丁文密碼，說不說還不是由他來決定，誰怕誰啊？

「好，君子一言……」

「駟馬難追。」

「對了，你打算什麼時候帶著十字蟹去看我祖母？你不是想知道我家那個竹節把壺是怎麼來的嗎？」陳思南又臉紅了，對自己鄙視到不行，你是女孩子，好歹要矜持一點嘛！

「真是，光顧著破解拉丁文密碼，都忘了我還有一把仿永樂的竹節把壺要做。」李聿哪想得到陳思南話中還有這些彎彎繞繞，拍了一下自己的腦袋，「明天先回景德鎮，拉丁文密碼的事刻不容緩，竹節把壺的事還有時間，來得及。」

「你明天趕回景德鎮是為了拉丁文密碼？你已經找到了解碼的方法？」陳思南很驚訝。

「方法還沒有，但是有很重要的線索。」

李聿興奮的把剛才孔修圓告訴他有關幸神父和拉丁文瓷盤的事跟陳思南說，陳思南聽了只覺得真是匪夷所思，難以置信。

「你還真是有辦案的天份，乾脆加入我們警隊好了，就憑你這個國外名牌大學的博士學歷，最起碼也是科級幹部，怎麼樣？」

「什麼怎麼樣？我才不想像你這樣東奔西跑，飛來飛去，我只想下了班回家能吃上老婆做的飯，能睡個安穩的覺就好了。」

「瞧你這副沒出息的樣子，男兒不就是要志在四方嘛。」

「我是男兒，要志在四方。那你是女兒，豈不是要在家裡做個賢妻良母？結果卻是整天在外打打殺殺，累不累啊？」

李聿的話觸動了陳思南的心事，其實自從她親手逮住了那個殺害她父親的兇手將其繩之以法之後，她想當警察的心思就淡了許多，後來閨蜜許芳蘭出嫁，她就連個能說知心話的人也沒有。李聿說的沒錯，她還真是有點累了，有時候還真想脫下警服，回海南做個普通的上班族，可是又覺得……

「對不起啊！我胡說八道，你別往心裡去。你不是也要去景德鎮嗎？到了景德鎮我請你吃大餐。」

李聿看陳思南忽然心情低落，意識到自己說話說過頭了，趕快轉移話題。不料話題才剛轉過來，卻又發現了新的問題。

「咦！你本來不是要回深圳去抓壞人嗎？怎麼又改去景德鎮？」

「笨蛋，壞人跑到景德鎮去啦。」

「原來你說天作之合是這個意思。」

「當然是這個意思，不然是什麼意思？」陳思南這句話說的明顯底氣不足，有些心虛。

「沒錯，是這個意思。」李聿沒心沒肺的又補了一句，「我去尋寶，你去抓壞人，然後一起吃大餐，果然是天作之合，真是有意思。」

陳思南白了李聿一眼，差一點就打算施展貼山靠，給李聿一點顏色瞧瞧。回頭一想，話是自己說的，怪不了別人，何況她也不想怪別人，這哪是天作之合，根本就是自作自受。不過她心裡確實堵的慌，憋著一口氣，終於還是忍不住，搥了李聿一拳發洩發洩。沒想到李聿使壞，一邊嚷嚷著警察打人囉！警察打人囉！一邊拔腳就跑，陳思南氣的立刻追趕。哪曉得李聿雖然沒她會打，跑還是跑的滿快的，陳思南居然追了半天也沒追上，最後兩人都跑累了，也沒力氣看什麼流星，口又很渴，只好鳴金收兵，打道回府。

這事直接的後遺症就是睡眠不足，上了飛機連說話的力氣都沒有。不只是由敦煌飛西安沒力氣，就是由西安飛景德鎮也沒多少力氣。當然，兩人在一起吃難吃的飛機餐還是有力氣的，李聿甚至力氣大到搶了陳思南一個麵包。仔細一想，李聿和陳思南還真是天作之合，這不，飛機不是正在天上飛嗎？

CAPUT VII
盤中詩

Quod factum est, ipsum permanet ; quæ futura sunt iam fuerunt, et Deus instaurat quod abiit.

——Ecclesiasticus CAPUT 3:15

現今的事早先就有了，將來的事早已也有了，並且神使已過的事重新再來。

——《傳道書》3 章 15 節

飛機在景德鎮一落地，陳思南和李聿就分開了。陳思南由當地警方接走，立即投入緝捕小胖和瘦猴的行動中。李聿也沒回家，叫了車直接開往天主堂。

景德鎮天主堂建於光緒二十二年，一八九七年，由外國傳教士出資興建。教堂採哥德式建築樣式，正面有兩座高聳的尖塔，教堂內有圓形拱頂，以及用彩色玻璃鑲接的窗戶，十分古樸氣派，可以容納七八百人做禮拜。在解放以前，教堂內一直有外國神父居住其間，孔修圓所說在抗戰爆發初期從越南來到景德鎮的荷蘭籍伍神父當時就是住在天主堂。

這位伍神父來景德鎮的主要目的是向范永盛瓷號訂製聖品瓷，因為范永盛瓷號製作的陶瓷聖像栩栩如生，廣受好評。當時上海教區主教將范永盛瓷號所製之聖品瓷送往梵諦岡，教宗看了之後大為讚賞，通電世界各地需要聖品瓷可向范永盛瓷號訂製。遺憾的是，一九四三年范永盛瓷號的負責人范乾生在日軍一次轟炸行動中不幸喪生，最終導至范永盛瓷號的沒落。

李聿小時候偶爾也會到景德鎮天主堂來玩，不過他對幸神父卻沒有什麼印象。他驅車來到天主堂向執事人員表明來意後，經過通報，被帶往一間辦公室。就像孔修圓說的，辦公室的陳設很簡單，就是一張書桌和幾把椅子，還有一個書架。不過他在書架上並沒有看到孔修圓說的那半個青花倭角瓶，也沒有看到那個拉丁文瓷盤。

李聿在辦公室內坐了一會兒，幸神父就來了。神父瞧著有八十幾歲了，不過精神矍鑠，手腳利索，感覺活過百歲絕對不成問題。李聿簡單向神父介紹了一下自己以及他和孔修圓的關係，同時也大概說了一下走私詐騙案的事，接著就開門見山直奔主題，問神父究竟發生了什麼事，為什麼當初孔修圓送給天主堂的那個青花倭角瓶會成為犯罪證物，以至於被扣在法國國際刑警總部。

神父聽了李聿所言感到非常震驚，而他的回答也不出李聿的意料，那個青花倭角瓶果然是在前些時候無緣無故的不見了，他們也曾經報警，警方判斷是被人偷走了，不過因為歹徒作案手法老練，警方幾乎找不到任何線索，所以查了兩天沒結果，之後也就沒有下文。如今李聿突然來訪，還帶來了那個瓶子確切的消息，神父感到非常欣慰，直說天主保佑。

「有沒有辦法把那個瓶子弄回來？」神父眼巴巴的看著李聿。

「估計難度不小，不過我會盡力想辦法使它完璧歸趙。」

李聿其實知道這不是件容易的事，但他不忍心讓神父連個希望也沒有，何況他自己也曾經想過要用什麼樣的手段把那個青花倭角瓶拿回來，而且也想到了辦法，只是不曉得行不行得通罷了。

「神父，其實我這次來，除了青花倭角瓶的事以外，還有一件重要的事要請教神父。」

李聿接著就跟幸神父說起孔修圓跟他說的有關拉丁文瓷盤的事，問神父那個瓷盤還在不在？如果還在，他能不能看一下？

幸神父忽然以一種奇怪的眼光看著李聿，彷彿李聿是個什麼奇怪的動物，看得李聿起雞皮疙瘩，渾身不自在。

「你知道嗎？你是這麼多年來第二個問起這個瓷盤的人。」神父說著就從身上拿出鑰匙打開書桌邊上的一個抽屜，從裡面取出一個錦盒，「這個瓷盤我本來一直放在書架上，目的就是看看有誰能看懂這個瓷盤上寫些什麼。青花倭角瓶不見了以後，我就把盤子收起來了。橫豎這些年來不要說有人能看懂，就連注意到這個瓷盤的人也幾乎沒有，除了孔修圓，不過他只是好奇，並不知道瓷盤上的字是什麼意思。你能看懂這個瓷盤上說些什麼？」神父顯然很想知道盤子上文字的意思，看著李聿的眼神充滿期待。

「先看看盤子吧，現在還不好說。」李聿沒有正面回答神父的問題，因為就算瓷盤上的文字和那幅靜物畫底層的文字百分之百相同，但到目前為止，那個文字方陣仍然是個解不開的謎。

幸神父先在書桌上鋪了一塊毛毯，然後小心翼翼的從錦盒裡取出一個以青料書寫的白瓷盤放在毛毯上。果然不出所料，李聿一看到瓷盤，就確定瓷盤上的文字就是那幅靜物畫底層所寫的文字。這些天來他雖然還是無法看懂這個拉丁文密碼，但上面所寫的八十一個字母他差不多都能背了。

李聿問神父他能不能看一下盤子的背面，神父點頭答應，李聿把盤子翻過來一看，果然在盤底中央畫了一隻有十字架記號的螃蟹。

「神父，孔修圓說這個盤子是荷蘭那位伍神父訂製的，能說說詳細的情形嗎？」

幸神父說的其實和孔修圓說的差不多，那位荷蘭籍的神父確實是從越南到景德鎮來訂製聖品瓷的，但他比孔修圓多透露了兩件非常重要的訊息。第一件是伍神父的原名是法蘭科・馮瓦維克（Franco van Warwijck），這讓李聿馬上就想到韋麻郎，韋麻郎的荷蘭名字叫韋布蘭・馮瓦維克（Wybrand van Warwijck），和伍維克同姓。瓦維克，伍維克，其實只是漢語音譯不同，這難道只是巧合嗎？還是法蘭科・馮瓦維克和韋布蘭・馮瓦維克的關係就如同路德偉・樂梅爾教授和艾薩克・樂梅爾之間的關係，根本就是一家人。樂梅爾家直到四百年後都還有人在追查那批瓷器的下落，身為當事人的韋麻郎其後世子孫如果有人也在追查那批瓷器的下落，這難道是很奇怪的事嗎？

幸神父透露的第二件事，李聿先是瞠目結舌，接著便哭笑不得。

神父說李聿眼前的這個盤子原本屬於范永盛瓷號替荷蘭伍神父做青花倭角瓶的那個師傅的，那個師傅懂英文，和伍神父很談得來，所以伍神父離開的時候拿出他訂製的一個瓷盤給那個師傅留作紀念，後來那個師傅去世前交代家人把瓷盤送到天主堂來。幸神父說，有關這個瓷盤的事他其實知道的不多，如果李聿想知道更多的細節，可以去那個師傅家問問看。

神父說：「那個師傅也姓李，叫李存藝。」

聽到李存藝三個字，李聿當場傻在那裡，哭笑不得。這可不是什麼踏破鐵鞋無覓處，得來全不費功夫，這是大水沖倒龍王廟，自家人不識自家人。景德鎮叫李存藝的只有一個人，就是自己的祖父。雖然祖父已經不在了，但幸神父說祖父去世前交代家人把瓷盤送給天主堂，這個家人除了自己的父親不會有別人。也就是說，如果李聿想知道有關那個拉丁文瓷盤的事，其實再簡單不過，回家問自己老爸就可以了。

李聿用手機把桌上的拉丁文瓷盤正反面都拍下來，又央求神父說他想看一看那個只剩下半截的青花倭角瓶。幸神父笑著答應，又從抽屜中拿出另一個錦盒，放在錦盒中的正是半個畫牽牛花紋的青花倭角瓶，青料發色濃豔，有鐵鏽斑，瓶底書大明宣德年製六字雙圈款，胎土堅實，露胎處有火石紅。沒錯，是到代的宣德官窯。

幸神父略顯靦腆的說，他不懂瓷器，當初還以為瓶子上畫的是百合花，為此還和人爭辯，鬧了個笑話。在他想，青花倭角瓶上畫的分明就是六片花瓣的百合花，怎麼會是五片花瓣的牽牛花呢？而且牽牛花蔓生田野，典型的野草閑花，怎麼可以和天主教的聖花——百合花相提並論呢？結果人家指著瓶子上畫的葉片問他：這是百合花的葉片還是牽牛花的葉片？他才啞口無言。

李聿把手中的半個青花倭角瓶小心的放回錦盒中，然後對神父說：「古書上有鯉躍龍門的典故，說黃河的鯉魚如果躍過龍門則化龍而去。這個瓶子傳承至今已經有五百年了，就是從那位伍神父把它帶到景德鎮天主堂算起，也都快要滿百年了，就算它上面原來畫的是牽牛花，置身天主堂這麼些年，難道不能是百合花嗎？」

李聿離開時，幸神父堅持一定要送李聿到大門口，直到李聿走遠了，仍然一動不動的站在那裡，眼中滿是淚水。

李聿在外頭折騰了這些時日，說真的，確實有些累了。推開家門，發現父親不在家，於是放下行李，洗了澡躺在床上想著一路上發生的事，不知不覺就睡著了。等他睡醒，天色已黑，父親也回來了，吆喝著要他起來吃飯。飯後父子倆坐在客廳喝茶，李聿把這些天發生的事一五一十的告訴父親，說了好長一段時間，沒想到父親李民聽完李聿這一長串的精彩劇情，就說了一句話。

「要不請那個女警察明天來家裡吃頓飯。」李民看李聿沒反應，乾脆開出條件，「你不是要問我那個拉丁文瓷盤的事嗎？那個女警察來家裡吃飯，我就告訴你。」

李民說完就穿上鞋出門散步去了，屋子裡就剩下李聿坐在那裡發呆。二十分鐘以後，李聿拿起手機撥通了陳思南的電話。

「我有十字蟹的新線索。」這是李聿足足想了二十分鐘的開場白。

「只是線索，還是你已經找出答案？」

陳思南忽然有些緊張，她可沒忘記她和李聿那天晚上在月牙泉的「君子一言」。李聿要是解開了十字蟹的祕密，那麼她該怎麼辦？難道真的要加入……幸好只是線索不是答案。

「目前只是線索，是不是因此就能找出答案，還不知道。」

李聿也沒忘記在月牙泉他拍胸脯說過的「駟馬難追」，因此話也沒有說滿。

「線索在哪裡？」陳思南問。

「在我父親那裡，不過他不肯說，要我把你請來家裡吃飯他才說。」李聿在時間上保留了一點彈性，沒直說就是明天。他也知道陳思南有任務在身，時間哪有那麼自由。

可陳思南那頭卻又開始緊張起來，這是要見家長，太快了吧？「你不會跟你父親說我現在正忙著抓壞人，抽不出空。」

「說啦！他不理我，要我自己看著辦。」李聿無奈的表示，「還不只是十字蟹的線索，還包括那個拉丁文密碼。」

「我現在在忙，等下回你。」陳思南慌亂的掛斷電話。

不久之後，李聿的手機響了，「怎麼樣？你決定什麼時候來？」

李聿倒不在意陳思南什麼時候來家裡吃飯，但卻急著想知道那個和雪菲爾畫廊那幅畫中畫的拉丁文密碼完全相同的拉丁文瓷盤究竟是怎麼回事。偏偏他老爸是驢子脾氣，如果陳思南不來，他鐵定一個字都不會說。

「晚安！李博士。」咦，說的是法文，不是陳思南打來的，是那個法籍華裔富豪林恩寶打來的。

林恩寶說他的孫女卡蜜兒想來景德鎮看看，問李聿能不能照看一下。大客戶的孫女要來，這有什麼問題，李聿滿口應允，說沒問題，他很樂意。不過等他掛了電話，收到林恩寶傳來卡蜜兒的航班資料卻有些傻眼。卡蜜兒的航班抵達地點是南昌，不是景德鎮，他得開三四個小時車，繞過大半個鄱陽湖去接機，而且從飛機抵達的時間來看，當天恐怕還不能回到景德鎮，得在南昌住一晚。而且等她回去的時候，同樣的行程勢必還要再來一次，實在有點折騰人。更不妙的是，卡蜜兒搭乘的班機明天就到了。還好，剛才沒說要陳思南明天就來家裡，否則豈不分身乏術。

就在李聿慶幸自己沒把話說死給自己找麻煩，他的手機又響了，這次是陳思南打來的。

「我剛才想了一下，十字架螃蟹和拉丁文密碼的事宜早不宜遲。這樣吧！我明天就抽空來你家，看看是什麼樣的新線索。」

「明天……我也很希望你明天就能來。不過，明天恐怕不行了。」

「哦！怎麼說？」

「我剛才接了一個電話，你猜哪裡打來的？」

「我哪裡猜得到，你直說吧！」

「就是我們在巴黎見過的那個有錢人林恩寶，他剛才打電話給我，說他的孫女要來景德鎮玩，問我明天可不可以去南昌接她，我不好推辭，所以明天得跑一趟南昌，而且飛機抵達的時間很晚，可能要後天才能回來。」

「這樣啊？那好吧！咱們各忙各的。」

不用去李聿家裡吃飯，至少明天不用去，陳思南可是大大的鬆了一口氣。李聿呢？李聿也鬆了一口氣，先處理好卡蜜兒的事，再安排請陳思南吃飯的事，就這麼定了。

李聿開車去南昌的路上就在想林恩寶的孫女是個什麼樣的人？她來景德鎮做什麼？遊山玩水不會來景德鎮，尋古訪幽也不會來景德鎮，中國地方這麼大，名勝古蹟這麼多，有的是地方可去。通常會來景德鎮基本上都是為了相同的理由——瓷器。林恩寶喜歡瓷器，他的孫女想必也是愛瓷之人。

這一點李聿的判斷無疑是正確的，當李聿看到一個穿英國名牌風衣走出海關大門的長髮女子，立刻就把手上拿的那個寫著 Ms Camille Lin 的牌子收起來了，這個牌子算是白做了，他已經知道他要接的人是誰了。李聿快步從接機的人群中上前，迎向正朝他走來的卡蜜兒．林。

「好久不見，林怡兒，我不知道卡蜜兒就是你。」

李聿接過林怡兒手邊的行李箱，內心滿是重逢的高興。李聿確實有想過林恩寶的孫女是個什麼樣的人，不過他萬萬沒有想到林恩寶的孫女卡蜜兒就是他在牛津大學自然史博物館所遇到的林怡兒。雖然李聿和林怡兒只有一面之緣，時間也隔了很久，但李聿一直記得他和她之間圍繞著嘟嘟鳥和瓷器的交談。林怡兒是那樣喜愛瓷器，又是那樣美麗動人，李聿很難只把林怡兒看作是一位客戶的孫女。

「我倒是知道來接我的人是萊頓大學的李聿博士。」林怡兒露出開心的笑容，完全看不出有一絲的生份。當年她和李聿在牛津短暫的邂逅究竟有沒有在她心裡留下什麼，就只有她自己知道了。

「時間太晚了，今晚到不了景德鎮，我幫你在這裡訂了酒店。」李聿推著行李箱，帶林怡兒去停車場，「我們先去酒店把行李放下，然後我請你吃江西有名的瓦罐湯。你好好休息一下，明天再去景德鎮。」

林怡兒露出頑皮的笑容說：「I am all yours.」這句話的意思正確的解讀是：「我都聽你的。」但這句話總讓人感覺有些曖昧不明，容易想入非非，想成我都是你的。李聿當然不至於不明白這句英文真正的意思，但這句話由林怡兒嘴裡說出來，還是有不小的誘惑力，不，殺傷力。

這不，李聿帶林怡兒去吃瓦罐湯的時候，林怡兒吃的津津有味，但李聿老覺得他的那個瓦罐湯怎麼這麼燙啊？幾乎把舌頭都給燙傷了。

李聿和林怡兒一邊吃飯，一邊聊了一下彼此的近況。李聿說自從他回國接手李窯的經營，目前只接到一張來自法國小到不能再小的訂單，就是林怡兒爺爺林恩寶的訂單，要他仿製明朝永樂時期的青花穿花鳳紋三繫竹節把壺，其他都是一些可有可無的生意，乏善可陳。林怡兒說她仍然在法國瓷都利摩日當她的畫師，日子過的也很平常，沒什麼亮點。

李聿問林怡兒當初她在牛津大學自然史博物館畫的那隻嘟嘟鳥最終成為什麼樣瓷器上的圖案，

是盤子還是瓶子，抑或是咖啡壺或咖啡杯？林怡兒有些沮喪的說：都沒有！她不肯把她畫的嘟嘟鳥用轉印的方式印在瓷器上，堅持要以手工的方式在瓷胎上畫這隻嘟嘟鳥，但畫了許多次都畫不出最初畫在紙上的神韻，最後她決定放棄，不畫了，瓷器也不做了。

看來兩人在人生的旅途中不可避免的碰到了一些磕磕撞撞，這些磕磕撞撞別人也幫不上忙，只能自己去想辦法解決。李聿和林怡兒當然明白這個道理，兩人搖頭笑笑，他們也就是說說而已。

由於時間已晚，李聿和林怡兒回到酒店便準備休息了。在進入電梯回到各自房間之前，林怡兒向李聿借了手機，走到大廳一處角落打了一個電話，然後把手機還給李聿，還左右開弓和李聿來了一次法式的貼面禮，謝謝李聿來機場接她，請她吃飯，她很開心。

第二天李聿一早就起床了，換上運動服沿著酒店附近的馬路晨跑。林怡兒昨晚睡的好不好他不知道，他自己睡得很不好。他感覺這次和林怡兒見面，兩人的互動雖然很融洽，但總覺得似乎少了什麼？他琢磨了半天，最後終於發現少了什麼，少了久別重逢的驚喜。他看到林怡兒，發現卡蜜兒就是林怡兒，只覺得驚訝，而不是驚喜。林怡兒見到他不要說驚喜，連驚訝也沒有，就好像她早已知道是誰來接她。

過去李聿和林怡兒初次在牛津認識時，感覺是陌生中有著熟稔，這次在南昌見面，李聿卻覺得是熟稔中有著陌生。是不是自己想太多了？李聿對自己說。畢竟當初和林怡兒也不過是一面之緣，彼此都還記得對方，已經是很難得了，要怎樣才算驚喜？衝上前熱情的擁吻嗎？李聿你真的想太多了。

李聿在一種若有所失的情緒中跑回酒店，等林怡兒整裝就緒，兩人用過早餐後就啟程前往景德鎮。離開南昌的時候，李聿本來想帶林怡兒去看一下滕王閣，畢竟這是從唐代以來就名聞四方的歷史古蹟，雖然今日所見的滕王閣都是鋼筋水泥打造的樓閣。不過李聿看林怡兒精神不佳，似乎昨晚沒睡好，也就打消此意，開車直趨景德鎮。

李聿開車進入景德鎮市區抵達林怡兒所訂的酒店之前，會經過他家，李聿問林怡兒要不要進來喝杯茶？李聿也就是隨口問問，沒想到林怡兒居然很感興趣的答應了。

李聿家中的陳設很簡單，一間客廳，一間飯廳，三間臥室。客廳中有一個櫥櫃，裡面擺放著幾件骨董瓷器，年代有了但稱不上名貴，真正貴重的瓷器都裝在錦盒裡收起來了。李聿帶著林怡兒進入屋內，才剛坐下，李聿的父親就從裡面一個房間出來了。

「爸，你不是應該在廠裡嗎？怎麼在家啊！」

「我回來拿個東西。」李父看了正從沙發上站起來的林怡兒，顯然有些困惑，因為林怡兒的穿著實在太洋派，怎麼看都不像警察，「這位是……」

「她叫林怡兒，是我的一個法國朋友。」

「伯父，你好。很冒昧打擾了。我叫林怡兒，來景德鎮旅遊的。」

林怡兒雖然衣著洋派，但應對得體，又有禮貌，能說普通話，很快就贏得李父的好感。

「來玩好，來玩好，叫李聿帶你四處看看。我還有事就不招呼你了，晚上來家裡吃飯。」說完套上鞋就出去了，臨出門前似乎又想到什麼，回頭丟下一句，「要不，請陳警官一起來，人多熱鬧一點。」

「陳警官？」林怡兒問，顯然她也有些迷惑。

「一個朋友，剛好在景德鎮辦案。別聽我父親胡說，人家很忙的，哪有時間去別人家裡吃飯。」

李聿重新招呼林怡兒坐下，從冰箱裡拿出兩小盒茶葉，用玻璃杯為林怡兒和自己沏了一杯茶。

「這茶葉好特別，葉片大，還直直的站在杯子裡。」林怡兒從來沒有見過這樣的茶葉，感覺十分新奇，淺淺的嚐了一口，「哇，好香。」

「這茶叫猴魁，來自離景德鎮不遠的黃山。最早是生長在高山峭壁上的野生茶，人很難上去，於是當地居民馴養猴子上山採茶，後來就有了猴魁之名。你要是喜歡，我請人去買一些你帶回去喝。」

「太好了，那就麻煩你了。」林怡兒也不客氣，捧著杯子津津有味的坐著喝茶，看得出她是真的很喜歡猴魁。

「我父親還有私藏的武夷山岩茶大紅袍，比猴魁還要難得，他藏得死死的，我連碰都不能碰，你要是來吃飯，我就可以託你的福，逼著他把大紅袍拿出來喝。」李聿近乎咬牙切齒的說。

林怡兒在李聿家坐了一會兒，喝完茶，李聿就送她去酒店，離開家門時想起他老爸的交代，只好多問一句，「晚上能過來吃飯嗎？」

林怡兒又說了一次 I am all yours，也不知道她是不是真的想來。不過既然她這麼說了，李聿當然就照辦。他開車把林怡兒送到酒店，兩人簡單在酒店吃了點東西，李聿就先離開了，他得趕快問一下陳思南能不能來，然後跟老爸說。至於晚餐要吃些什麼，李聿可是一點也不擔心，自然有卓姨會去處理。

自從李聿的母親因病去世以後，李聿每次從荷蘭回到家裡，一桌子菜哪回不是卓姨過來張羅的。老爸和卓姨是怎麼回事，李聿看在眼裡早就心知肚明，這次他學成歸國，私下也曾勸過老爸直接將卓姨娶回來不是很好嗎？省得每晚還要出去散步，煩不煩啊？偏偏老爸不知道哪根筋不對勁，非要李聿先成家，他才會談自己的事。這不，聽說李聿認識了一個陳警官，就馬上要人家來家裡吃飯，這會兒又出現了一個法國朋友，也要李聿帶人家來家裡吃飯，好像恨不得趕快把媳婦娶進門，他就可以不必天天辛苦的……去散步了。

就在李聿準備給陳思南打電話的時候，陳思南的電話打來了。

「接到人啦？」

「接是接到了，不過問題來了。」

「什麼問題？」

「我父親要請她來家裡吃飯，她答應了。」

「吃飯？好事啊！有什麼問題？」

「我父親說要不你也來，人多熱鬧，而且就是……今天晚上。」電話那頭突然沒了聲音，李聿等了一會兒，終於忍不住問：「你能來嗎？」

「好，你把地址給我，到時間我自己過來。」陳思南說的斬釘截鐵，似乎下了很大的決心。

李聿活到現在還從來沒有吃過這麼奇怪的晚餐。他坐在餐廳圓桌靠客廳的位置，坐在他左邊的是年輕貌美的林怡兒，坐在他右邊的是貌美年輕的陳思南，他老爸和卓姨則坐在對面主位，用一種李聿從未見過的奇怪眼神一會兒看看他，一會兒看看林怡兒，一會兒又看看陳思南，然後不停的勸客人說嚐嚐這個，嚐嚐那個，而林怡兒和陳思南則是恭敬不如從命的嚐嚐這個，又嚐嚐那個，只有李聿瞧著滿桌子的菜，不知道該嚐嚐什麼才好。

中國人講究食不言，寢不語。一頓飯吃下來，除了嚐嚐這個，嚐嚐那個，居然沒說幾句話，直到吃完下了飯桌，卓姨去收拾善後，李聿老爸被李聿拱去泡大紅袍，李聿和林怡兒以及陳思南坐在客廳沙發上才打開了話匣子。

陳思南從李聿和林怡兒之間對談的自在程度，敏銳的看出一件事，那就是李聿和林怡兒絕對不是昨天才認識。林怡兒也從李聿和陳思南的互動中發現他們之間的關係也不尋常，不像普通朋友。本來也是，普通朋友能請到家裡來吃飯嗎？等到李父端來泡好的大紅袍，陳思南已經知道李聿和林怡兒幾年前曾經在牛津相遇，而林怡兒也得知和李聿一起去巴黎她家的就是陳思南。陳思南問林怡兒怎麼會想到來景德鎮玩？林怡兒說她做的也是瓷器這一行，一直想來景德鎮看看，而且她祖父希望她順便多瞭解一下李窯的情況，看將來能和李窯在哪方面展開合作。林怡兒則對陳思南怎麼會成為國際刑警，還跟李聿一起出現在巴黎她家感到好奇。陳思南笑著告訴她李聿一度被國際刑警列為走私嫌疑犯，後來反倒成了協助警方辦案的鑑識專家，至於她和李聿去林府，純粹是因為兩人有事要到中國駐巴黎大使館，辦完事李聿要前往林府談做瓷器的事，她就順便跟去見識一下富豪的宅邸是什麼樣子。

陳思南和林怡兒一問一答的談個沒完，工作、興趣、嗜好，凡是有助於彼此認識對方的幾乎無所不談，感覺上兩人好像已經成了閨蜜，李聿只能坐在旁邊喝茶，幾乎插不上話，直到二女談起婚姻問題，林怡兒下意識的瞄了李聿一眼，忽然聳聳肩不說話了。陳思南眼光何等銳利，林怡兒的每一個表情，每一個動作，她都看得很仔細，林怡兒下意識瞄向李聿的那一眼，她當然也看得清清楚楚。對於婚姻的問題林怡兒談興不高，陳思南也不想多談，於是大紅袍的茶敘就不聲不響的落幕了。

李聿看二女忽然不說話，捧著茶杯好像在喝茶又好像沒在喝，正打算說一說從孔修圓那裡聽來的趙州茶的典故，活潑場面，陳思南的手機卻突然響了。陳思南接聽之後，只丟下一句下回再聊就急急忙忙的離開。陳思南一走，林怡兒也說她有點累了，問李聿能不能送她回酒店？於是本來有三個人嘰嘰喳喳的客廳，忽然燕去巢空，只剩下從來沒有被如此冷落過的大紅袍。

§

李聿在中午十二點來到林怡兒住的酒店，他昨晚送林怡兒回酒店時約好中午一起吃飯，下午去參觀景德鎮古窯。這裡原本是清代鎮窯的所在地，現在則被闢為一座陶瓷文化博覽區，是國家文化產業的示範基地，也是遊客來景德鎮旅遊必定要去的景點。

李聿停好車打電話給林怡兒，卻無人接聽，請前台打電話到林怡兒房間也無人回應。由於酒店旁邊有一座景色不錯的湖泊，李聿心想說不定林怡兒是到附近走走，於是坐在酒店大廳等候。李聿從十二點一直等到三點，期間不曉得撥了多少電話，始終沒有任何回應。終於李聿坐不住了，和酒店交涉進入林怡兒房間查看，酒店經理拒絕了李聿的要求，但同意要清潔人員進入房間整理。不久清潔人員回報說房間沒人，但行李都還在，手機還插著線在充電。李聿要求報警並調閱酒店監視器，沒有獲得同意，不得已只好打電話給陳思南。

有了陳思南的協助，沒多久就來了一名理了一個板寸頭的警察，問明事情的原委之後，就帶著李聿一起進入酒店監控室調閱監控紀錄，果然發現林怡兒身著米色上衣和牛仔褲，也沒拿包包，在十點二十分走出酒店大門，往湖邊方向而去，之後她的行蹤就不在酒店監控的範圍內了。板寸頭警察似乎覺得情況有些不尋常，走到一邊撥了個電話，嘰咕一陣後把電話拿給李聿。電話那頭是陳思南，她要李聿跟著板寸頭警察去警局，她在警局等他。

李聿沒有發神經，林怡兒果然是出事了。從警方道路監控的畫面中很清楚的看到林怡兒被突然由湖邊樹林中竄出的兩名男子把嘴捂住然後推進停在路邊的一輛麵包車裡。警方一路從監控畫面中追蹤這輛麵包車，最終在車輛進入湖田村山區道路後失去蹤影。

陳思南把板寸頭拉到一邊在他耳邊說了幾句，板寸頭點點頭就走出監控室。沒多久，陳思南手機響了，陳思南接聽後眉頭皺了一下，說聲知道了就掛斷電話，同時轉過身來對李聿說：「不出所料，果然是報失車輛，刑偵隊已經派人過去搜捕。」

「湖田村那邊我很熟，我要過去，我必須過去。」

李聿的著急完全寫在臉上，他很清楚林怡兒在景德鎮不可能與人結仇，像這樣無端遭到綁架，說明歹徒要嘛是在酒店附近守候，伺機作案，要嘛就是剛好碰上，順手綁架，而其目的不是劫財就是劫色，無論哪一樣，李聿都不能任其發生，尤其案發到現在已經快五個小時，林怡兒會發生什麼事，李聿連想都不敢想。

「好吧！我跟你一起去，坐我的車。」

照理這個案件應該由景德鎮市公安指揮偵辦，陳思南不宜介入，但林怡兒是法國公民，而且她現在正和當地警方共同追緝那個跨國走私團伙的漏網之魚，所以剛才她其實已經和那個板寸頭警察說好，她也會參與本案的搜捕行動。

「你家在景德鎮市區，怎麼會對湖田村熟？」陳思南車開的很快，話也說的很快。

「讀初中的時候我常到湖田村去跟那裡的一位老師傅學藝，老師傅有兩個和我年紀差不多的學徒，我們經常一起到附近山上玩，上了高中以後就……」

李聿話還沒說完，陳思南的手機又響了，因為正在開車，所以陳思南開了免提，「思南，景德鎮市公安局趙局今晚請吃飯，你要不要過來一下，地址是……」

「嫌犯找到啦？」陳思南沒好氣的問。

「還沒，不過已經有些進展，你也知道僅憑兩個一胖一瘦的綽號，要鎖定嫌犯確實有困難，而且這兩個人是不是還在景德鎮也不確定。」

「王強，要吃飯你去吃，我沒空。」陳思南說完就掛斷電話。

「不是我多嘴，我覺得剛才那個人說的沒錯，一個人的綽號不一定就是他本人真實的樣子。比如說我那兩個小時候的玩伴，一個叫小胖，其實他一點也不胖，反而還顯瘦。他出生的時候，他奶奶希望他長的又白又胖，所以叫他小胖。另一個更妙，我們都叫他瘦猴……」

「你剛才說什麼？」陳思南猛然剎車，睜大眼睛看著李聿，「你再說一遍？」

「瘦猴啊，有什麼不對嗎？」

「你是不是說你小時候的玩伴，一個叫小胖，一個叫瘦猴。」陳思南忽然顯得很興奮。

「是啊，瘦猴其實也不瘦，體型跟一般人差不多，叫他瘦猴是因為他家養了一隻瘦皮猴。」

「這兩個人叫什麼名字？」陳思南迫不及待的問。

「怎麼了？他們不會和我一樣也成了嫌疑犯吧？」

「你是不是嫌疑犯還不能百分之百排除。」陳思南一副天威難測的表情，斜眼看著李聿，「不過這兩個人肯定是嫌犯，快告訴我他們的姓名。」

陳思南一邊加速開往湖田村，一邊通知王強趕快鎖定嫌犯行蹤。這一回王強辦事的效率很高，偵辦跨國走私詐騙案的專案組和偵辦林怡兒綁架案的刑偵隊巧妙的在湖田村會合，在警方大規模的圍捕下，綽號小胖和瘦猴的兩名歹徒和另外兩名綁架林怡兒的綁匪在湖田村山上的一間爛尾樓一起被逮捕。原來小胖和瘦猴知道警方正在追緝他們，不敢隨便現身，只好藏身在這間湖田村當地人稱為鬼屋的爛尾樓中，但鬼屋中沒吃沒喝的，所以派兩個手下到市區去買日用補給。這兩個手下開車經過鯉魚洲時因為尿急，於是把車停在路邊到林子裡小解，出來的時候剛好看到林怡兒一個人在湖邊散步，遂起了歹念。

林怡兒雖然遭到綁架，卻很鎮靜，她知道綁匪的意圖，所以直接表明身份說家裡有錢，她願意用錢買自己的平安，多少錢都可以，要求和家裡通電話，並且將巴黎家裡的電話寫給歹徒。林怡兒此舉成功的轉移了綁匪的注意力，他們聚在一起商量，打算先弄清楚林怡兒所言的真實性，再決定下一步該怎麼做。畢竟劫財與劫色相比，前者更要緊，反正林怡兒也跑不掉，什麼時候要她都可以。

其實林怡兒也很明白自己這一回恐怕是在劫難逃，她很後悔為什麼要為了家族一個虛無縹緲的傳說做一件她根本就不想做的事，從而使自己陷入如此危險的境地。不過現在說這些已經晚了，她在無限的悔恨中祈禱，希望有奇蹟發生。就像《聖經．約伯記》約伯說的，他因為「厭惡自己的所為，在塵土和爐灰中懊悔。」

因為林怡兒是真心懺悔，所以奇蹟發生了。

當林怡兒在陳思南的陪伴下走出爛尾樓看見李聿的那一刻，她再也忍不住，撲進李聿懷中放聲大哭。李聿抱著林怡兒一副手足無措的表情，看得一旁的陳思南直翻白眼。

林怡兒愈哭愈傷心，直到警方將四名上了手銬的歹徒從爛尾樓裡帶出來才停止哭泣。果然，四名歹徒中的兩名正是李聿小時候的玩伴小胖和瘦猴，雖然多年沒有見面，李聿還是一眼就能認出。從某個角度來說，李聿可以算是「線民」，沒有他提供嫌犯的真實身份，這個案子不會這麼容易破案，因此基於保護原則，陳思南沒有讓李聿和嫌犯照面。

李聿從遠處看著小胖和瘦猴被押上警車，內心真是感慨萬千，小時候一起拉坏一起做瓷器的同伴，長大後怎麼會變成這樣，他尤其為小胖感到難過，當年在湖田村習藝的時候，教他們的師傅還稱讚小胖的手巧，如能勤練不輟，日後必成大器。沒想到昔日老師傅寄以厚望的高徒，後來走歪了路，成了階下之囚。難道真的如《羅馬書》所言，窯匠可以把一團泥做成高貴的器皿，也可以把一團泥做成卑賤的器皿。

案子破了，陳思南鬆了一口氣，李聿也鬆了一口氣，但林怡兒卻憋著一肚子悶氣，變得沉默不語。當陳思南和李聿開車帶她到警局做完筆錄送她回到酒店，她對李聿說她很抱歉，給李聿帶來這麼多麻煩，她很過意不去，聽得李聿一頭霧水，不知如何應答。照理應該是李聿感到抱歉才對吧！人家大老遠的來景德鎮玩，卻發生這種事情，就算不是李聿的過錯，至少也是照顧不周吧！怎麼會是林怡兒感到抱歉呢？

李聿原本想說些寬慰她的話，但林怡兒沒有給他機會，說她累了，想休息了，問李聿明天能不能送她去南昌，她想趕快回到巴黎。的確，她受到這麼大的驚嚇，差一點丟掉性命，哪裡還會有心思繼續留在景德鎮呢？

第二天李聿見到林怡兒的時候，林怡兒的情緒已經比昨天穩定許多，辦完退房手續，李聿便開車帶林怡兒前往南昌搭機。一路上除了李聿問林怡兒要不要喝口水，林怡兒說了一個好字，兩人幾乎沒有任何交談。李聿其實很不想讓林怡兒就這樣離開，但他想不出有什麼方法可以讓林怡兒留下來。上一次林怡兒在他眼前消失，他有著一絲惆悵，這一次他倒沒有惆悵的感覺，而是遺憾，一種說不清道不明的遺憾。

到了航站辦完登機手續在進入管制區之前，林怡兒突然回頭雙手抱著李聿，臉上還掛著淚水。

「我希望我能早一點認識你，也許事情會變得不一樣。」

這是李聿聽到林怡兒說的最後一句話，接著林怡兒從手提袋裡拿出一個畫筒交給李聿，然後轉身走進管制區，沒有再回頭。

李聿望著林怡兒消失的背影呆立許久才回過神來，下意識的打開畫筒，看林怡兒送給他的是什麼樣的畫作。畫筒打開了，出現在李聿眼前的是他在牛津自然史博物館看到林怡兒畫的那幅嘟嘟鳥的寫生畫作，讓李聿大為驚訝。

林怡兒原本是要把這幅畫裡的嘟嘟鳥畫到瓷器上的，但試了幾次都沒有成功，最後放棄不畫了。她帶著這幅畫到景德鎮來，是打算在景德鎮再畫畫看，還是有其他的用意？總不會是特地來要把這幅畫賣給我的吧？林怡兒說過這幅畫是非賣品，她說這是她畫得最好的一幅畫，她再也畫不出這樣的神韻，她要保留給自己，那她為什麼在臨走之前把畫給了我？

李聿看著畫中那隻早已在地球上滅絕的嘟嘟鳥，內心有一種說不出的苦澀，他和林怡兒曾經有過的那一縷思念，似乎也隨著林怡兒的離去而滅絕。如果陳思南此刻在旁邊的話，她一定可以看出李聿看著林怡兒離去的眼神和畫中嘟嘟鳥看著李聿的眼神是如此的相似，滿是茫然和迷惘。

CAPUT VIII
西吉嶼

Nihil autem opertum est, quod non reveletur, neque absconditum, quod non sciatur.

——Lucas 12：2

掩蓋的事沒有不露出來的，隱藏的事沒有不被人知道的。

——《路加福音》12 章 2 節

李聿從南昌開車回景德鎮，行經安義古村時，他猶豫了一下，要不要進去？先前他和林怡兒從景德鎮過來，因為時間足夠，本來還想帶林怡兒到村子裡轉一圈，看看保存完整的古代民居建築，不過看林怡兒興致不高，也就打消了這個念頭。這會兒他一個人開車回景德鎮，形單影隻，心裡空落落的，特別煩悶，不由自主的一打方向盤就把車開向前往安義古村的路上。林怡兒這次沒來這裡，恐怕一輩子也不會有機會再來了。人生就是這樣，有些事這次錯過了就永遠錯過了，人也一樣，有些人當下錯過了就永遠錯過了。

安義古村由羅田、水南和京台三個村子組成，據說有一千多年的歷史，可以上溯到唐代，村子裡保存了許多古代留下的遺物，諸如古井、石槽、牌坊等等，就連有人居住的房舍也是古老傳統的樣式。相對於今日都市中摩肩接踵，櫛比鱗次的現代化高樓，古村為生活忙碌的現代人保留了可以歇個腳喘口氣的「世外桃源」。

李聿雖然是江西人，但說實話，他長這麼大也是第一次來安義古村。不過李聿此行既不是遊山玩水，也不是鄉野采風，更不是調研考古，他純粹就是心裡悶的慌，車愈開愈煩，不得不把車停住，下來走走。

所謂古村就是村子看起來古老，老樹、老房子、老巷子、老桌子、老椅子，加上老先生、老太太，就是古村了。而由三座古村連成一體的安義古村中佔地最廣房舍最多的則是羅田村，李聿走巷串弄，進進出出大體上也都在羅田村，看著院子裡竹架子上掛著臘肉，沿著牆壁蔓生的瓜藤吊著絲瓜，門前老奶奶的爐子裡煨著茶葉蛋，旁邊老黃狗趴在地上打瞌睡，李聿走著走著心情也慢慢平復下來，不再像剛進村子裡時那樣的難受。

離開了羅田村，李聿看時間還早，就繼續往水南村走去，結果在村子裡一座黃氏宅院的牆壁上發現裱好裝框掛在牆壁上的一些文字遊戲，包括形意詩和幾種不同形式的回文詩。李聿覺得有趣，也就根據上面說明的方法，從牆上第一首成圓形排列的文字開始，按上下、左右、內外等三個方向讀，果然如說明提示所言，可以從牆上看似雜亂無序的文字中讀出三首詩。

讀完了牆上的第一幅圓圈形的文字遊戲詩，李聿又接著看第二幅文字遊戲詩，這是一個4×7共28個字的文字方陣，由上至下讀是四句詩，由下往上讀又是四句詩。這個文字方陣讓李聿不由自主的想起昨天晚上劉韞透過微信和他討論那個拉丁文密碼的事。

劉韞說他懷疑這八十一個字母的文字方陣運用了類似凱撒密碼的退位手法，使得看到的都是亂碼，所以讀不出來，這一點和李聿的看法相同。

所謂凱撒密碼是一種古老的通訊加密方式，當年羅馬凱薩大帝就是利用凱撒密碼傳遞軍事消息。凱撒密碼的原理很簡單，以英文為例，先設定一個參數，然後根據這個數值，將要傳遞的訊息按26個字母排列的順序往後進行字母代換。假設指定參數為1，則A就要後退一格寫成B，C就要寫成D，每一個字母都以該字母後面的第一個字母代替。比如說要傳遞的訊息是「昨天」，YESTERDAY，則這句話每個字母都退後一格，寫下來就會是ZFTUFSEBZ，這樣就變成無法解讀的一堆亂碼。

以今日的技術來看，凱撒密碼其實很容易破解，但在古代卻是一種有效的通訊保密方式。理論上這個拉丁文密碼如果是以退位法的方式進行編碼，應該很容易就可以破解，但事實卻不然。

劉韞說他寫了一個程式，只要把文字輸入，然後設定參數，多試幾遍，通常很快就可以解讀出來。他先將那個由拉丁文字方陣從左至右輸入程式中，然後設定參數，按1234……的順序一遍一遍的試，但最後呈現的還是亂碼。於是他換了一個方向，如同希伯來文由右至左的書寫方式再輸入一遍，也還是亂碼。

和李聿一樣，劉韞也想起林布蘭那幅名畫《伯沙撒的盛宴》中那隻在牆上寫字的神祕之手，將原本由右向左橫寫的希伯來文改為由上而下的直書，致使無人能看懂寫在牆上的文字究竟在說些什麼。劉韞也依樣畫葫蘆，將拉丁文字方陣由上而下輸入程式中，可還是讀不出來。由上而下不行，那就由下而上，同樣沒有下文。

劉韞說他將拉丁文字方陣以左至右，右至左，上至下，下至上各種順序輸入，就是得不到任何有意義的結果。

「這麼難搞？」李聿有氣無力的說。

「沒錯，很難搞。」試了這麼多遍依舊是亂碼，劉韞雖然覺得很沮喪，不過也不是一點收穫也沒有，「我在輸入參數為2的拉丁文字方陣中意外發現了一個有意義的字。」

「什麼字？」

李聿急切之情，溢於言表。能讀出一個有意義的字就表示還能讀出第二個，第三個，只要找對方法就可以。

「OCULUS」

「看見？」

「對！就是看見這個字。」

劉韞說這個字出現在文字方陣最左邊一行由上往下數的第四到第九個字母，和「伯沙撒的盛宴」那幅畫中神祕之手在牆上寫字的方式一樣，要由上至下讀。不過因為這個字表面上呈現的其實並不是OCULUS，而是OCVLVS，所以他一開始的時候沒有注意到，就像耶穌說的有眼睛卻看不見。後來才猛然想起古典拉丁文沒有U這個字母，只有V，所以OCVLVS其實就是OCULUS。

「這是好消息，但壞消息是除了OCULUS以外，其他的字母不論你是直讀、橫讀、斜讀都找不出任何有意義的字。」

這是劉韞昨晚在微信上說的最後一句話，當時李聿怎麼想也想不明白，不管是橫讀豎讀，怎麼就只能讀出一個字呢？現在看到水南村黃氏宅院牆壁上的這些文字遊戲，腦袋裡突然靈光一閃，難道要像牆上這個文字遊戲的提示所言：「上下左右內外跳躍回文地念。」

「一定是如此，這個拉丁文密碼之所以讀不出來，是因為沒有按照設定的路徑去讀，只要找出原本設定的路徑應該就可以解讀了。」

想到這裡，李聿興奮的待不下去了，他以最快的速度回到車上，然後加足馬力直奔景德鎮而去。

兩個小時以後，李聿回到家中，很難得老爸和卓姨都在，不過他現在可沒力氣哈啦，一頭衝進房間，首先他按照劉韞的辦法，將八十一個字母每個字母都倒退兩格，果然就如劉韞所言，在最左邊一行由上往下讀出了 OCVLVS 這個字，也就是 OCULUS。但除了這個字以外，不管橫讀、直讀、斜讀，確實再也讀不出任何一個單字。之後李聿就打開電腦，按照剛才在車上所推敲的結果上網輸入關鍵字，搜尋所要找的資料——回文詩。

D	**I**	**V**	**M**	**V**	**S**	**O**	**I**	**T**
I	**E**	**T**	**R**	**I**	**S**	**R**	**I**	**E**
T	**P**	**A**	**R**	**T**	**E**	**P**	**V**	**R**
O	**N**	**M**	**E**	**L**	**V**	**M**	**O**	**P**
C	**I**	**I**	**V**	**I**	**T**	**V**	**S**	**E**
V	**M**	**V**	**I**	**B**	**I**	**R**	**E**	**N**
L	**A**	**X**	**T**	**A**	**M**	**V**	**X**	**M**
V	**T**	**R**	**O**	**P**	**D**	**I**	**C**	**O**
S	**E**	**I**	**V**	**S**	**I**	**T**	**E**	**T**

所謂回文詩，顧名思義，就是能夠回還往復，正讀倒讀皆成詩句的詩篇。現存最早也最有名的回文詩是東晉蘇蕙所作的織錦璇璣圖，詩長八百四十一字，可以用許多不同的方式來讀，武則天還為文讚美，說織錦璇璣圖「縱橫反覆，皆為文章。」明人康萬民窮其一生研究織錦圖讀法，歸納出正

讀、反讀、橫讀、斜讀、角讀、四角讀、起頭讀、相向讀、相反讀、中間輻射讀、逐步退一字讀、倒數逐步退一字讀等等共十二種讀法，結果八百四十一個字可以讀出四，二〇六首詩，後人又繼續鑽研，得詩之數更為驚人達七，九五八首。

不過蘇蕙的織錦璇璣圖字數太多，讀法也太多，顯然與李聿所見八十一個字母的拉丁文密碼關聯性不大，而且八十一個拉丁字母最多也不過就是二十左右個單字，連組成一首詩都很勉強，何況是幾千首詩，所以李聿很快就將蘇蕙的織錦璇璣圖排除，倒是康萬民說的「逐步退一字讀」和「倒數逐步退一字讀」的方法和凱撒密碼的退位法很相似。不過退位法用在拉丁文密碼上最多只能解除經過編碼之後錯置的字母，但如果沒有找出原本設定的閱讀路徑，還是無法讀出真正的訊息。

回文詩起源於蘇蕙的織錦璇璣圖，這是一個說法，但另外還有一個說法是回文詩起源於為漢朝蘇伯玉妻所著盤中詩。這首詩寫在盤中，成圓形排列，讀這首詩要從盤中央的那個字開始向外一圈一圈的讀。嚴格來說，盤中詩不算是回文詩，只是一種高雅的文字遊戲。

盤中詩沒有織錦璇璣圖那麼複雜，只是一首詩，而且也只有一百六十七個字，其特點不是別的，就是讀詩的路徑。讀這首詩先從排列成圓盤狀最中間的那個「山」字開始，向下讀第二個字「樹」，然後往右讀第三個字「高」，接著朝上依反時鐘方向環繞著中央那個「山」字繞一圈，可以依序讀出「鳥鳴悲，泉水深」，路徑至此則折而往左下方。在左下方位置是「鯉」字，此後又要朝上轉成順時鐘方向繞圈，可以讀出「鯉魚肥，空倉雀，常苦飢」。所謂盤中詩就是這樣不斷的向下，往右往左繞圈，就能讀出整首詩。

看到盤中詩，李聿就知道他已經掌握住破解拉丁文密碼的方法了。

李聿深深吸了一口氣，然後按照盤中詩讀詩的路徑，在紙上寫下拉丁文密碼最中央的那個字I，就像下圍棋時把第一子落在棋盤中央天元的位置。果然按照盤中詩的路徑向下向右之後讀出了第一個有意義的單字IBI，意思是「那裡」、「彼處」。能讀出一個有意義的單字，似乎意味著走對了路，可是接下來他碰到的卻還是亂碼。

「難道不是盤中詩的路徑？」

李聿感到疑惑。回過頭來，他再次看了一眼天元的位置，赫然發現從I往下是B不錯，但向右是I，向左也是I，所以到底該向右轉還是向左轉？既然向右轉後續讀不出來，那就向左試試看，所謂此路不通則改走彼路。

這一次李聿是真正走對路了，按照盤中詩的路徑，IBI之後，李聿讀出了另一個字VELVTI，也就是VELUTI，彷彿，宛如的意思。接下來，循著盤中詩往左往右迴環的路徑，一個字接一個字陸續讀出，不久全部八十一個字母的拉丁文密碼便全數破解了。

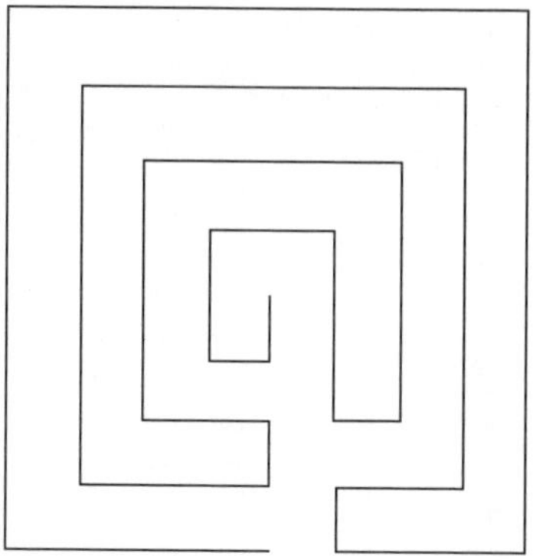

破解出的八十一個拉丁字母，其實是十六個單字：

IBI VELUTI MURUM PETRAM JUXTA PORTAM IN PETRIS RIVOS EXCIDIT ET OMNE PRETIOSUM VIDIT OCULUS EJUS

譯成中文就是：

彼處岩石聳立如城牆，靠近城門，磐石中鑿出水道，親眼看見各樣寶物。

果然如李聿之前的猜想，拉丁文密碼其實就是一幅藏寶圖，不過這幅藏寶圖只畫出了藏寶之所的地形地貌，卻沒有告訴你藏寶的地點。這是什麼藏寶圖？有這種藏寶圖嗎？任誰看了這種藏寶圖都會覺得自己被愚弄了，用陳思南的話說：騙你是小狗。不過李聿不這樣想，李聿已經認定這個拉丁文密碼出自卜彌格之手，既要通拉丁文，又要懂中國漢學，除了飽學之士的耶穌會神父卜彌格之外，還有誰有本事編出這樣的密碼？而神父是不會和你開這種玩笑的。

「這個藏寶的地點到底在哪裡呢？」

李聿看著破解之後的密碼訊息，在房間呆坐了一陣子，然後將破解的密碼文字傳給范德萊恩，這是他答應的事不能不兌現，至於范德萊恩能否因此找到藏寶之處那不關他的事。

「這個藏寶的地點到底在哪裡呢？」李聿再問了自己一次同樣的問題。

「十字蟹？對！就是十字蟹。」

拉丁文密碼確實是一幅藏寶圖，只不過藏寶的地點不在文字之中，而是在密碼旁邊畫的十字蟹出沒之處。問題是十字蟹出沒的地方範圍可不小，從麻六甲海峽到南海到台灣海峽，只要可以看見十字蟹的地方都有可能是藏寶所在的地點。

和十字蟹可以畫上等號的只有兩個人——沙勿略和卜彌格。沙勿略未曾到過中國，他不可能有那樣的漢學修養，懂得套用盤中詩的形式編寫密碼，再加上十字蟹和拉丁文密碼是被掩蓋於一幅十七世紀畫作的底層，距離沙勿略逝世已經是一百年以後的時間，所以李聿自動將沙勿略排除。既然不是沙勿略，那麼就意味著沙勿略看見十字蟹的地點——麻六甲海峽，也被排除了。

換言之，藏寶必然是在南海和台灣海峽這兩處海域的某個地方。如果是南海，那最有可能的地方當然是海南島，不可能是那些散佈在南海只略為高出水面的珊瑚礁島嶼。如果是台灣海峽，那最有可能的藏寶地點是哪裡，毫無疑問，當然是澎湖群島，韋麻郎就是在這裡登陸的。

澎湖群島有九十座大小島嶼，島上自古就有漁民居住。十六世紀葡萄牙人航行經過澎湖群島，看到有許多漁民在此捕魚，因而稱澎湖群島為漁翁島（Pescadores）。十七世紀荷蘭人來到澎湖沿用葡萄牙人的稱謂，漁翁島之名遂成為荷蘭人對澎湖群島的通稱。

澎湖群島適不適合藏寶？當然適合。李聿在寫博士論文的時候就仔細的研究過澎湖群島，因為這裡是大陸和台灣航行往來的必經之地，也是大航海時代南洋和日本之間海上航道的重要據點，荷蘭人還曾經在此建立城砦，就連海盜逃避官兵追捕，也都藏身此處。

澎湖當地流傳一則貧窮漁民某次出海捕魚，意外在澎湖某座小島撿到黑金因而致富的傳說。暗示這裡的確存在埋藏財寶的可能性。傳說中這個撿到黑金致富的貧窮漁民本名張隱，取這個名字也不曉得是姑「隱」其名，還是此人根本就是個不存在的「隱」形人。這是題外話，不去談它。

總之，張隱此人在一六三七年明末清初時為躲避戰火從大陸到今天澎湖本島的白沙鄉定居，起初以捕魚為生，後來經營海運，擁有一支為數不少的龜仔船隊，往來福建台灣，以此致富，人稱張百萬。

傳說張隱某日到白沙鄉北方附近海域捕魚，在一座名為金嶼的島上發現一些漆黑發亮的石頭，他覺得很漂亮，於是把這些石頭搬回家來砌牆。沒想到張隱家的黑色石牆被一位偶然路過的風水師瞧見，說他暴殄天物，把黑金當石頭。從此以後，張隱就由一個窮苦度日的漁夫變成澎湖的首富張百萬。澎湖有句諺語「龜仔船十三隻」，說的就是張百萬因黑金致富後所擁有的貿易船隊。

眾所周知，金有黃金、白金，所謂黑金通常是指來路不正，黑來的金錢。不過世界之大，無奇不有，真實的黑金的確存在。當年葡萄牙人來到南美洲的巴西，在巴西東部米納斯吉拉斯州首府富村（Vila Rica）發現了因為鐵含量高接觸空氣氧化後因而表面呈現黑色的金礦，這就是所謂的黑金。富村因為發現了黑金所以後來改名為黑金市（Ouro Preto），聯合國教科文組織也將之列為世界文化遺產。所以黑金確實存在，但絕不會出現在澎湖，澎湖不產金，無論是哪種顏色。

在李聿的認知中，張百萬撿到黑金致富的傳說顯然是好事之徒編出來的故事，這也是神話、傳說和歷史之間互相辨證的一個很好的案例。李聿認為所謂黑金只是張百萬為掩人耳目所施的障眼法。他編出這個故事的目的是什麼?不用說，當然是掩飾他手中突然憑空冒出的財富。張百萬只不過是個靠打漁為生的人，突然發了大財，看在他人眼中，肯定會認為來路不正，非偷即盜。張百萬為了漂白自己，於是乎編個撿到黑金的故事，再買通風水師演齣戲，讓來路不明的錢財變成老天賞賜的富貴，這樣他才能安穩的過有錢人的日子。

李聿認為張百萬之所以突然發了大財，其實最可能的情況是張百萬出海捕魚的時候，無意間在某座島嶼發現了別人埋藏的不明財物，眼看四下無人，於是偷偷用船運回據為己有，為了證明他所得錢財是老天爺所賜，不是非法所得，所以掰個撿到黑金的說辭。

從地理位置來看，澎湖群島位居大陸和台灣之間舟楫往來的必經之處，又是南洋通往日本的航路要衝，類似張百萬撿到黑金的金嶼這樣的小島星羅棋佈，加上當地洋流詭譎海象凶險，早已成為不法之徒的藏身匿跡之處。如果有盜匪窩藏此處，自然也很可能將劫掠所得的金銀財寶藏在島上。如果金嶼有藏寶，其他小島難道就沒有？所以李聿認為張百萬是不是在金嶼發現黑金不是重點，重點是他搬回來的黑金原本是何人所有。因為從張百萬後來的命運來看，這一點非常重要。根據李聿的判斷，張百萬搬回去的「黑金」很可能是某一夥海盜所藏的財寶。

根據史書記載，早在西元十六世紀明朝嘉靖年間，就有不少海盜「結巢澎湖」，比如說惡名昭彰的海盜林道乾就曾經因為在抗倭名將俞大猷的追勦之下躲到澎湖，後來躲不住，才又繼續逃往台灣。另外萬曆年間繼林道乾之後橫行大陸東南沿海的海盜林鳳也曾經被福建總兵胡守仁追趕到澎湖，之後也是逃到台灣。到了十七世紀，大約就是明末清初張百萬所處的那個年代，海盜勢力更加猖獗，其中名聲響亮的有顏思齊、李旦、楊六、楊七，乃至於後來接收顏、李部眾，教名尼可拉斯的鄭芝龍等等。這些人明著做生意，轉個身就成了海盜。

不過也有人認為張百萬可能是發現了荷蘭沉船遺物，因為明末清初之際，中國政府無力掌控澎湖，反倒是荷蘭東印度公司將澎湖做為一處貨物轉運的中繼站，也因此和海盜迭有衝突。事實上，荷蘭人和他們稱為楊格勞的海盜就曾經於一六三四年在澎湖開戰，由海上打到陸上，雙方打的非常激烈，最後海盜不敵敗走。

荷蘭文獻中所說的楊格勞有學者認為就是中國史料所記載的海盜楊六，不管是不是楊六，當他戰敗逃走的時候，倉促間如果來不及拿走藏在某個小島上的財物，日後又回不來，或者知道財物藏匿地點的人第一時間就死於荷蘭人之手，說不定那些藏在島上的財物最終就這樣便宜了像張百萬這樣的人。

當然，澎湖海域水象變幻莫測，不知吞噬了多少船隻，張百萬要是尋獲沉船，想不發財也難。問題是打撈沉船可是一件高難度的事，李聿不認為張百萬具備這個能力，所以張百萬撿到所謂黑金最可能的情況就是他「黑」了別人的「金」。就好比那個被抗倭名將俞大猷追捕逃到台灣的海盜林道乾，據說他曾經把搶來的十八籃半白銀埋藏在高雄柴山，後來他遭到圍攻，逃的匆忙，來不及帶走，最後白白便宜了日據時期的一個日本人淺野，他老兄不知根據什麼線索挖到了林道乾埋藏的銀子，大發橫財，後來搖身一變成為水泥廠的大老闆，高雄柴山也因此多了一個名字叫埋金山。在李聿看來，張百萬無意間發現的「黑金」就有如林道乾埋藏的十八籃半白銀。

據說張百萬發達以後，為興旺家業，特地請風水師幫他挑選一塊風水寶地，然後蓋了一座氣派十足的八進大宅。張百萬這塊地的面積很大，當地人形容說是「四鳥飛不過」，意思是連鳥都無法一口氣飛過去。不過張百萬雖然有錢但也很摳門，風水師為他獻計，他居然小氣到拿一隻死在糞坑的羊如此不潔之物來答謝風水師。風水師為此懷恨在心，故意說八進大宅尚有不足，應該再加一進才能克竟全功。張百萬聽了自然照辦，沒想到這多出的一進反而使原來「八馬拖車」的好風水變成了「九犬分屍」的凶宅，張百萬就因為住進這座凶宅致使後來家道中落一蹶不振。

「九犬分屍」之說顯然是無稽之談，真實的情況或許是那名對張百萬發跡內情知之甚詳的風水師不滿張百萬給付的酬勞太少，因此心生歹念意圖報復。比如說，跑到海盜那裡唆使挑撥，甚至前引帶路，以至於張百萬「八馬拖車」拖來的財富最後落到「九犬分屍」的下場並不令人感到意外。

張百萬的故事說明澎湖群島的確有可能是拉丁文密碼所說的藏寶地點，何況當初韋麻郎和高寀之間的交易也是發跡於此，高寀還派了代表周之範來澎湖和密會，如果他們之間真的有一筆瓷器買賣，澎湖顯然是交貨的最佳地點。就算因為沈有容突然率領水師出現在澎湖，使得高寀運往澎湖的那批不能見光的黑貨無法交到韋麻郎手中，他也完全可以將貨物暫時存放在澎湖群島某個小島之上，等情況解除後再交貨。

李聿之所以認為拉丁文密碼所言之藏寶最可能的地點是澎湖群島而不是海南島，這是基於他始終有一種感覺，覺得拉丁文密碼和「船貨迷蹤」檔案之間存在著某種難以言喻但卻依稀若是的「量子糾纏」。這種感覺是一種解釋不清的奇妙心理狀態，就好比有一天你心頭突然產生某種不祥之感，覺得有什麼不好的事發生了，事後證明這並不是你瞎胡想，而是你所在意的人真的出事了。不過感覺終究只是感覺，不是每次都靈驗。再說這種預知某事的感覺也可能只是出於某種心理暗示的作用，不足為訓，雖然從事後的結果來看，這樣的感覺往往還都是真的。

李聿感覺拉丁文密碼所言之藏寶最可能的地點是澎湖群島而不是海南島，顯然是受到了「船貨迷蹤」檔案中所言韋麻郎和高寀那筆瓷器買賣所產生的先入為主的影響。但事實是拉丁文密碼和十字蟹只描述了藏寶的地點，並沒有說此一藏寶為何？密碼說的寶物很可能是其他的金銀財寶，與韋麻郎買的那批官窯瓷器完全沒有關係。

當然，也難怪李聿會將拉丁文密碼所說的寶物和韋麻郎買的那批官窯瓷器畫上等號，因為拉丁文和十字蟹是隱藏在一幅十七世紀荷蘭黃金時期靜物畫的底層，而那幅靜物畫中又畫了一個不曾出現在任何一幅當代畫作中的明代宣德官窯——青花倭角瓶，要說這三者之間沒有任何關係，李聿是絕對不會相信的，因為當時荷蘭靜物畫裡出現的每一件東西都有其象徵意義，都具有某種程度的暗示作用。

話說回來，即便如此，也不能就此斷定拉丁文密碼所說的寶物就是韋麻郎買的那批官窯瓷器，李聿顯然只是一時進入思維的盲區罷了。其實李聿要證明自己的想法也很簡單，找到藏寶之所在，將寶物起出來看一看就知道答案了。怕就怕好不容易找到了藏寶之所，卻發現寶物早已從人間蒸發，那就真的注定無解，白忙一場。

「澎湖群島是吧！」

李聿上網點開澎湖的頁面，想看看有沒有符合拉丁文密碼所描述的藏寶地點，沒想到他才點開網頁，答案就立刻自動跳了出來。李聿驚訝的發現，那個拉丁文密碼說的「岩石聳立如城牆，靠近城門，磐石中鑿出水道」的地方，居然是一處熱門的觀光景點，位在澎湖群島的西吉嶼，稱為藍洞。這是一處天然的海蝕洞穴，在有如城牆般的玄武石岩壁中間有一座被大自然的鬼斧神工裁切的方方正正形如城門的洞穴，清澈的海水給整個洞穴籠罩了一層迷人的藍色光影。

「這裡是藏寶的地點？」

李聿興奮的心情瞬間冷卻，他的感覺對不對他不知道，但他最擔心的事果然發生了。拉丁文密碼說的寶物如果指的就是韋麻郎買的那批瓷器，而那批瓷器當初因為某種原因藏在他現在看到的地方，那麼一切都不用說了，這裡是藏不住東西的，那批瓷器肯定早就被人發現拿走了，留下來的就只是夢幻泡影而已。

李聿不死心，又仔細的在網路頁面尋找，看看澎湖群島還有沒有別的地方符合拉丁文密碼所描述的地點。最終他失望的丟下手中滑鼠，仰面而嘆，沒有別的地方，就是藍洞。

「也許藍洞的水很深，遊客只是划船進入，並沒有下水。也許洞穴裡還有更為隱蔽卻一直沒有被人發現的地方。」沒錯，就是這樣，李聿喃喃自語。

法國文豪大仲馬的小說《基度山恩仇記》的主角基度山伯爵，不就是在類似藍洞的地方取得了神父留給他的金銀財寶嗎？那些裝在箱子裡的金銀財寶，藏在水底下也不知多少年了，不知情的人即使來到洞穴，也不會知道洞穴水下其實另有玄機。

「就像藍洞這樣……」

李聿為自己找支持他想法的理由，雖然這個理由連他自己也覺得不太靠譜，而且他似乎也忘了《基度山恩仇記》畢竟只是一本小說而已，不能當真。

儘管稍後，李聿已經從不切實際的「量子糾纏」中脫身，但心中的執念並未就此消失。理智告訴他：他的尋寶之旅已經結束了，那批四百年前的名貴官窯瓷器就算曾經有過，如今也已經不存在了。他應該做的事情就是把調查的經過完整記錄下來，給「船貨迷蹤」檔案畫上最後的句點，或許樂梅爾教授其實早已預知會是這樣的結果，他把「船貨迷蹤」檔案交給李聿只是要李聿來證實，否則他不會甘心，不會真的放下。

不過理智是這樣說，情感卻那樣說。

李聿為了「船貨迷蹤」檔案可謂耗盡心力，當然不願意就此將檔案封存。所謂生要見人，死要見屍。就算那批瓷器已經散失在時間的潮汐之中，不存在了，但李聿覺得最起碼也要到那批瓷器最後存放的地點親自去看一眼，有個完整的交代。旅程有起點，必然要有終點。

李聿給陳思南打了一個電話，「船貨迷蹤」檔案要完整歸檔，他需要陳思南的協助。

「我解開拉丁文密碼了。」電話一接通，李聿就拋出震撼彈。

「快告訴我上面說什麼？」陳思南聽了也很興奮。

「那個密碼其實就是藏寶圖，說的是在一處岩石聳立如城牆，靠近城門有一條水道，水道中有著各樣寶物。」李聿意興闌珊的說。

「破解了密碼又發現寶藏，你應該很高興啊？怎麼感覺你說話沒精打采的。」不愧是刑警，陳思南一下子就捕捉到李聿的心理狀態。

「別提了，寶物藏在那個地方，肯定早八輩子就給人拿走了。」

李聿沮喪的表示，接著就把詳細的情形和他的判斷和陳思南說了一下。

「為什麼你認為十字蟹所顯示的地點是澎湖，難道不可能是海南島嗎？」

陳思南雖然對寶藏也很有興趣，但她最關心的還是十字蟹的祕密。她們家族世代居於海南島，海南島產十字蟹，她們家族因而有十字蟹紋身，這是哪門子的祕密？如果……如果她們家族的人之所以要在身上刺上十字蟹的烙印是因為某個寶藏的緣故，這才合情合理，才說得通，不是嗎？紋身、守護、寶藏，三位一體，電影不都是這樣演的，不是嗎？

拉丁文密碼旁邊有海南島常見的十字蟹，要說這個密碼所言之藏寶和海南島無關，陳思南也是絕對不會相信的。特別是照李聿的說法，拉丁文密碼是出自卜彌格之手，而卜彌格又曾經在海南島地圖旁邊畫過兩隻十字架螃蟹，所以陳思南不認為李聿說拉丁文密碼所說的藏寶在澎湖群島就一定正確無誤。所謂智者千慮必有一失，說的就是這樣的情況，不是嗎？

「有沒有可能藏寶的地點是海南島？」陳思南愈想愈覺得自己的看法完全站得住腳。

「也不是不可能，不過……」

雖然李聿幾乎已經確定拉丁文密碼所言之寶物就是韋麻郎買的那批官窯瓷器，而這批瓷器最可能的埋藏地點就是澎湖，不過他也不得不承認海南島也是可能的地點，只是他認為可能性不大就是了。然而這是因為他並不知道陳思南身上有十字蟹紋身這件事，這個祕密陳思南一直沒有跟任何人提起，包括李聿在內，要是李聿知道陳思南身上有十字蟹紋身，恐怕他對於拉丁文密碼所言之藏寶的定位可能就會有不同的答案了。

「不過什麼？」

「澎湖是『船貨迷蹤』檔案的起點，不管密碼說的寶物是不是在那裡，是不是那批瓷器，還在不在，我都必須去一趟。問題是……」

「什麼問題？」

「我發現好像去不了，想問問你有沒有什麼辦法可以過去。」

曾經有一段時間，兩岸人員和貨物往來非常順暢，不過目前確實有所不便，陳思南當然知道李聿所謂去不了是什麼意思，如果非去不可，她也有辦法，就是得欠個人情，一個她不怎麼願意欠的人情。

「林怡兒呢？」陳思南沒有回答李聿的問題，反倒是問起林怡兒。

「回法國了。」

「不是才來嗎？怎麼就回去了？」

「發生了那樣的事，我想她恐怕沒心情繼續留下來。」

「她是飛香港轉機回法國的吧！」

「是啊！有什麼不對嗎？」

「我本來想說她如果去香港，我介紹個朋友給她認識。這個朋友有私人遊艇，可以帶她出海逛一逛。上次他老兄就帶了幾個朋友，從這個……台灣海峽，一路逛到琉球，玩了好多天才回來。」

李聿和陳思南相處了這麼些時日，雖然還不到知心知底的程度，但不可否認，默契卻是有的。本來李聿還覺得奇怪，陳思南沒事幹嘛要介紹個朋友給林怡兒，等到陳思南說從台灣海峽去琉球，李聿就聽懂了。從台灣海峽去琉球必定是要經過澎湖群島的。

「案子破了，你什麼時候要回深圳？」既然聽懂了，李聿當然不會問要如何從台灣海峽去琉球。

「後天回去。」

「這麼趕……」李聿有點意外，「那明天晚上我請你吃大餐，給你餞行。」

「不會又是去你家吧！」

「不去不去，我帶你去一個地方，保證你會喜歡，燈光美氣氛佳。」

「對了，你不是說如果我不去你家吃飯，你父親就不告訴你那個拉丁文瓷盤的事。我已經去了，那個拉丁文瓷盤的事他跟你說了嗎？」

「還沒吶！昨天一陣忙亂，沒時間問。我明天找時間問一下，密碼雖說是破解了，但那個拉丁文瓷盤的存在怎麼想都是一件奇怪的事。我問清楚了明天告訴你。」

「那行，我還有事，掛了。」

李聿站在遊艇的最前端，望著眼前一望無際的大海，思潮起伏，一如波濤湧動的海水。

陳思南搭機返回深圳，李聿也跟著去了。他從深圳坐車去香港找陳思南說的那個有私人遊艇的朋友，計畫以路過的方式去西吉嶼，看看那個所謂的藍洞。離開景德鎮之前，他老爸跟他說了那個拉丁文瓷盤的事，使得他愈發肯定拉丁文密碼所說的寶物就是韋麻郎買的那批官窯瓷器。而且不但是他，就是陳思南也這樣認為。

李聿的父親說，抗戰期間那個帶著剩下半截的青花倭角瓶來到景德鎮的荷蘭籍耶穌會神父伍維克找范永盛瓷號訂製聖品瓷，因為李聿祖父李存藝能說英語而且技藝出眾，瓷號管事就把這事交給他來處理。李存藝根據神父的需求把製作聖品瓷的工作分配下去以後，神父拿出那個破損的青花倭角瓶問能不能修補，李存藝看了之後表示殘缺嚴重無法修補，不過可以幫他做個新的。後來神父拿出一張寫有九九八十一個字母的文字方陣，上面還畫了一隻十字架螃蟹，請李存藝做幾個瓷盤，瓷盤正面寫文字方陣，背面畫十字架螃蟹。李父所說的這些和幸神父所言相同，並無異處。

伍維克神父在景德鎮停留期間和李存藝成為無話不談的好友，神父顯然對瓷器很有興趣，問了很多有關如何製作瓷器的事，就像康熙年間來景德鎮偷師的法國籍耶穌會神父殷弘緒。李存藝也對神父手中的這半截青花倭角瓶從何而來感到好奇。

神父說他之前在越南河內傳教，有一回路過一間骨董店，偶然看到店內有一本古老的拉丁文聖經，他翻開一看，發現上面有十七世紀來華傳教的波蘭籍神父卜彌格的署名還夾了一張泛黃的紙，上面有一個呈四方形的文字圖形，還畫了一隻十字架螃蟹。骨董店老闆告訴他，這本聖經連同一個殘破的青花瓷瓶是河內一個鄉下農民在整地時挖到的。

伍維克神父如獲至寶般從骨董店老闆手中買下拉丁文聖經和那個斷裂只剩下半截的青花瓷瓶。根據教會的檔案資料，一六五一年卜彌格受南明永曆朝廷之託，在一名陳姓武將的護衛下前往教廷，請求教廷的協助對抗清軍。當時滿清已經入關，教廷對華政策也因為中國政權更替而有所改變，因此卜彌格此行可謂徒勞無功。一六五八年卜彌格攜帶教廷答覆的文書返回，然而此時天主教在華傳教的重心已經向中國新政府轉移，不再支持南明朝廷，卜彌格千辛萬苦所取得的不但是一紙空言，而且教會還不允許他返回永曆朝廷。一六五九年卜彌格憂憤交集，沒于廣西與越南的邊境。卜彌格死後一路跟隨他的陳姓武將並沒有將卜彌格的遺物交給教會，他在安葬了卜彌格以後即去向不明，人間蒸發。

那個鄉下農民整地時挖到的聖經和破損的青花瓷瓶顯然就是卜彌格的遺物。伍維克神父為此多次拜託骨董店老闆設法打聽那個鄉下農民的下落，試圖找到卜彌格的埋骨之所，骨董店老闆雖然滿口應允，但始終無消無息。

伍維克神父來越南一是傳教，其次就是追查一件歷史懸案，一件和瓷器有關的歷史懸案。他在骨董店發現的那半截青花瓷瓶其實他一眼就認出那是一件明朝宣德年製的官窯瓷器——青花獸面耳牽牛花紋倭角瓶，和他要追查的那件歷史懸案中的瓷器是同一個時代而且是同樣形式的青花瓷。

由於伍維克神父四處打探那個賣拉丁文聖經和半截青花倭角瓶給骨董店的農民的下落，引起了一位林姓華人的注意。這名林姓華人是河內那間骨董店的老顧客，他從骨董店老闆那裡聽說了拉丁文聖經和半截青花倭角瓶的事，隨即主動和伍維克神父聯絡，因為他也在追查一件和瓷器有關的歷史懸案。這名林姓華人看到伍維克神父手中的半截青花倭角瓶後顯得非常興奮，因為他家有一幅祖上傳下來的靜物畫，畫中就畫了一個青花倭角瓶，這也是他追查那件歷史懸案手中所擁有的唯一線索。

「一幅畫了青花倭角瓶的畫？林姓華人？難道是……林恩寶？他在追查一件和瓷器有關的歷史懸案？伍維克神父追查的也是同一件事？」

李父所言讓李聿震驚莫名，當李聿請陳思南吃大餐時，把他父親告訴他的說給陳思南聽，陳思南也覺得真是匪夷所思，令人難以置信。不過這還不是最勁爆的，最勁爆的是伍維克神父跟李聿的祖父李存藝說，他的先祖曾經買了一批珍貴的中國瓷器，根據他所知道的，那批瓷器應該藏在台灣海峽澎湖群島某座島嶼上，而那張夾在拉丁文聖經中的文字方陣應該是一個拉丁文密碼，如果能破解這個密碼，或許就能知道那批瓷器藏在哪座島嶼，但他無法解開密碼，而且因為戰爭的緣故，他也無法去澎湖，為了確保密碼不會遺失，所以將密碼寫在瓷盤上，打算分送到幾個不同的地方保存。為了感謝李存藝對他的協助和友誼，所以也送了一個瓷盤給李存藝做為紀念。神父相信耶穌說的：「掩蓋的事沒有不露出來的，隱藏的事沒有不被人知道的。」他相信總有一天，總有什麼人能破解這個密碼，從而找到那批瓷器。

李聿搭乘的遊艇在離開香港的第三天下午抵達了澎湖群島的西吉嶼，透過望遠鏡大老遠的李聿就看到了拉丁文密碼說「岩石聳立如城牆，靠近城門，磐石中鑿出水道」的觀光景點——藍洞，同時也看到了距離藍洞不遠之處的另一艘遊艇。遊艇的甲板上有幾個人，其中兩人似乎剛結束潛水的活動回到船上，正在脫卸身上的潛水裝備。當李聿看清楚這兩個人的相貌時嚇了一跳，竟然是范德萊恩和韓克，更讓李聿吃驚的是范德萊恩和韓克脫掉潛水服披上毛巾後，就指著藍洞和站在甲板上的一名老者比手畫腳的不知說些什麼，而這名老者李聿也認識，居然是林恩寶。

「這三個人怎麼會在一起？而且怎麼會來這裡？」

李聿雖然將破解的拉丁文密碼告訴了范德萊恩，但密碼只描述了藏寶之所的地形地貌，並沒有說地點在哪裡，他是根據密碼旁邊的十字架螃蟹以及「船貨迷蹤」檔案的資料判斷寶物藏在澎湖群島的西吉嶼，但他們是如何知道的？李聿滿腹疑問，不過他現在沒空去想這些問題。

李聿不想讓對方發現，要船長停俥，不要再往藍洞方向靠近，他隱身在船艙的一處角落，用望遠鏡觀察對方的動靜。范德萊恩、韓克和林恩寶三人站在甲板上嘰嘰咕咕的講了好一會功夫，終於有了動作，那艘遊艇發動引擎往北方海面駛去。李聿等對方走遠了才請船長慢慢將船開到剛才范德萊恩他們的遊艇所停的位置，放下準備好的獨木舟，穿上救生衣，帶著簡單的浮潛裝備朝藍洞划去。

藍洞一如其名，洞穴中一片藍色光影。這裡的水並不深而且清澈見底，完全不需要任何裝備就可以潛入水底，因為是在洞穴內，所以也不用擔心什麼漩渦或暗流，是一個相對安全的水下環境，怪不得常常有遊客從澎湖本島馬公島划獨木舟到此一遊。藍洞並不大，頂部和兩邊都是堅硬的岩石，不可能挖開岩壁藏任何東西，當初高寀賣給韋廝郎的那批瓷器如果真的曾經藏於此處，那只能如拉丁文密碼所言存放在「磐石中鑿出水道」的水底下。不過要是真存放在水底，那絕對無法掩藏，早就被人發現取走了。范德萊恩他們想必也是有鑒於此，所以才懶得多留逕自離去。

儘管人去樓空是早已預知的結果，但李聿始終抱持一線希望，這批四百年前的瓷器仍然完好存在，儘管理智上已經否定了這種不切實際的希望，但有希望總比沒希望要好，哪怕這個希望只有萬分之一的可能性，否則李聿根本不必花這個功夫，傷這個腦筋，苦苦追尋瓷器的下落。如今這一線希望已然幻滅，李聿突然覺得整個人似乎被抽空了，不能思想也不能言語。他把獨木舟划出洞口，拖到洞口旁邊的碎石塊上，然後縱身跳入水中，沿著水道往洞穴中游去。水底的環境能讓他紛亂的心情平靜下來，他讓自己沉入水中，因為此時此刻他需要自我沉澱。洞中的海水清澈見底，他沒有看到任何一條魚，卻看到一隻藏在石縫裡的螃蟹，那是一隻背殼上有十字花紋的螃蟹。李聿朝十字蟹的方向游過去，螃蟹迅速的躲到一塊石頭的後方。李聿搬開那塊石頭，螃蟹又縮到另一塊石頭的後方。李聿繼續搬開石頭，他不相信這隻螃蟹能一直躲下去。

李聿高估了自己，低估了螃蟹，他搬開第三塊石頭的時候，螃蟹一溜煙的不見了。李聿不是聖方濟各．沙勿略，十字架螃蟹不會主動向他走來。不過李聿在第三塊石頭後面發現了一片顏色湛藍的碎瓷片，瓷片上有一朵石竹花，花瓣中央筆觸較重，呈現出褐色的鐵鏽斑，這是明代永樂宣德時期青花瓷所用蘇麻離青料的特徵。

這枚碎瓷片的存在說明這個洞穴內確實曾經有明代永宣時期的青花官窯瓷器在這裡出現過。李聿雖然沒有如拉丁文檔案所言親眼看見各種寶物，但他的確看見了寶物遺留的吉光片羽。

「船貨迷蹤」檔案終於可以在他找到的這枚石竹花碎瓷片畫上句點。

CAPUT IX
海南島

Omnis enim qui petit, accipit; et, qui quaerit, invenit; et pulsanti aperietur.

——Matthaeus 7：8

凡祈求的，就得著；尋找的，就尋見；叩門的，就給他開門。

——《馬太福音》7 章 8 節

返回香港途中，李聿一直看著手中那枚在藍洞裡找到的碎瓷片發呆。根據台灣學者調查澎湖出土文物及水下考古的研究報告，在澎湖群島發現的青花瓷殘件主要集中在澎湖本島馬公島，特別是荷蘭人曾經建立城砦的風櫃尾一帶。挖掘出土的青花瓷殘件有來自江西景德鎮窯的，也有來自福建漳州窯的瓷器，包括杯盤碗罐等等，不過全都是民窯生產的粗瓷或所謂的克拉克瓷，這些主要是荷蘭人在這裡進行商業活動時留下的遺物，因為當時澎湖是荷蘭東印度公司在日本、台灣大員和印尼巴達維亞之間貨物運輸的重要轉運點。不過像李聿手中握著的這枚畫石竹花的官窯瓷器殘片則從未發現，這也間接證明在歷史上的某個時間點，這裡曾經有過的瓷器買賣中出現了官窯瓷器。

俗話說：凡走過必留下痕跡，這枚畫石竹花的碎瓷片顯然就是那樣一筆瓷器交易的商業活動，或者應該說是走私活動中所留下的痕跡。這樣的走私活動，除了「船貨迷蹤」檔案所記載的韋麻郎和高寀的那筆瓷器買賣之外，李聿實在是想不出還有任何其他的可能了。

問題是：在那批高寀賣出的瓷器中，韋麻郎顯然只拿到了一個用來取信於他的樣品——青花倭角瓶，卻沒能取得全部的瓷器，而那些看起來曾經暫存於西吉嶼藍洞中的瓷器後來被運往何處？落到何人手裡？無人知曉。李聿忍不住嘆了一口氣，這個問題恐怕永遠找不出答案了。

至於范德萊恩、林恩寶以及韓克，為什麼會聯袂出現在西吉嶼？他們之間是什麼關係？尤其是樂梅爾教授的助理韓克，他為什麼也出現在這裡？李聿對此雖然感到不解，但既然「寶物」已經證明不存在了，這些問題知不知道答案似乎也無所謂了。倒是他答應林恩寶要仿製一把永樂青花穿花鳳紋三繫竹節把壺這件事回去後應該要抓緊時間進行，否則恐怕無法在約定的時間內完成。

「要不要去一趟海南島，看一下陳思南家藏的那把永樂青花穿花鳳紋三繫竹節把壺？」

李聿如此問自己，畢竟他要仿製的就是這把壺，先看一下實物，心裡有底，製壺時可以依樣畫瓢，節省不少時間。不過李聿的這個想法很快又被他自己否決了。他其實已經很久沒有親自動手從頭到尾完成一件瓷器，通常他只在某個關鍵點適時參與，很少全程跟進。如今正好藉這個機會練練手，要是先看過原件，難免有投機取巧之嫌，對自己並無益處。最好就是完全靠自己把壺做出來，然後拿去和陳思南家藏的那個竹節把壺比對，看看自己和古人手藝的差距究竟在哪裡。

事實上李聿本來就打算在最大的程度上，不假外力，憑自己的一雙手完成仿製永樂青花穿花鳳紋三繫竹節把壺的工作。按照明人宋應星《天工開物》的說法，要燒造出一件瓷器，從選礦開始，碎石、淘洗、製漿、踩泥、製坏、淡描、刻花、澆釉、燒窯，到最後完成，有七十二道工序，所謂「一坏之力，過手七十二，方能成器。」但在現實運作上，想憑一己之力完成這七十二道工序，幾乎是不可能的事，李聿也最多也只能在煉製胎土、製坏、利坏、描花、澆釉和入窯這幾處最關鍵的地方親手為之，其餘無疑還是要借助他力，否則這把壺可能根本做不出來，就算最終做出來了，那也不曉得是何年何月的事。

這把壺必須要在說好的時間內完成，否則後續的訂單說不定就飛了，因此只許成功不許失敗，這一點李聿心裡很清楚，李聿只是不明白林恩寶指定要做這把壺背後真正的目的是什麼？

船回到香港，李聿向船主人表達了萬分感謝之意。船主人是個高富帥，對他來說這只是不值一提的小事，他比較在意的是李聿和陳思南的關係，在他和李聿短暫而客套的交談中，李聿感覺的出對方絕對不只是如陳思南所言僅僅是一個她在香港認識的朋友。不知為何，李聿突然有點後悔借用對方的遊艇跑這一趟，如果事情可以重來，他寧願想其他的辦法去澎湖。

李聿以家中有重要的事必須儘速趕回的理由，委婉謝絕了船主人共進晚餐的邀請。李聿在離開香港之前給陳思南打了電話但未能接通，他本來想由香港前往深圳跟陳思南見一面再回景德鎮，但打了幾次都沒有打通，想到她的工作性質，最後決定不去深圳，先回景德鎮再說。

李聿回到景德鎮，隨即快馬加鞭的投入仿製永樂青花穿花鳳紋三繫竹節把壺的工作當中。半個月後，兩把小圓唇口，曲流，半圓形壺身，帶平頂圓蓋，肩有三繫，平底，淺凹足，無款，畫穿花鳳紋及蕉葉紋的仿明永樂竹節把壺，終於順利完成了。兩把壺？沒錯，這個鳳紋竹節把壺李聿一共做了兩把，一把交付林恩寶，履行約定，另一把他打算去看陳思南祖母的時候當作禮物，一方面也可以拿來和陳家祖傳的那把永樂青花穿花鳳紋三繫竹節把壺比對，看看自己的技藝究竟還有哪裡不足。

李聿仿製的這把永樂青花穿花鳳紋三繫竹節把壺，比宣德青花獸面耳牽牛花紋倭角瓶更為稀有，僅見於台北故宮博物院。該院另外還藏有一件造型相同的甜白釉三繫竹節把壺，此外別無他見。一九八三年景德鎮曾經出土了一把與台北故宮館藏竹節把壺造型頗為相似的白釉壺，不過出土的這把壺是四繫而非三繫。

一般都認為永樂青花穿花鳳紋三繫竹節把壺是一把茶壺，但李聿卻對這個看法存疑，因為一九八七年在廣東台山縣外海曾經發現一艘宋代沉船，在打撈出水的文物中有一件造型與永樂青花穿花鳳紋三繫竹節把壺極為相似的錫壺，穆斯林稱之為湯瓶，是穆斯林禮拜前用以淨身的器皿，所以李聿認為竹節把壺是壺不假，但卻未必就是茶壺，因為竹節把壺的壺口較小，投入茶葉不方便，取出茶葉更麻煩，古人不會做這種自找麻煩的事，因此李聿認為竹節把壺也可能不是茶壺而是酒壺，因為是酒壺所以壺之肩部才有三繫。

李聿做的這個青花竹節把壺究竟是茶壺還是酒壺並不重要，重要的是這把壺將決定他能否取得具有實質意義的一份國外訂單，這對李窯的經營和發展來說，無疑是很要緊的一件事。

就在李聿拿起手機準備通知林恩寶說他要的壺已經完成了，打算約個時間把壺送過去的時候，他的手機忽然響起，是陳思南打來的。陳思南說她臨時奉派參加一個為期二十天的講習，由於講習的性質比較特殊，所有參加講習的人員禁止與外界通訊，所以她無法和李聿聯絡，李聿也聯絡不到她。

「怎麼樣？澎湖之行結果如何？」陳思南問。

「和拉丁文密碼說的剛好相反，親眼……沒看見……寶物。」結果雖不意外，但終究難免令人感到失望，「寶物如意料中沒看到，卻意外的看到了三個人。」

「哦！哪三個人？」陳思南很好奇。

李聿把他在藍洞見到的情況跟陳思南說了一遍，同時也把心裡的疑惑告訴陳思南。李聿說他雖然將拉丁文密碼的真實原文告知范德萊恩，但密碼並未指出藏寶的地點，寶物藏在西吉嶼的藍洞是他自己的研判，范德萊恩是怎麼知道的？除非他早就知道那批瓷器藏在澎湖群島，只是不知道確切的位置，李聿幫他解開了密碼也就等於告訴他確切的位置。還有林恩寶和韓克為什麼會和范德萊恩一起出現在那裡？

「你說的韓克是否就是樂梅爾教授的助理？」

「是啊！咦……你怎麼知道？」

「我是不知道，你還記得里昂國際刑警總部那個法國警察安德列嗎？他告訴我的。」

李聿沒有問安德列怎麼會知道，問就太蠢了，他那時還是涉案嫌疑犯，他曾經和什麼人接觸過，警察肯定一清二楚。

「樂梅爾教授的助理韓克，是名還是姓？」陳思南忽然問了一個李聿不知道如何回答的問題。

「是名吧？你還真把我問倒了，我那會兒只惦記著教授的病情，沒注意這個。」

「如果我跟你說韓克的全名是韓克．范德萊恩，你會有什麼想法？」

會有什麼想法？李聿覺得自己真是頭豬，蠢到不行。樂梅爾教授和艾薩克．樂梅爾的關係，他已經犯過一次低級錯誤，現在范德萊恩又犯一次同樣的錯誤，不是豬是什麼？

「范德萊恩？這兩個人是……」雖然蠢到不行，還是要不恥下問。

「這兩個人是父子。」陳思南一句話就解除了李聿的困惑，「你說看到三個人，第三個是誰？」

「林恩寶。」李聿最想不通的就是林恩寶，他湊什麼熱鬧呢？

「我問你，林怡兒為什麼突然來景德鎮？真是如她所說就是想來玩一玩，順便看看未來有沒有合作的機會，是這樣嗎？」

陳思南畢竟是警察，她本來對林怡兒突然到訪就感到奇怪，現在更加覺得其中必定另有文章。

林怡兒遭到綁架是個意外，與她來景德鎮真正的目的無關。

陳思南所言讓李聿一時之間竟然不知如何回應。確實，他和林怡兒在牛津是有過一面之緣，當時兩人的確也很談得來，但之後未曾再見過面，也沒有聯繫，忽然就出現在景德鎮，確實很奇怪。特別是在遭到綁架之後，林怡兒反常的跟李聿道歉，以及她在離去之前說如果能再早一點認識李聿事情也許會不一樣，什麼事情？怎麼不一樣？

「范德萊恩……」陳思南才說了范德萊恩四個字，還沒來得及把話說完就被李聿打斷。

「范德萊恩！」李聿忽然想起一事，急忙忙的對陳思南說：「你等我一下，電話不要掛。」

李聿衝進房間，翻開書桌上放的樂梅爾教授的筆記，這本筆記他一直帶在身邊，因為裡面寫的有些地方他還沒有吃透。當李聿翻到與艾薩克·樂梅爾的兒子馬克西米利安·樂梅爾有關的那幾頁時，不禁喊了一聲：「原來如此。」

「抱歉，久等，你剛才說范德萊恩……」李聿重新拿起桌上手機。

「我是想問你需不需要多瞭解一下范德萊恩父子，需要的話，我可以問安德列，他應該有更多關於這兩個人的背景資料。」拿著手機等了半天，對陳思南來說算是很難得了。

「本來是需要，不過現在或許已經沒有必要了，我知道他們為何會出現在澎湖。」

「你知道了？」陳思南顯然很訝異。

「對！你記得我之前跟你說過的那個『船貨迷蹤』檔案嗎？」李聿也不管陳思南記得不記得，直接開講。

樂梅爾教授認為馬克西米利安・樂梅爾，也就是荷蘭東印度公司成立時最大股東艾薩克・樂梅爾的兒子，他在擔任第七任荷蘭東印度公司台灣長官期間及卸任之後許許多多不尋常的舉動其實只有一個目的，就是為了找尋韋麻郎向明朝太監高寀買的那批官窯瓷器。馬克西米利安・樂梅爾卸任公司職務在一六四七年回到荷蘭不久，卻忽然在一六五〇年又匆匆帶著妻子離開荷蘭再度趕赴東方。為了什麼？無人知曉。他在抵達巴達維亞，也就是今日印尼首都雅加達以後，不久即失去蹤影，無人知其下落，就連他的妻子也不知道。

馬克西米利安・樂梅爾的妻子在巴達維亞苦等多日沒有結果，只好獨自返回荷蘭，後來改嫁他人。她改嫁的對象是第十任荷蘭東印度公司總督柯內利斯・范德萊恩。沒錯，就是范德萊恩的先祖。所以樂梅爾家買了一批極其珍貴的中國官窯瓷器這件事，除了樂梅爾家族之外，范德萊恩家族一定也知道。樂梅爾教授在尋找那批瓷器的下落，范德萊恩父子也在尋找，韓克成為樂梅爾教授的助理，顯然是他父親范德萊恩要他這麼做的，試圖從樂梅爾教授那裡獲得更多有關那批瓷器的消息，只是他們沒有想到樂梅爾教授會把所有的資料都交給李聿。

艾薩克・樂梅爾、馬克西米利安・樂梅爾、樂梅爾教授、柯內利斯・范德萊恩、范德萊恩父子，再加上漢名韋麻郎的韋布蘭・馮瓦維克和伍維克神父，圍繞著一批瓷器糾纏了四百年，就是神祕奧妙的「量子糾纏」也糾纏不了如此長久的時間，李聿忽然想起學拉丁文時，讀過聖經中的一段話：「已有的事，後必再有，已行的事，後必再行，日光之下並無新事。」

「真是匪夷所思。」陳思南在電話那頭一直很安靜的在聽，李聿說的已經遠遠超越她對「案件」

的認知，當然也引起她極大的興趣，「那林恩寶呢？林恩寶不會無緣無故的出現在那裡，他在其中扮演什麼角色？」

「這一點我還沒有想通，還有就是那幅靜物畫。」

李聿在藍洞裡發現那枚畫石竹花的青花瓷殘片後，已經決定就此為「船貨迷蹤」檔案畫上句點，之所以還沒有開始動手，一方面是因為要趕著做出那個仿永樂青花穿花鳳紋三繫竹節把壺，一方面就是因為那幅畫中有青花倭角瓶，而在畫作底層又有拉丁文密碼和十字架螃蟹的靜物畫。沒有這幅畫，「船貨迷蹤」檔案只會是一件荒謬的歷史傳說，永遠埋在時間的墳墓裡。

「有沒有可能，那幅畫是林恩寶的？」

陳思南循著她辦案的一貫邏輯，直接就想到林恩寶。林恩寶不會無緣無故的出現，同樣的那幅靜物畫也不會無緣無故的出現。人出現在澎湖西吉嶼，而畫作底層的拉丁文密碼指的也是澎湖西吉嶼，這是不是也太巧了？

「畫是林恩寶的？」

陳思南之言讓李聿有茅塞頓開之感。那幅靜物畫雖然看似十七世紀荷蘭黃金時期的畫作，事實上也的確有此可能，但因為畫作底層畫的那隻十字架螃蟹產於南海及周邊臨近海域，所以李聿本來就認為那幅靜物畫很可能不是在荷蘭畫的，而是在可以看到十字架螃蟹的地方畫的，再說他也沒有發現哪幅今日存世的十七世紀荷蘭靜物畫中有類似青花倭角瓶這樣的明代官窯瓷器。如果畫是林恩寶的，倒還真說的過去。李聿記得去雪菲爾畫廊看這幅畫的時候，得知畫作底層另有文章，那時畫廊經理范德萊恩還特別打電話給畫的物主問可不可以請李聿幫忙破解畫作底層的拉丁文密碼。范德萊恩打電話去問的物主難道就是林恩寶？

「我真是當局者迷，你卻是旁觀者清。」

李聿完全認同陳思南的判斷，林恩寶是華裔越南人，後來才改入法國籍。他在越南獲得這樣一幅畫是很有可能的事，甚至這幅畫就是他們林家祖上傳下來的也說不定。

「接下來你打算做什麼？」陳思南問。

「林恩寶訂的那把壺我已經做好了，你電話打來之前，我正準備跟他聯絡，看什麼時間合適，把壺給他送去。還有就是你什麼時間有空，我想去海南島看望你的祖母。」

「是去看我祖母，還是去看我家的那把壺？」

「不都是一回事嗎，反正就是去你家拜訪。你都來我家吃過飯了，怎麼說我也要去你家吃一頓才公平嘛。」

「這哪是公平，這是吃白食。」

「好吧，你說白食就白食，什麼時間有空啊？」

「我要是說明天就有空，你能來嗎？」

「只要你明天有空，我肯定能來。」

「好，騙人是小狗。」

李聿心想怎麼又是小狗？你被狗騙過嗎？不過他還在那裡嘀咕的時候，陳思南忽然冒出一句，

「我明天有空，你來海南島，記得要帶紅花蟹。」

陳思南可不是信口開河隨便亂說的，她剛受完訓，有幾天假，正打算回海南島看望祖母，自從上次回去之後，發生了一連串連她自己都感到不可思議的事，尤其是有關十字架螃蟹的事，她已經等不及要說給祖母聽了。

李聿從三亞航站一出關就看到在大廳等候的陳思南，她沒有穿警服，也沒有穿看起來像白領的套裝，而是穿了一身優雅的米白色洋裝，身形姣好，穠纖合度，十足的大美女，甚至手上還提了個包。李聿從來沒有見過這樣打扮的陳思南，要不是他認出陳思南手上那個當時在巴黎他磨破嘴皮勸她把握機會，最後陳思南在騎虎難下的情況下咬牙買下的名牌包，差一點李聿就懷疑自己認錯了人。

景德鎮沒有直飛三亞的航班，李聿是從南昌搭機過來的，飛機抵達三亞的時候已經是晚上八點多快九點了。行前李聿和陳思南通過電話，陳思南說會來航站接他，李聿認為時間太晚，不必來接機，他自己找間旅館對付一晚就好。沒想到陳思南還是來了，讓李聿覺得非常窩心。李聿覺得投桃報李，他一定要好好表現一番。

「請問你是我認識的那位陳思南陳警官嗎？」李聿看到陳思南，立刻快步上前，一副受寵若驚二楞子的表情。

「你還認識哪位陳警官？」陳思南沒好氣的頂了一句。

「我在歐洲認識一位長的和你很像的警官，她可美了。我們一起吃飯，一起逛街，還一起看星星，一起抓壞人，想著都令人興奮。」

「油嘴滑舌，巧言令色，還有沒有，繼續說。」陳思南表面板個臉，心裡卻在偷笑，沒想到這小子還挺會演戲。

「都被批評是油嘴滑舌，巧言令色，我哪還敢再說啊！」李聿一副小心翼翼唯恐犯錯的樣子。

「不說就把嘴巴閉起來，沒人以為你是啞巴。」陳思南看李聿就拎了個小行李箱，別的什麼也沒帶，故意問：「紅花蟹呢？」

「報告美女警官，你知道的，我們那兒沒螃蟹，只能明天找地方去買了。」

陳思南看了一下腕錶，確實不早了，丟下一句，「跟我來」，一扭腰往前去了，李聿只好緊跟在後。三亞市的夜晚和其他城市相比，顯得比較低調，沒有太多五顏六色的燈光，和李聿前不久去過的敦煌相似。當陳思南開車行經一處燈光比較密集的街道，李聿看到許多寫著羊肉串、新疆燒烤之類的招牌，不禁想起他和陳思南在敦煌的那兩天，李聿由香港搭機抵達敦煌的時候，也是陳思南來接機，然後去了一處很像現在看到的地方請他吃烤羊頭。

「想什麼呢？」陳思南注意到李聿的目光在路邊那些招牌上來回移動，「肚子餓啦！」

「那倒還好，我想起去敦煌的時候也是你來接我，還請我吃羊肉。」

李聿回想他和陳思南在敦煌渡過的兩晚，前一晚兩人一起吃烤羊頭，後一晚兩人一起去月牙泉看星星，也就是這一晚李聿把「船貨迷蹤」檔案的事跟陳思南「坦白」，而且差一點就變成「告白」了。李聿記得那晚他和陳思南還為了十字架螃蟹打賭，這個賭很曖昧，要嘛是他加入她家，要嘛是她加入他家。不管誰加入誰家，總之是成為一家。

「這裡是回民聚集的地段，你要是肚子餓了，咱們再吃一回羊肉。」

不知道陳思南是不是也想起李聿想起的事，說這句話的時候突然臉上一熱。還好，又是夜晚，無人察覺。陳思南不等李聿回答，方向盤一轉，車子便往路邊的一間羊肉燒烤店去了。

由於時間實在太晚，不宜開車回她家所在的村落，所以陳思南送李聿到旅館後也給自己要了一個房間，免得來回奔波。當兩人各自拿著房卡進入電梯，彼此都感到有些尷尬，因為這不是第一次了。在里昂的時候，兩人是這麼過夜的；在巴黎的時候，兩人也是這麼過夜的；在敦煌的時候，兩人還是這麼過夜的；現在到了陳思南家所在的海南島，居然又是這麼過夜的。兩人不知道對方此刻心裡所想的是不是和自己一樣，都不太敢直視對方的眼神，互道晚安之後便快速進入自己的房間。

李聿習慣早起晨跑，陳思南也習慣早起晨練，不過因為彼此都沒有帶運動服，所以兩人一早準七點就跑到餐廳碰面了。昨晚的尷尬繼續重演，因為這也不是第一次了。在里昂，在巴黎，在敦煌，包括今日在三亞，兩人都是這樣開始一日之計的。

好在尷尬很快過去，兩人吃過早餐，退了房就前往市場買紅花蟹。為了表示誠意，李聿可不只買了螃蟹，還買了糕餅點心、茶葉禮盒，一共六大包，放在車上還不覺得，到了村子裡，手上提著大包小包的，活像個回娘家的傻女婿，看得一旁的陳思南笑不可遏，差點眼淚都笑出來了。

「波隆。」陳思南的祖母笑的也很開心。

「波隆。」

李聿也回了一句，這是海南黎族互相問候的話，意思是你好、歡迎，來村子的路上，陳思南特別給李聿惡補了幾句黎語。

「嗬喂？」陳思南的祖母指著李聿手中的螃蟹說。

嗬喂是螃蟹的意思，不在陳思南教李聿認識的那幾個單字之中。陳思南看李聿一頭霧水，連忙跟李聿說明。

「嗬喂，嗬喂……」

李聿也指著螃蟹說，陳思南的祖母笑得更開心了。

「小夥子，歡迎來玩，帶這麼多禮物幹嘛？」

聽到陳思南的祖母說漢語，李聿大大的鬆了一口氣，謝天謝地，不然繼續打啞謎那就混不下去了。

其實陳思南的祖母漢語說的很流利，她臉上掛著微笑，慢條斯理的問李聿今年幾歲，家在哪裡，家裡還有些什麼人，做什麼工作，和她孫女認識多久了等等，李聿都一五一十的回答。

該問的差不多都問完了之後，老太太臉上的笑容益發燦爛，對於李聿，老太太顯然很滿意。也是，她孫女的眼光有多高，老太太又不是不清楚，陳思南既然把李聿帶回家來，她心裡是怎麼想的，老太太怎麼會不知道呢？老太太那一番摸底其實也不是真的要瞭解李聿的身家背景，她孫女就是警察，根本不勞她操心。老太太只是藉由談話看看李聿的個性，能不能跟她孫女處得來。觀察的結果老太太顯然很滿意，她要陳思南去她房間把那個她們家不知傳了多少代的青花竹節把壺拿出來。

「小夥子，聽我孫女說你想看一看我們家的這把壺？」

「是的，奶奶。」

陳思南放在桌上的那把青花壺，李聿僅僅只是瞄了一眼，就知道之前他在陳思南手機照片中看到的那個青花壺就是眼前這把壺，如假包換的明代永樂官窯青花穿花鳳紋三繫竹節把壺。能夠看到這種罕見的稀世珍品，李聿的心情甭說有多興奮了。在取得老太太的同意之後，李聿把壺握在手中，閉上眼睛，輕輕的摩挲，感受壺身的圓潤、重量、形狀，以及壺流和壺把突出和隆起的轉折，過了好一會兒才睜開眼睛仔細觀察壺身所繪穿花鳳紋的筆觸、構圖，在李聿眼中，他彷彿看見一隻在花間飛舞的鳳凰，像被施了魔法，身形不斷的縮小，最後被封印在一把由瓷土做成的壺上。

當李聿沉醉在那把永樂青花穿花鳳紋竹節把壺的時候，陳思南幾乎是目不轉睛的注視著李聿的每一個動作，每一個表情，期間不知她想到什麼，突然臉上一片紅霞，李聿沒瞧見，他正忙著品味手中這把壺的裡裡外外，無暇他顧，可老太太卻看的很清楚。

「壺你可以慢慢看，仔細看，看多久都行，不過要答應我一件事。」看著李聿把手中之壺放回桌上，老太太笑咪咪的發話了。

「什麼事，您請說。」李聿的目光終於從竹節把壺上移開。

「暫時不急，過兩天再說。」老太太要陳思南把壺收好，笑咪咪的轉身走進廚房，大聲的唸叨兩句，「嘮嘫，嘮嘫。」

「啥意思？」李聿傻傻的看著陳思南。

「吃飯。」陳思南低著頭拿起壺走進祖母房間。

「什麼事現在不能說，要過兩天再說？」

「我哪知道，你去問我祖母啊！」陳思南又把頭低下，這回是擺放碗筷。

接下來李聿吃了一頓有魚茶、文昌雞、和樂蟹、黃姜飯、山蘭酒等海南名菜的大餐。飯後老太太要陳思南帶李聿出去走走，她自己要去找鄰居串門子。李聿扶老太太起身的時候，無意間看到老太太頸後有一個刺青，正確的說應該叫紋身，這個紋身圖案讓李聿驚訝的幾乎說不出話來，那個紋身的圖案居然是一隻十字蟹。

老太太出門後，李聿連忙拉著陳思南問老太太頸後的十字蟹紋身是怎麼回事？陳思南其實一直在考慮要不要告訴李聿他們家族的人身上都有十字蟹紋身，不過遲遲未能決定。既然祖母頸後的紋身被李聿看到了，陳思南也就大方的捲起衣袖，秀出她手臂上那個紅色的十字蟹紋身。

「這是我們家族的祕密，家族的每一位成員都有這個紋身。」

「為什麼紋十字蟹？」

「不知道。」陳思南搖搖頭，兩手一攤。

黎族婦女自古有紋身習俗，現代的黎族婦女雖然已經不再紋身，但在許多年長婦女身上仍然可見紋身，不過這些紋身圖案和陳思南祖母以及陳思南的十字架螃蟹紋身圖案完全不同。陳思南手臂上的紋身與其說是紋身，不如說是一個記號或一個圖騰。好萊塢拍的電影中不時可見身上有某種記號或圖騰的族群遵從古訓守護某個祕密或寶藏，而陳思南祖母和陳思南身上的十字蟹紋身就讓李聿有這樣的感覺。問題是：這個十字蟹代表什麼意義？更讓李聿想不通的是，陳思南怎麼會不知道這個十字蟹代表什麼意義？

「別用那種奇怪的眼神看我，我是真不知道，家族中也沒有人知道，直到上回你來海南演講，才知道原來我們家這個十字蟹紋身和卜彌格有關。要不是為了找出螃蟹的祕密，我才不會……」

陳思南突然覺得為了找出十字蟹紋身的祕密，自己是不是作繭自縛，白白便宜了李聿，他居然還把林怡兒請到家裡，真是可惡。

「不會什麼？」

李聿可不知道陳思南現在心裡想些什麼，要是知道，肯定躲遠一點。

「我才不會去你家吃飯。」陳思南沒好氣的說。

「哦，你是說那個拉丁文瓷盤上的十字蟹記號。」

李聿馬上想到陳思南來家裡吃飯，是因為如果不來，他老爸就不說那個瓷盤的事。陳思南為了找出十字蟹的祕密和他一起抽絲剝繭，兩人幾乎是形影相隨，所以實際上「船貨迷蹤」檔案已經不是他一個人的任務，而是兩個人共同的探索。李聿有時想想，還真是一件奇妙的事。更奇妙的是十字蟹和「船貨迷蹤」檔案看似毫無關聯，但李聿一路走來，卻發現實際上兩者之間有著千絲萬縷密不可分的關係。

「我才懶得理那個瓷盤的事。」陳思南一副陰陽怪氣的表情，「我問你，你不是要去巴黎，把你做的壺交給林恩寶嗎？」

「是啊！你說，要我幫你帶什麼東西回來？」

「好啊！要不你把林怡兒帶回來如何？」

「那……我還是不帶好了。」李聿就是再白痴，現在也知道問題出在哪裡了，他看苗頭不對，腦袋飛速運轉，得想個辦法轉移焦點，否則陳思南要是在林怡兒身上做文章，他肯定會吃不完兜著走，「跟你說個祕密，你想不想聽。」

「你愛說不說。」

陳思南一臉不屑。不過李聿知道陳思南表面看似沒興趣，不在乎，但不管任何時候，祕密這兩個字就是她的罩門。尤其案子辦多了，那種撲朔迷離，匪夷所思的情節對她來說具有強烈的吸引力，祕密是她絕對無法抗拒的誘惑。事實上她和李聿一起走到現在，不就是因為十字蟹的祕密和「船貨迷蹤」檔案的祕密相加相乘所起的作用嗎？

李聿說他一直想不通林恩寶為什麼會出現在澎湖，於是他在離開景德鎮之前又回頭去看了一遍樂梅爾教授的研究筆記。這回他在筆記中注意到一則教授從《荷蘭聯合東印度公司的起源與發展》一書收錄的韋麻郎航海記中所抄錄的一段文字，這段文字是用荷蘭文寫的，提到韋麻郎前往澎湖之前，出重金在馬來半島的北大年雇用了一名懂荷蘭語的華人通譯 Empau，這個名字如果直接音譯就是「恩寶」。李聿循著韋麻郎航海記的線索透過網路深入挖掘，終於在一篇台灣學者的文章中發現重要的訊息。

根據這名學者的研究，荷蘭文獻中的 Empau 在中國文獻中叫做林玉，此人在韋麻郎和高寀的交易中扮演極重要的角色，甚至那幾個幫韋麻郎賣力奔走結果最後全都沒好下場的華人李錦、潘秀和郭震等人，最初都是這個叫林玉的通譯找來的。韋麻郎被沈有容驅離澎湖的時候，李、潘、郭等人因為勾結外夷，下場都很悽慘，只有林玉全身而退，跟著韋麻郎一起離開回到北大年，一六一二年林玉移居摩鹿加群島，以後就沒有他的消息了。

林玉是韋麻郎找來的通譯，因此韋麻郎和高寀之間的任何交易，別人或許不知道，但林玉一定曉得。換句話說，高寀賣了一批官窯瓷器給韋麻郎這件事，除了韋麻郎、樂梅爾家和范德萊恩家之外，還有一個人曉得，不但曉得，甚至有可能知道那批瓷器的下落。這個人就是 Empau，就是林玉。

「所以你認為林恩寶是林玉的後人？」

陳思南果然中了李聿的圈套，而林怡兒的警報也順利解除，至少暫時順利解除了。

「沒錯，他姓林，應該是林玉後人，以恩寶為名，顯然是為了紀念大航海時代那位擔任韋麻郎的通譯祖先 Empau。」

李聿說林恩寶是在越南發跡的華人，越南和摩鹿加群島相隔並不遙遠，也許是他的哪一輩先人，甚或也許就是他自己，從摩鹿加群島來到越南打天下，最後成功致富。如果這個推論方向沒有太大的偏差，那麼那幅靜物畫還真的有可能如陳思南所懷疑的，是林家祖上傳下來的。

「照你這麼說，林玉知道那批瓷器的下落，他為什麼不乾脆想個辦法據為己有？還有，卜彌格又是如何得知這個祕密？傳教也需要經費，他為什麼自己不去取，卻故弄玄虛的把埋藏瓷器的地點寫成密碼，玩遊戲啊？」陳思南思維敏銳，一下子就指出李聿所言的破綻。

「你說的沒錯，這兩點確實值得推敲。」

李聿說其實他也想過這個問題。他的看法是林玉的確是最有可能知道那批瓷器藏在澎湖哪座島嶼上的人，不過當時澎湖群島是荷蘭人、明朝水師、海盜，甚至倭寇相互角力之處，林玉哪有能耐在澎湖有什麼舉動，只能是記下那批瓷器的存放之所，伺機以待。如果當時還有其他的人也知道有這批瓷器的存在，比如說高寀派去澎湖的代表周之範，或者是負責運送瓷器的人等等。但這些人別說沒這個膽子，就算他們吃了熊心豹膽想打這批瓷器的主意，恐怕也和林玉一樣，心有餘而力不足。反倒是像張百萬這樣的漁民，偶然發現天賜財富，藉捕魚之便，不聲不響的一次拿一點，倒還很有可能。傳說張百萬在某小島上撿到黑色石頭，不識其為黑金，拿去砌牆。經人指點，遂成巨富。如果把所謂黑金換成官窯瓷器，那麼這個傳說會更加真實。張百萬帶回若干官窯瓷器，不識其貴重，隨意用為餐具，直到有識者點明，這才知道自己撿到寶。

至於陳思南說的第二個問題，卜彌格如果知道這批瓷器的存在，不管他的消息來源是不是林玉，還是其他什麼人，他要面對的問題和林玉所面對的問題其實是一樣的，沒有能力去取得那批瓷器，也沒有多餘的時間去做這件事，因為他要為南明朝廷前往教廷求援。卜彌格是在一六五一年前往教廷，一去九年，回來後不久就死在越南，自然也就不可能過問瓷器的事。他寫下那個拉丁文密碼應該是出於保護的用意，而非故弄玄虛。

李聿估計瓷器存放在澎湖，在當時並非絕密之事，但確實埋藏的地點卻可能只有很少數的人知道，這就是為什麼拉丁文密碼只描述藏瓷之處的地形地貌，卻沒有指明地點，因為沒有必要。同時這也可以解釋為什麼馬克西米利安·樂梅爾會在回到荷蘭以後，突然又在一六五〇年趕赴東方，之前他死活不願離開台灣卸任返國，現在又急著趕過來，到底在這個遠離家園的地方有什麼值得他留戀的？除了事關那批他遍尋不獲的最精美最高檔的官窯瓷器的下落，李聿說他實在想不出還有什麼其他的理由。遺憾的是他此行沒有留下隻字片語，而且人也失蹤了，沒有人知道到底發生了什麼事。

「依你看，那個拉丁文密碼和那隻十字蟹是否出於卜彌格之手。」

「密碼和十字蟹出於卜彌格之手，應該沒有問題，至於是誰將密碼和十字蟹塗寫在畫布上的，我不知道，但應該不是卜彌格。」

李聿說他祖父做的那個寫有拉丁文密碼的瓷盤，是照著抗戰期間來景德鎮訂購聖品瓷的荷蘭籍神父伍維克出示的一張古老紙張上的文字依樣畫葫蘆照著寫的。而伍維克神父出示的那張寫有拉丁文密碼的紙張，是夾在他在河內一間骨董店意外發現的一本有卜彌格神父署名的拉丁文聖經之中。換句話說，拉丁文密碼出自卜彌格之手應該不會錯，因為其他人沒有那樣的本事，不過卜彌格應該只是寫在紙上，不會刻意把密碼寫在一塊畫布上，更不會畫隻螃蟹在旁邊。

李聿認為實際的情況應該是有一個人在卜彌格死後，先是把拉丁文密碼和十字架螃蟹描繪在一塊畫布上，後來或許覺得不妥，又在畫布上畫了一幅當時流行的靜物畫，或者說又請人在畫布上再畫一幅畫，把瓷器的祕密封印起來。後來畫上去的那個青花倭角瓶，應該就是「船貨迷蹤」檔案韋麻郎的信中所提到的那個高宷收了賄賂之後為了取信於他先交給他的一件官窯瓷器「樣品」。這個樣品如果是由韋麻郎帶回荷蘭，必然會交給樂梅爾家，當一六五〇年馬克西米利安・樂梅爾重回亞洲的時候，這個被當作樣品的青花倭角瓶應該是跟著他一起回來。馬克西米利安・樂梅爾如何處理這個青花倭角瓶，沒人知道，但最終這個瓶子落到卜彌格手裡，所以伍維克神父才會在河內那間骨董店看到那個越南農民在荒野整地時連同拉丁文聖經一起被挖出來的半個青花倭角瓶。當然，卜彌格最初拿到青花倭角瓶時，那個瓶子應該是完好無損的。

換個場景來說，要是這個青花倭角瓶沒有被韋麻郎帶回荷蘭，那這個瓶子最有可能落在誰的手中呢？當然是一路跟隨韋麻郎的那個華人通譯林玉。林玉不但可能有青花倭角瓶，也很可能知道瓷器的下落，不過他雖然知道瓷器的下落，但卻無力取得，因此如果站在林玉的角度思考，林玉或林玉的後人很可能想藉他人之手實現自己的願望。而林玉或林玉的後人如果想藉他人之手取得那批瓷器，還有什麼比跟神父合作更可靠呢？因此在某一種現在已經無從知曉的情況下，林玉或林玉的後人直接或間接和卜彌格有過接觸，所以卜彌格以及一直跟在他身邊的那名武將才會知道有那麼一批瓷器的存在以及瓷器埋藏的地點。不過卜彌格要去教廷求援，所以直到他蒙主寵召，都無暇處理此事，只是以密碼寫下藏瓷地點，以待他日。

李聿認為青花倭角瓶有可能被林玉或林玉後人當成一件「信物」交給卜彌格，證明其所言不虛，就如同高宷曾經把這個瓶子當成「樣品」交給韋麻郎一樣。

當李聿推敲到這裡的時候，他腦海中不由自主的浮現了一個人的影子。這個人與李聿推敲的所有環節都能完美的對號入座，沒有任何扞格之處，包括那幅靜物畫也很可能是他請人畫的。只有他知道卜彌格和十字架螃蟹幾乎是等號關係，也只有他知道十字架螃蟹暗示著那批瓷器所在的地點，同時也只有他知道卜彌格手中有一個青花倭角瓶，正是有這個青花倭角瓶，於是才有了那幅畫中畫。

青花倭角瓶代表那批瓷器，十字架螃蟹和拉丁文密碼則暗指藏瓷的地點，這就是那幅十七世紀的靜物畫所隱藏的祕密。如果要問這幅畫又是出自何人之手，當然不會是遠在荷蘭的威廉卡夫，但卻很有可能是這個人請人畫的。也許是命運的巧合，也許是這個人有意故佈疑陣，因為那批瓷器可能早就被他由澎湖轉移到別的地方了。無論如何，這幅靜物畫最終落到了林玉後人手中。

李聿說這個人是南明朝廷派去保護卜彌格的一員武將，他忠誠的履行他的職責，一路跟隨卜彌格為時九年，直到卜彌格死在越南和廣西邊境，他妥善安葬了卜彌格之後獨自離去，從此不見蹤影。根據教會文獻記載，教會以為這個人會將卜彌格的遺物交給教會，但此事並未發生，而這個人也不知去向。

「這個人是誰？」陳思南問。

不管李聿說的這些是否與事實相符，陳思南不得不承認李聿的推論的確是嚴絲合縫，挑不出乖舛之處。

「此人是南明的一個游擊將軍陳安德。」李聿回答。

「你……你再說一遍，他叫什麼名字。」陳思南再問。

「陳安德。」李聿再答。

陳思南聽到陳安德之名當場石化，呆若木雞，彷彿靈魂出竅，過了好一陣子才回過神來。靈魂重新歸位的陳思南激動萬分，拉著李聿又哭又笑。她終於明白十字蟹紋身之謎了。祖母說的沒錯，當她遇到知道十字架螃蟹祕密的人，她就會知道十字蟹紋身的祕密。

「我知道十字蟹紋身的祕密了。」過了好一會兒，陳思南激動的心情逐漸緩和下來，「你要找的那批瓷器不在澎湖，或許最初是在那裡，但後來就不在了。」

「聽你的口氣，好像你知道最後在哪裡。」李聿看陳思南用力點頭卻不開口，忍不住問：「那你說在哪裡？」

「就在這裡，在海南島。」陳思南興奮的再次激動起來。

「你是怎麼知道的？」

李聿的確想過那批瓷器藏在海南島的可能性，不過又被自己否決，因為海南島距離澎湖有一千公里之遙，把一船瓷器弄到這裡，那得是多大的動靜啊！不過看陳思南的神情又不像是在開玩笑，這到底是怎麼回事……

「你知道我練的武術是家傳的。」陳思南拉開架勢。

「知道啊！陳家拳。」李聿邊說邊擺出太極拳的雲手姿勢，似乎準備接招。

「陳……陳你個頭，電影看多啦，覺得自己是楊露禪？小心我給你來個貼山靠。」陳思南一臉鄙視。

一聽貼山靠，李聿立刻回到站立姿勢，所謂的雲手頓時煙消雲散。陳思南貼山靠的威力他見識過，絕對不是他雲淡風清的這兩手太極雲手能對抗的，他又不是楊露禪。

「不過你要說是陳家拳也沒錯。」看著李聿服軟，陳思南笑的可開心了，「你知道傳我陳家拳的人是誰？」

「不知道……」李聿的回答本來是不經大腦的膝蓋式反應，忽然他腦海裡出現了一個人影，「傳你陳家拳的人，不會……不會是……」

「沒錯，就是我們陳家拳的老祖宗陳安德。」陳思南表情顯得異常驕傲，「我終於知道我們身上為什麼有十字蟹紋身，因為我們是守護國家寶藏的人。」

「你所謂的國家寶藏指的是那批瓷器？」

李聿的聲音虛弱到不行，以陳思南的性格，那批瓷器一旦上升到國家寶藏的高度，那就沒他什麼事了。「船貨迷蹤」檔案也不必畫上句點，直接關閉封存了事。

「是啊！不然呢？」

陳思南覺得李聿問的很白痴，不是那批瓷器是什麼？她不知道李聿是不是白痴，但李聿是寡婦死了兒子，沒了指望。

「走，我們回去，好好研究一下這批瓷器在海南島什麼地方？」

陳思南興致高昂的拉著李聿回家，準備展開尋寶行動。這個行動以前是李聿在執行，現在變成她的任務了。

沒曾想一路走來和她合作密切的李聿卻在關鍵時刻掉鏈子，打了退堂鼓。李聿晚間接到韓克的來電，說兩天後在阿姆斯特丹聖方濟各．沙勿略堂舉行樂梅爾教授的告別式。韓克說樂梅爾教授開完刀以後，病情本來還算穩定，不料前一陣子忽然惡化，結果搶救無效。他因為人不在荷蘭，所以情況也不清楚。等他回到萊頓，才得知噩耗。

世間的事總是不斷的重演，和李聿上次來三亞演講一樣，他又再次匆匆忙忙的離開三亞，前往香港轉飛阿姆斯特丹。和上回不一樣的是，他這次的心情更為沉重。上回去雖然得知教授病重，到底只是去探視病情，這次卻是要和樂梅爾教授永久告別。李聿看著飛機窗外飄浮的白雲，心裡一片空白。人生無常，李聿心裡早有準備，對於樂梅爾教授的離世，他覺得不捨，覺得難過，但內心卻異常清明。「天上浮雲似白衣，斯須改變如蒼狗。」想起杜甫的詩，李聿心中充滿無限的感慨。

CAPUT X
青花宴

Vade ergo et comede in laetitia panem tuum et bibe cum gaudio vinum tuum, etenim iam diu placuerunt Deo opera tua.

——Ecclesiasticus 3：6

你只管去歡歡喜喜喫你的飯，心中快樂喝你的酒，因為神已經悅納你的作為。

——《傳道書》9 章 7 節

李聿搭乘的飛機抵達荷蘭阿姆斯特丹史基浦機場的時候，天空才剛剛掙脫夜色，出現濛濛的曙光。李聿每次來阿姆斯特丹，飛機總是在這個時刻降落，天色也總是這樣灰暗。

一個月前他從海南島過來，一下飛機就直接搭火車前往萊頓，這次來他沒有忙著出機場，樂梅爾教授追思彌撒舉行的時間是上午十點，現在時間還早，阿姆斯特丹市區仍然處於睡眠狀態，與其拖著行李在沙勿略堂附近轉悠，不如就待在機場內喝杯咖啡休息一下。這個時間的機場其實很安靜，無人打擾，他想安靜的坐一下。

李聿進出史基浦機場多次，每次都是匆忙進來又匆忙出去，不曾在機場內逗留。這次來史基浦機場，李聿有一種奇怪的感覺，感覺這個機場似乎很陌生，就好像他過去到過的一些機場，比如說東非肯亞的機場，埃及開羅的機場，以及法國南部蔚藍海岸尼斯機場等等，雖然曾經去過一次，但這一生恐怕再也不會去第二次，所以那些機場的樣子在他的印象中其實是很模糊的。這很正常，並不奇怪，奇怪的是史基浦機場無論從哪個角度來說，都是他進出次數最多的機場。哪裡是櫃台，哪裡有洗手間，哪裡有地方吃東西，哪裡可以搭車，他是一清二楚。可是今天早晨他置身以往如此熟悉的地方，卻感覺四周是無比的陌生，就好像是第一次來到這裡，而且僅僅只是路過，以後不會再來。

李聿找了一個靠角落的位置，端起手中咖啡杯，只喝了一口就放下，他從來沒有喝過這麼難喝的咖啡。這麼說對咖啡無疑是不公平的，你心裡難過，不要怪罪咖啡難喝。李聿此刻的確是很難過，也很遺憾。難過是因為樂梅爾教授的辭世，遺憾則是他沒能見到恩師最後一面，特別是他就只差最後一步，便可以寫完他答應樂梅爾教授他會盡全力完成的「船貨迷蹤」檔案報告，讓教授能沒有遺憾的離開。

天色漸漸明亮，人群也陸續出現，李聿留下那杯苦澀的咖啡，由機場搭火車前往阿姆斯特丹中央車站，從那裡轉乘巴士，很快就抵達了位在市區中央一條運河旁邊有兩座高聳塔樓的聖方濟各．沙勿略堂。

李聿獻上一束樂梅爾教授生前交給他的那張靜物畫照片中插在青花倭角瓶裡的百合花，然後默默坐在人群後方。來參加樂梅爾教授追思彌撒的人，李聿幾乎都不認識，不過有三個人他一眼就發現了他們的存在，韓克和范德萊恩，另一個他有點意外，居然是林恩寶。

追思彌撒按照教會的禮儀程序井然有序的進行，神父帶領參加彌撒的人誦唸經文，講述離世教友的生平事蹟，帶領眾人祈禱，聖詩班歌詠唱誦，瞻仰遺容。李聿並非天主教徒，但在這樣的場合，也就入境隨俗，按照天主教的禮儀，表達他心中對樂梅爾教授的感謝和追思。

彌撒結束以後，韓克過來跟他打招呼，說有兩個人想跟他見面，不過沒說是誰，問他有沒有空？韓克不明說，李聿也不吭聲，隨韓克走出教堂，進入街角的一間餐廳。果不其然，等在那裡的正是范德萊恩和林恩寶。

李聿看到范德萊恩和林恩寶，便大方的上前向兩人致意。范德萊恩則是一邊請李聿坐下，一邊表明韓克的身份。李聿也沒有假裝感到驚訝，畢竟樂梅爾教授已經榮歸主懷，那批瓷器也成為永遠的傳說，再去隱瞞或演戲殊無必要，倒是韓克顯得有些尷尬不好意思。

范德萊恩首先對李聿破解密碼並履行承諾表示感謝，並且請李聿把銀行帳戶告知韓克，他會把酬勞轉付李聿。有韓克在，李聿也不打算隱瞞「船貨迷蹤」檔案的事，講些沒有營養的話，他坦承如果范德萊恩不出示拉丁文密碼，他可能根本沒有辦法完成樂梅爾教授要他代為完成的研究報告，證實四百年前韋麻郎和高寀那筆瓷器交易的存在。

「這麼說你去過拉丁文密碼所說的地方？」范德萊恩直截了當的問。

「去過，就在台灣海峽的澎湖群島，過去葡萄牙人和荷蘭人稱為佩斯卡多列斯群島，漁翁島。」李聿坦言。

「那個密碼並沒有說明地點……」

「沒錯，不過那隻螃蟹說明了，而且當初那筆交易確實是在那裡進行的。」李聿直接點出問題的關鍵，「不過很遺憾，我在那裡並沒有發現那批瓷器，應該是早就被人發現拿走了。」

「不可能藏在別的地方嗎？」范德萊恩顯然不死心。

「如同我之前的研判，那種十字蟹從台灣海峽到麻六甲海峽都有，不過符合密碼所描述的地方，據我所知就只有澎湖群島西吉嶼的藍洞。」

范德萊恩不願表明他們已經去過藍洞，李聿也不點破，大家心照不宣，免得尷尬。

「所以這仍然只是一個傳說故事而已。」

「不能說只是傳說故事，荷蘭東印度公司的韋麻郎當年抵達澎湖後的種種舉動是歷史上發生的真實事件，有些事文獻紀錄明確，有些事缺乏文獻證明，但不表示不曾發生。」

李聿上回去海南島演講的時候，曾經就神話、傳說和歷史之間的關係有過一番辨證，此時此刻他突然想起孔子說過的一段話。「夏禮，吾能言之，杞不足徵也；殷禮，吾能言之，宋不足徵也。文獻不足故也，足則吾能徵之矣。」所謂歷史，意味著有可信的文獻證明其真實性，否則時間久了，事情傳來說去，最後就變成了神話傳說。拉丁文密碼和那批瓷器就是最好的例子，也是神話、傳說和歷史之間曖昧的地方。你不知道到底發生了什麼事，任何可能都存在。能夠證明就是歷史，不能證明就是傳說，就是神話。

「有件事我想請你坦誠的告訴我，解答我心裡的疑惑。」李聿直視范德萊恩。

「好，能說的我一定實話實說。」

「那幅靜物畫的物主是誰？是林恩寶先生嗎？」李聿問話的對象是范德萊恩，但眼睛看的卻是林恩寶。

「我來回答李博士的問題吧！」林恩寶坐在旁邊一直沒出聲，此時終於開了口，「沒錯，那幅畫是我的。」

「可以多告訴我一些那幅畫的事嗎？」李聿也不拐彎抹角，直接表明心中意願，「那幅畫是所有祕密的關鍵，我很想知道它背後的故事。」

林恩寶倒也乾脆，有什麼說什麼。他說那幅畫從很久以前就一直在他家，具體是從何時開始，他也不知道，只知道這幅畫和一批古代的瓷器有關。前些時候有一個研究美術史的人在他的住所看到這幅畫，認為很像十七世紀荷蘭黃金時期靜物畫大師威廉卡夫的作品，建議他拿去請專家鑑定，並推薦以經營十七世紀荷蘭靜物畫出名的雪菲爾畫廊。沒想到還沒鑑定出一個結果，就在儀器的掃瞄下發現畫作底層居然另有文章，這讓他馬上想起他父親跟他說過有關一批瓷器的事。他和畫廊經理范德萊恩請了幾位專家試圖解碼都未能成功，後來李聿來到畫廊看畫，以後的事就不需要說了。

「據我所知，您在入籍法國之前，住在越南，請問您府上是世居越南，還是從哪裡遷移到越南去的？」

「你怎麼會問起這個問題？」林恩寶雖然沒有表現出明顯的不悅，但看得出他對李聿這個問題是不以為然的。

「抱歉，我無意打探你的隱私，我只是想知道那幅畫可能是在哪裡畫的？因為畫作底層那個十字蟹的關係，顯示那幅畫絕對不是在荷蘭畫的。」

「哦，是這個意思。」林恩寶臉色稍霽，「從我有記憶開始，就一直住在越南，不過我聽我父親提過，好像在很多年以前，我們家是從南洋某個地方遷移到越南的。具體是哪個地方，我也不清楚。」

「如果是這樣，就無法判斷那幅畫可能是在哪裡畫的了。」那幅畫在哪裡畫的，其實並不是李聿提問的目的，李聿想知道的是林恩寶究竟是不是曾經移居南洋香料群島的林玉之後？「最後一個問題，您的大名恩寶有什麼特別的意義嗎？」

「名字是我父親取的，有沒有什麼特別的意義，我也不清楚，我父親沒跟我說。」林恩寶覺得李聿問的很無厘頭。

李聿問的很無厘頭嗎？當然不是。藉由這幾個問題，李聿已經知道了他想要知道的訊息。如同陳思南不知道她身上十字蟹紋身的來由，林恩寶也不清楚與他本身有關的一些事，包括那幅畫，還有他很久很久以前的祖先是誰？事實上這也很正常，除非有保留和傳承完整的族譜，大多數的人也許記得他的祖父是誰，但再上去的曾祖、高祖就很難說了。

「對了，林先生，你訂做的壺我已經做好了，也帶來了。我本來想這裡結束後去一趟巴黎，既然在這裡遇見，那現在就把壺交給你，你看看是否滿意。」

李聿從行李箱取出一個盒子，拿出他做的仿永樂青花穿花鳳紋三繫竹節把壺。這把壺是他仿製的兩把仿永樂青花鳳紋壺其中的一把，他本來是帶去海南島打算當作禮物送給陳思南的祖母，不曾想壺還沒送出去就接到韓克的通知，匆匆忙忙的離開海南島，就這樣陰錯陽差的把壺帶到荷蘭來了。不過這樣也好，將錯就錯，先拿這把壺交差，省得他為了送壺給林恩寶，還要專程跑一趟巴黎。

面對眼前這把白地青花色彩光潔的仿永樂青花穿花鳳紋三繫竹節把壺，不只是林恩寶感到滿意，范德萊恩和韓克都為之讚嘆不已。韓克說他終於知道樂梅爾教授為什麼要把追查那批瓷器的事託付給李聿了，因為這個歷史考證研究案的真正主角其實是來自中國最高檔的青花瓷，在這一方面，沒有人能和李聿相比。

林恩寶收下了那把仿永樂青花穿花鳳紋三繫竹節把壺，並說他回去會立刻交代人支付酬勞，同時也會請專人和李聿聯繫，即刻著手進行那八百多件瓷器訂單的實際作業，他要舉辦一場盛大的青花宴。

得知自己拿到了一筆價值千萬的青花瓷訂單，李聿心裡非常感慨，這證明他走純粹中國風格，走高端市場路線，走白地青花的高雅品味，得到了肯定。他想起四百年前的艾薩克．樂梅爾，他指派韋麻郎前進中國，花了上萬兩銀子，不就是為了想得到一批最精美最貴重的中國青花瓷嗎？《傳道書》說的沒錯，「已有的事，後必再有，已行的事，後必再行，日光之下並無新事。」

「你能不能告訴我，那麼多的明青花，你為什麼要選這把壺？」

李聿一直不明白林恩寶既然要他仿製永樂青花穿花鳳紋三繫竹節把壺，直說就好了，為什麼要出示摩納哥王妃葛麗絲凱莉和那個仿的不怎麼樣的青花竹節把壺的合照？

「這是我的一個心願，我本來有機會和葛麗絲凱莉王妃一起喝下午茶的，我準備了最好的茶，最好的青花瓷茶具，沒想到她卻走的那麼突然……」

看得出林恩寶對能和葛麗絲凱莉王妃共進下午茶這件事非常在意，他始終記掛著這個沒有實現的心願。

「船貨迷蹤」的尋瓷之旅歷經了長達四百年的時間，最終回到起始的初衷。然而四百年前中國瓷器是獨佔全球市場的唯一品牌，四百年後的今天呢？不過儘管現實的情況並不樂觀，可以說困難重重，李聿已然下定決心一定要讓李窯在國際市場上大放異采。

李聿又回到了海南島，陳思南為了尋找那批瓷器還待在家裡等他，沒有銷假。她跟領導報告說她在海南島得到線報，島上可能藏有價值難以估計足以引發犯罪的明代青花瓷器，為了查明消息來源的可靠性，確保古代文物的安全，她請求准予就地展開調查。

南海從過去到現在經常發現古代沉船，每一次發現都引起國家高度重視，而保護文物，防杜盜掘走私也就成為公安單位的重要工作，這一次陳思南奉派協助法國警方緝捕不法走私詐騙團伙，說起來和保護古代文物也不無關聯。既然陳思南接獲情資，主動出擊，領導當然要鼓勵支持。

事實上陳思南也並沒有誇大其辭，海南島漁民出海捕魚，不時會撈起一些海底沉船上散落的瓷器。因為漁民缺乏保護文物的意識，往往會對沉船遺址造成不可彌補的破壞。比如說一九九六年在海南島南方西沙群島的華光礁發現一艘南宋時期的沉船「華光礁一號」，出水文物以瓷器為主，有近萬件之多。當華光礁發現沉船的消息披露之後，多次遭到非法盜掘，沉船遺址被嚴重破壞，直到二〇〇七年才由國家博物館水下考古研究中心和海南省相關單位共同展開打撈作業，並將打撈上來的船體和文物存放於海南省博物館。李聿在撰寫博士論文期間曾實地走訪海南省博物館，瞭解館方為保存船體所進行的包括去黴、脱鹽、脱水、加固、定型、封護等保護工作，深知文物保護工作的艱難繁瑣。

再比如一九八七年在海南島東北方廣東外海發現一艘典型的宋代沉船，命名為「南海一號」。當時因為受限於技術和資金的不足，打撈的工作遭到擱置。這一擱置就是二十年，直到二〇〇七年才正式展開打撈作業。經過各方的協調和努力，打撈上來的船體和出水的文物共有一萬四千件，包括金銀器、銅鐵器、鉛錫器、竹器、木器、漆器、銅錢等等，其中瓷器就有一萬三千件，佔絕大多數。廣東省政府為此耗資兩億人民幣興建亞洲唯一的一座大型水底考古博物館——海上絲綢之路博物館，用來展示隨著「南海一號」挖掘出來的古文物。在「南海一號」未展開正式挖掘作業之前，為保護「南海一號」不受破壞，防止因漁民捕魚或不法份子的盜掘對船上文物可能造成的損害，官方及軍方都採取了相應的保護措失，否則或許就沒有現在的海上絲綢之路博物館。

據估計海南島附近南海海底至少有二千艘古代沉船，等待發掘。二〇二三年在位於海南島與西沙群島之間，距離三亞僅約一百五十公里的南海海底所發現的「南海西北陸坡一號」是距今最近的一次重大發現。「南海西北陸坡一號」的古代遺物也是以瓷器為大宗，數量估計多達十萬件。和「南海一號」及「華光礁一號」不同的是，「南海西北陸坡一號」沉船上的瓷器並非宋瓷，而是明代正德、弘治年間的瓷器，包括青花瓷、青白瓷、青瓷、白瓷等等。

「船貨迷蹤」檔案中提到的那批瓷器如果真的藏在海南島，那絕對會引起不法份子的覬覦，甚至不惜為此鋌而走險。因為不誇張的說，在國際拍賣市場上，那批明代官窯瓷器中任何一件或許都比在海底發現的整艘沉船上所有的瓷器加起來還值錢。

明代官窯瓷器在國際拍賣市場屢創佳績。二〇一一年香港蘇富比秋季拍賣，一件瓶身畫折枝葡萄、石榴、蟠桃、荔枝、枇杷、柿子、櫻桃等珍果紋飾的明朝永樂青花折枝花果紋梅瓶，拍出了一・六億港幣的天價。二〇一六年香港佳士得春拍，另一件宣德青花五爪雲龍紋大罐又以一・五八億港幣落槌。當陳思南從互聯網上看到二〇一四年一個成化年製的鬥彩雞缸杯在國際拍賣會上以二・八億港幣成交，二〇一七年一個嘉靖年製的青花五彩魚藻紋蓋罐在市場上拍出了二．一三億港幣，她才明白「船貨迷蹤」檔案中說的那批瓷器真實的價值。而當她瞭解了那批瓷器到底有多值錢以後，不禁倒抽一口涼氣。她知道官窯瓷器值錢，但沒有想到值這麼多錢。陳思南雖然相信李聿的人品，也相信李聿如果真的找到那批瓷器，絕對不會巧取豪奪，據為己有。然而凡事未雨綢繆，防範未然總是不會錯的，她知道李聿熱愛瓷器，所以不免擔心李聿因為一時愛戀難捨而在原則性的問題上走岔了路。

李聿要是知道陳思南心裡的想法，肯定大呼冤枉，自己咋就這麼倒楣呢？認識什麼女孩不好，偏偏認識個女警察。先是被列為犯罪嫌疑人，好不容易洗清罪名，現在又被認為具有潛在犯罪動機，有可能成為真的罪犯，他看起來就這麼像壞人嗎？林怡兒說的沒錯，他倆應該早點認識，事情也許會不一樣。

可實際上事情沒有不一樣，李聿未能「早點認識」林怡兒，陳思南內心的擔憂也不會成為事實，李聿也不會成為罪犯，因為他是《耶利米書》說的「下到窯匠家裡去」的人，如《詩篇》所云，他在那裡接受教導，走「當行的路」。

「回來啦！」這是陳思南看到李聿說的第一句話。

「林怡兒呢？怎麼沒帶回來？」這是陳思南看到李聿說的第二句話。

「我是去參加追思彌撒，又不是要去找她。」這是李聿說的第一句話。

「我給你帶了巧克力，你喜歡的那種口味。」這是李聿說的第二句話。

陳思南喜歡的巧克力是薄荷巧克力，咖啡色的巧克力裡面有著青綠色的薄荷。陳思南撕開包裝紙，將一片巧克力送入口中。咖啡色的巧克力很快溶化，青綠色的薄荷香味瀰漫開來。

是誰說的？「雨過天青雲破處，這般顏色做將來。」陳思南的祖母之前跟陳思南說的沒錯，五指山的雲霧終於散開，空氣中滿是草木清香，天色一片澄藍。

「我跟你說，我知道那批瓷器藏在哪裡了。」

陳思南抓著李聿的手，興奮的不得了。這兩天她一直在想那批瓷器會藏在海南島什麼地方？然而海南島這麼大，她到哪裡去找呢？再說她也沒有任何線索，有的只是身上的十字蟹紋身，可十字蟹哪裡都看得到，根本沒有任何作用。不得已只好打開電腦，看看能不能從互聯網上找到一些靈感。

陳思南是這樣想的，不管是誰把那批瓷器埋在島上，他必然要選一個容易辨識的地標。這個地標不會是房子，也不會是一棵樹，那太不可靠了，房子會被拆除，樹木會遭到砍伐。這個地標必然是很難去移動改變的，例如一座山峰，一條河流。於是陳思南就點閱了大量海南島各地山山水水的圖片，看得她眼睛都花了。總算皇天不負苦心人，終於她在看了不曉得多少張的圖片後，看到一處她一眼就認定那批瓷器必然是藏在那裡的地方。

不是可能，而是必然。

因為這個地方的地形地貌跟拉丁文密碼所說的完全一致。「彼處岩石聳立如城牆，靠近城門，磐石中鑿出水道」，只差最後一句，「親眼看見各樣寶物。」

陳思南緊緊握住李聿的手，兩眼發光，神情激動，這絕對不是一個意志堅定，頭腦冷靜，行動果敢，要親手將歹徒繩之以法的警察。相反的，陳思南現在的樣子，看起來倒很像從盜洞鑽進墓室，見到金銀財寶心臟砰砰亂跳的盜墓賊。她不是她說的什麼具有潛在犯罪動機的可能罪犯，而是實打實的人為財死鳥為食亡的……歹徒，不法份子。

「藏在哪裡？」

李聿感到難以置信，不過就三兩天時間，陳思南居然就找出藏瓷的地點，真是太不可思議了。

「石花水洞，在儋州。」

「你怎麼知道東西藏在那裡？」

陳思南不答話，只是拿出手機，將石花水洞的照片給李聿看，在平整如城牆的岩壁上有一方石洞，洞內有水道，可以乘小船進出，完全就是縮小版的藍洞。

李聿難以置信的看著石花水洞的照片，這個地方簡直就是西吉嶼藍洞的縮小版。要不是他在藍洞撿到了一枚畫石竹花的明代官窯青花瓷器碎片，證明確實曾經有人把明青花帶來洞裡，否則他肯定會認為自己搞錯了，拉丁文密碼所說的藏寶之地並非藍洞，而是石花水洞。

照這個情況看來，原來藏在澎湖的那批瓷器最終應該是被陳安德移轉到了海南島。那批瓷器運到海南島之後要藏在哪裡呢？李聿相信陳安德當初一定也問過這個問題，不過等他發現或者得知有石花水洞這樣的地方，就毫不猶豫的決定了。

當然，事實是否真的如此，那批瓷器是否真的藏在石花水洞？是否仍然存在？還需要實地確認，不過李聿和陳思南一樣，在看到石花水洞照片的那一刻，已然認定瓷器藏在那裡不會錯。

「小夥子，你追我孫女追得很緊嘛！才沒兩天，就又追來啦！」陳思南祖母笑咪咪的看著走進家門的李聿，「你這次來，是不是來求婚的啊？」

這話老太太上回就想說了，無奈李聿突然匆匆忙忙的離開，害她來不及問。沒曾想李聿忽然又回來了，這下子老太太可不磨唧了，開門見山，直搗黃龍，將軍！

老太太這一將軍，李聿和陳思南可淡定不起來了，李聿紅著臉傻傻站在那裡，手足無措，不知如何是好，陳思南則是不勝嬌羞的傍著祖母跺腳不依。陳思南那點心思哪裡瞞得過老太太，這麼些年陳思南不曾帶過任何一位男性到家裡來，李聿是頭一遭，不，今兒個已是第二回了。別看陳思南英氣逼人，一副冷豔作派，說到底還是矜持好面子，自己把自己綁著放不開。旁人不明白，自己的祖母怎麼會不知道。上次陳思南帶李聿來家裡，說是要鑑定家中祖傳的那個青花竹節把壺，其實她心裡想什麼，老太太一清二楚。那個壺是陳思南的嫁妝，她怎麼會隨便拿給人看，她只是拿不準，害怕一步跨出沒了回頭路，所以拿鑑定做藉口，帶李聿回家讓老太太把把關。陳思南拿不準，陳老太太可是拿得很準，她直接打開天窗說亮話，免得自己孫女蹉跎歲月，虛耗青春。

至於李聿，大老遠的跑來海南島，明著說是要對陳思南家的那個青花竹節把壺進行鑑定，其實不就是為了陳思南而來嗎？從荷蘭、里昂、巴黎、敦煌到景德鎮，他和陳思南之間已經培養出深厚的默契和信任，不過他和陳思南一樣臉皮薄，不怕坦白，卻不敢表白。這一點老太太同樣看得很清楚，因此快刀斬亂麻，直接將軍。

就在李聿和陳思南被老太太一句是不是來求婚弄得尷尬不已的時候，老太太又出招了。

「小夥子，你坦白說，你是自己追來的，還是她把你綁來的。老實說，不要害怕，要是她把你綁來的，你告訴我，我替你作主。」

這是圖窮匕現，生死立決，李聿無從閃躲，只能接招，要嘛像楊露禪成為陳家嬌客，要嘛打退堂鼓，從此蕭郎是路人。這個陣不好闖，李聿決定實話實說。

「事情其實是這樣子的……先是思南把我綁了去，因為我犯了錯。」

聽到李聿說他是被自己綁來的，陳思南臉色一沉，幸好李聿隨即自承犯錯，陳思南才只是瞪了他一眼。

「不久她又給我鬆綁，因為發現我其實沒有犯錯。」

陳思南覺得李聿怎麼這麼婆婆媽媽，說話不乾不脆，又給了李聿一個白眼。

「後來……」

「後來怎樣？」陳思南實在忍不住了，大聲問。

「後來我就自己搭飛機飛過來了。」

李聿終於艱難的完成了結辯陳辭，他自己鬆了一口氣，陳思南也鬆了一口氣。但老太太一輩子沒坐過飛機，不太清楚李聿說他自己搭飛機飛過來究竟是什麼意思，所以又問了一句。

「那就是你自己追來的，沒錯吧！」老太太說。

李聿看著陳思南，說出了或許是他一生中最重要的一句話：「是的，是我自己追來的。」

「那好，我孫女就交給你啦！反正你也已經答應了。我跟你說，你可別欺負她，小心她很厲害的。」原來看壺的時候老太太要他答應的一件事就落在這裡了。

老太太神情愉快的起身往門口走去，「孫女，要嘮嘮你們自己嘮嘮，我要出去了。」

「走吧！」老太太出門後，陳思南說。

「幹嘛？」

「嘮嘮啊！你肚子不餓啊？」

「是有點餓。」李聿摸摸自己的肚子。

「那就走吧，我可不會做飯。」陳思南理所當然的說。

「這可不行，我是不是應該想辦法把她弄去卓姨那裡調教調教……」李聿心裡這樣想，當然，也就只是想想而已……

陳思南和李聿開車從三亞出發，風馳電掣的往海南島西北方的儋州而去，目標是石花水洞。

陳思南戴著蛤蟆鏡，一隻手握著方向盤，一隻手還拿著李聿遞給她的巧克力，神采飛揚，青春洋溢，像個模特兒，也像個電影名星，就連看多了洋娃娃的李聿也不禁感到驚豔。

「怎麼？看到美女坐不住啦！」

這話好熟，像是在哪兒聽過。李聿歪著脖子想了一下就記起來了，那是在敦煌，陳思南開車來航站接他，在往市區途中陳思南在車上開口說的第一句話。當時李聿因為擔心孔修圓遇險，心中忐忑，陳思南故意說些俏皮話緩和他的情緒。不過今非昔比，同樣的一句話，現在已然是男女之間在打情罵俏了。

「那是！那是！有這麼漂亮的美女開車載我，真是榮幸之至。」

「你才知道啊！真不曉得你走的什麼狗屎運，祖母會看上你。」陳思南一副傲嬌作派。

「沒辦法，老太太覺得我優秀嘛！」李聿不甘示弱。

「優秀？等你把那批瓷器找出來再說不遲。」

「那有什麼問題，手到擒來的事。」

李聿託大了，他怎麼樣也沒想到此次石花水洞之行完全就是觀光旅遊，小倆口手牽著手，宛如新人渡蜜月。至於他們想找的瓷器，別說手到擒來，就連個影子也沒看見。

李聿和陳思南到了石花水洞，跟著導遊以步行的方式進入溶岩地形的洞窟，看到了石筍、石鐘乳、著名的卷曲石、石晶花、文石花，看到了從地表穿透溶岩破壁下垂的樹根，看到了棲息在洞頂的蝙蝠，甚至還看到了南海觀音，看到錯綜複雜，五光十色的迷離幻境。最後與其他遊客一道穿上救生衣乘坐小船走水道離開洞窟。

導遊說石花水洞是一九八五年因採礦而偶爾發現的，其後不久政府就封閉了洞穴。二〇〇〇年開始進行開發，二〇〇五年對外開放。有位遊客問了導遊一個問題：「這個出入的洞口是人工闢建的吧？」就是這句話粉碎了李聿和陳思南最後的一絲幻想。拉丁文密碼說的「岩石聳立如城牆，靠近城門，磐石中鑿出水道」，是十七世紀藏寶地點的景象，可不是二十一世紀打造的觀光景點的樣子。

雖然李聿和陳思南石花水洞之行乘興而去，敗興而返，但這並沒有改變李聿認為那批瓷器最後是被陳安德從澎湖轉移到海南島的看法。如同孔夫子所言，找不到瓷器是因為線索不足，不是判斷錯誤，如果有足夠的線索，他一定能證明自己的研判是正確的。

不管正確不正確，沒有找到那批瓷器總是事實。既然沒有線索，李聿也不打算繼續瞎猜，因此從石花水洞回來的第二天，李聿和陳思南就搭機離開海南島飛往深圳。陳思南要銷假執勤，李聿則是繼續轉機回景德鎮。兩人分手時，李聿大著膽子口中銜著一片巧克力餵給陳思南，陳思南羞答答的以同樣的方式接收了巧克力。苦中有甜，甜中帶香的巧克力成為兩人嘴唇連接的觸媒，這就算是一吻定情了。

日子過的很快，三個月後，一批數量高達八百多件的整套青花瓷餐具包括餐盤、沙拉碗、湯碗、咖啡壺、咖啡杯碟，乃至於燭台、花瓶等等由景德鎮運往巴黎。李聿完成了李窯第一筆來自國外的訂單，實現了他開拓高端瓷器市場的理想，同時他也收到了一封林怡兒寫給他的信。

林怡兒信中說她掙扎了很久才決定寫這封信。她寫這封信是要告訴李聿，她要結婚了，向李聿訂製的那批青花瓷餐具，就是婚宴要使用的餐具，她很感謝李聿把這批餐具做的這麼精緻這麼完美，她將一輩子收藏。她說她很遺憾沒有能夠早一點認識李聿，也非常感謝李聿在她最無助的時刻幫她渡過難關，以後李聿如果遭遇困難需要幫助，一定要跟她說，給她報答的機會。最後她感到非常抱歉，她上次來景德鎮其實是有任務的。她的祖父林恩寶和范德萊恩因為擔心李聿發現密碼事關藏寶而不將破解後的訊息告訴他們，因此要求她來景德鎮，想辦法在李聿手機裡植入間諜程式以便及時掌握消息。事後證明林恩寶和范德萊恩的顧慮純粹是以小人之心度君子之腹，她為此感到非常羞愧非常自責。她追求完美，不容許瑕疵，對感情也是一樣，她無法面對有瑕疵的感情，哪怕這個瑕疵是她自己所造成的。她希望李聿能接受她誠摯的歉意，如果可能的話，她很希望李聿能來巴黎參加她的婚禮，同時祝福李聿有一個美好的人生。

李聿沒有出席林怡兒的婚禮，古人說相見爭如不見，說的就是李聿和林怡兒這種情況。既然決定分手，何必再藕斷絲連，何況李聿和林怡兒之間根本還談不上分手不分手，最多就是恨不相逢未嫁時。不過李聿還是給林怡兒寄去了一個他親手做的禮物，那是一個畫了嘟嘟鳥的青花瓷盤。李聿畫的嘟嘟鳥和林怡兒送給李聿的那幅她所畫的嘟嘟鳥神情舉止幾無差異，就像是直接把林怡兒畫的嘟嘟鳥印在瓷盤上。李聿畫了很多個同樣圖案的瓷盤，卻只有一個讓他滿意。嘟嘟鳥在十七世紀已然滅絕，而畫嘟嘟鳥的瓷盤，李聿也不會再做。

這是他做的第一個以嘟嘟鳥為主題的青花瓷盤，也是最後一個。

李聿寄出給林怡兒的結婚禮物之後，自己也帶著大包小包的禮物飛往海南島。這是李聿第三次進入陳思南所住的這個村子，不過這回他看起來並不像個回媳婦娘家的傻女婿，他看起來就是個回媳婦娘家的傻女婿。李聿的父親李民給李聿下了死命令，如果近期內不帶著媳婦回來，那就不要回來了。剛好陳思南的職務即將有所調整，目前有個空檔，李聿見機不可失，於是就上門求婚了。這次上門非常正式，不僅是他老爸李民，就連卓姨也來了。

「波隆！」「波隆！」「波隆！」人一多，招呼打個沒完。

「嘮嘍！」「嘮嘍！」「嘮嘍！」人一多，飯也吃個沒完。

特別是李民這次為兒子上門提親，特別準備了一整套李窯燒造的高檔青花瓷當作采禮，包括茶壺、茶杯、酒壺、酒杯、瓶子、罐子、碗盤等等有一百多件，青花濃艷，光燦奪目，老太太看了樂的合不攏嘴，直接就用新的青花瓷盛裝菜餚。美食美器，差點沒把眾人亮瞎了眼。李民在餐桌上跟老太太誇下海口，說正式迎娶時他會擺出更大的陣仗，辦一場史無前例的青花宴。婚宴上除了海南島的山蘭酒，還要端出他珍藏多年的青花瓷臨川貢酒。這是江西聞名於世的白酒，尤其是青花瓷瓶盛裝的老酒，李民家裡一共還沒幾瓶，寶貝的不得了，李聿才不相信他老爸捨得拿出來宴客，這明顯是李民這會兒山蘭酒喝多了，吹牛不打草稿，滿嘴胡話。

李父和卓姨待了一天就回景德鎮去了。陳思南本來想安排他們到海南島四處走走，李父說他們年紀大了，懶得折騰，還是回家好了，家裡待著舒服。李聿知道老爸的性子，也不多勸，就送老爸和卓姨搭機回景德鎮。當然，他自己是留下了，不但留下來，還遵照老太太的囑咐，由陳思南領著去上墳掃墓。

李聿和陳思南一大早由村子裡出發，拿著一張繪有看似路線的老舊簡單地圖，足足走了兩個多小時的山路，終於在一處野草叢生的山坳裡找到一塊刻著「陳安德之墓」的北向墓碑。墓碑很小，而且大半截都被野草埋住，幸好李聿眼尖，才沒錯過。

難怪陳思南說這個地方她只來過一次，還是很久以前，她父親帶她來的，實在是路又遠又難走，真不曉得陳安德為什麼會選在這裡長眠。陳思南在那裡嘀嘀咕咕的碎碎唸，忽然發現李聿半天沒吭聲，只是皺著眉頭緊盯陳安德的墓碑，似乎又在想什麼問題。

李聿想問題時老是皺著眉，之前在雪菲爾畫廊李聿看到拉丁文密碼和十字架螃蟹以及隔天在里昂國際刑警總部李聿見到青花倭角瓶時，就是這個表情，這一點陳思南早就觀察到了。現在他老兄又出現了這個他自己並不知道但陳思南卻很清楚的招牌表情，絕對不會無緣無故，肯定有事。

「難不成他認為那批瓷器……」

陳思南不禁嚇了一跳，之前她看到石花水洞的照片，直覺認為那批瓷器應該就藏在那裡，根本不曾想過其他地方，更不會想到現在看到的這個地方。不過她見李聿的眼睛一直不離陳安德的墓碑，忽然意識到一種非常可能的情況。

「一定是這樣，沒錯。」

在沒有認識李聿之前，她們家根本沒有人知道什麼瓷器的事，也沒有人知道為什麼她們家的人都有十字蟹紋身，當然更不會有人知道這和葬在此地的陳安德有什麼關係。直到李聿出現，重啟「船貨迷蹤」檔案，一步步抽絲剝繭，仔細推敲，最後才發現答案原來就在她們家的老祖宗陳安德身上。她雖然不知道陳安德為什麼要把那批瓷器弄到海南島來，但他既然弄來了，應該就不會讓那批瓷器離開他的視線，即便他人往生了，也要守護那批瓷器，就像他一直護衛卜彌格，直到卜彌格人生旅程的最後一刻。

陳思南這麼想，李聿其實也是這麼想。海南島自古即為邊疆蠻荒之地，即便是今日其開發的程度依舊不能和內地相比，何況是四百年前，完全就是荊棘榛莽杳無人煙之地，否則蘇東坡被貶到海南也不會有「心似已灰之木，身如不繫之舟」的喟嘆。

一六五九年卜彌格死後，陳安德去向不明。之前李聿也曾經想過陳安德可能的行止，降清是不可能的，他要有意叛降，就不會跟著卜彌格去教廷討救兵了。重回南明小朝廷也不太可能，他要是有辦法突破清軍包圍，早就帶領卜彌格從越南回去了。既然回不去，那不如投效鄭成功。鄭成功是當時抗清的領袖，水師戰力尤其強大，陳安德前往投效的可能性很大，惜乎一六六二年鄭成功趕走荷蘭人取得台灣不久即死於非命，反清復明的希望就此幻滅。鄭成功死後，內部爭鬥激烈，陳安德見勢不可為，萌生去意，因而來到天高皇帝遠的海南島，不是不可能的事。如今在此荒野之地見其墳塋，益發讓李聿覺得其所料即使不中，也絕不會離題太遠。

問題是：陳安德為什麼要費盡心力把那批瓷器藏在海南島？他這麼做的目的是什麼？這也是李聿一直想不通的地方，卜彌格和陳安德辦正事都沒時間了，哪裡有時間去尋寶？但證據卻又顯示他們確實很在意這批瓷器，否則不會又是密碼又是畫中畫。

古人說：「今朝有酒今朝醉，明日愁來明日愁。」《馬太福音》也說：「不要為明天憂慮，因為明天自有明天的憂慮。」想不通就不想，李聿也不打算為此繼續糾結。

李聿和陳思南捲起袖子，拿出帶來的刀械工具開始清除野草，整理環境，準備焚香祭拜。就在陳安德墓前野草清除的差不多的時候，李聿發現在離陳安德墳墓不遠之處，有一塊平躺在地面的石板。石板上刻了四行字，有的字已經有些模糊，不過還能辨認。

INFACIEPRVDENTIS
LVCETSAPIENTIA
OCVLISTVLTORVM
INFINIBVSTERRAE

「唉！不會又是密碼吧？」陳思南嘆了一口氣。

「不是密碼！」

李聿眼睛緊盯著這塊石板，內心的激動無以復加，甚至連身體都有點發抖。先前他還在猜想那批瓷器會不會就藏在陳安德的埋骨之所，或者應該說陳安德就葬在那批瓷器埋藏的地方。現在看到石板上的這四行字，李聿知道自己沒有想錯。

這四行字是拉丁文，譯成中文是：「明哲人眼前有智慧，愚昧人眼望地極。」李聿知道這句話的出處，《舊約．箴言》十七章二十四節。用通俗的話說就是：不要老是仰望天邊的彩虹而忽略了腳邊的玫瑰。如果他對石板上所刻文字沒有理解錯誤，那麼他費盡心力尋找的那批失蹤了四百年的瓷器就埋在這塊石板之下。

「我應該立刻證實這批瓷器的存在呢？還是暫時不去動它？」李聿此刻左右為難，心裡非常矛盾。

昨天前往石花水洞途中，陳思南問他如果找到那批瓷器，他會怎麼做？那批瓷器到底在哪裡，是不是真的存在，還是個未知數，所以李聿壓根兒沒想過這個問題，因此當陳思南問他的時候，他一時不知該如何回答才好。結果陳思南很認真的給他上了一課，提醒他君子愛財，取之有道，如果是屬於國家的財產，不能私自據為己有，讓李聿覺得有些莫名其妙。但同時李聿也猛然意識到他還真的忽略了陳思南所點出的問題，要是那批瓷器真的找到了，那接下來呢？「我本將心向明月，奈何明月照溝渠」的情況不是不可能發生，特別是這批瓷器如果真的問世，那將會是多麼巨大的一筆財富。所謂人為財死，鳥為食亡。從這個角度而言，如果真的找到了那批瓷器恐怕未必是福，甚至反倒有可能是禍。再說那批瓷器如果在中國境內被發現，無疑屬於國家財產，不過別人或許不曉得，他自己可是心知肚明，那是樂梅爾家族花費巨資所買的「船貨」，是付清了全部款項卻一直沒有收到的貨物。所以那批瓷器該歸於國家？還是歸於樂梅爾家？

如果事情真如李聿所料，則與其面對那批瓷器所可能帶來的紛紛擾擾，還不如讓那批瓷器保持亙古的沉默，反正都已經沉默了四百年，繼續沉默下去又有何妨？而且李聿懷疑陳思南家傳的那件永樂青花穿花鳳紋三繫竹節把壺很可能和韋麻郎拿到的那件宣德青花獸面耳牽牛花紋倭角瓶一樣，都是韋麻郎向高寀買的那批瓷器中的一件，是陳安德特意挑選出來留給後人的紀念，否則無法解釋在天涯海角的邊陲荒野，怎麼會出現一件如此罕見的永樂官窯瓷器。萬一要是有人質疑陳思南家的那把壺來源可疑，有竊取國家財產之嫌，彼時瓜田李下，陳思南將何以自處？

因為這些剪不斷理還亂的理由，李聿陷入長考。

「你知道那批瓷器在哪裡，對不對？」

李聿點點頭沒有作聲。

「但你並不是很想起出這批瓷器，至少現在不想，對不對？」

李聿看了陳思南一眼，再度點頭，繼續保持沉默。

「所以你打算怎麼處理？」

「坦白說，不知道。」李聿面有難色，他此刻的確是舉棋不定，「你呢？你會怎麼做？」

「很簡單，呈報上級，自然會有人來處理。」陳思南回答的毫不猶豫。

「那你會直接呈報上級嗎？」

「我無法呈報。」陳思南露出一絲狡黠的笑容，「第一我不知道那批瓷器藏在哪裡，第二這件事是你起的頭，善後的工作也應該由你來完成，我的工作是抓壞人不是尋寶。

好傢伙，一推二五六，李聿差點要罵髒話，「那你認為我該怎麼做？」

「我不知道，這要問你自己。」陳思南喝了一口帶來的礦泉水，又遞了一瓶給李聿，「你的初心是什麼？」

「初心？」李聿愣了一下，「初心……不忘初心……」

李聿喃喃自語，忽然衝到陳思南身前，一把抱住陳思南，開心的說：「還是我媳婦頭腦清楚。」

「誰是你媳婦？神經病。」陳思南含嗔帶笑的給了李聿一個白眼。

「幫個忙，我們在這裡挖開看看。」李聿指著地上的那塊石板說。

「你想清楚了？」陳思南問。

「想清楚了。」李聿答。

李聿的確是想清楚了。過去一段時間他一直在追尋那批瓷器的下落，滿腦子都是那批瓷器的事，剛才陳思南提醒他不忘初心，就像當頭棒喝，李聿心中猛然一震。

這一切最初是從哪裡開始的呢？不是從樂梅爾教授交給他的「船貨迷蹤」檔案開始的嗎？教授真正想要的是那批瓷器，還是一個答案？人生都走到最後了，要那些瓷器還有什麼用呢？教授想知道的是「船貨迷蹤」檔案最後的答案，而這個答案必須是一個有明確證據的答案，不是線索，不是推理，不是臆測，更不是傳說和神話，而是生要見人，死要見屍的鐵證。

「我必須要親眼看見那批瓷器。」這是李聿最後的結論。

李聿和陳思南的挖掘沒有想像中的辛苦，由於土質不算太硬，所以挖掘工作進行的很順利，大約一個小時即開挖了兩公尺見方的範圍，而且沒挖多深就看見了保存情況不錯的木箱，這還是因為他們帶來的工具不趁手，否則開挖的面積還可以再大一點。不過僅僅是目前挖開的這一小部分，就已經取得了令人振奮的成果。隨著泥土不斷的被挖開，一個方形木箱的上半部也漸漸浮現。這個木箱是用裁切的並不規整的硬木板釘成的，這種硬木李聿認識，陳思南也認識，是生長在海南島的黃花梨。先不說箱子裡有些什麼東西，就是箱子本身的這些木板就已經是價值不菲。

李聿和陳思南按捺住內心的激動，小心掀開箱子頂部的木板，映入眼簾的是一口青花雲龍紋大龍缸。李聿一眼就認出這是宣德朝燒造的大龍缸，極為罕見，而保存如此完好的大龍缸，他還從來沒有看過。上海博物館和景德鎮中國陶瓷博物館各有一件青花大龍缸，前者是明朝正統年間所燒造的大龍缸，後者則是以景德鎮明代窯址挖掘出的殘片整理修復的大龍缸。不過完全無法和他現在看到的這個大龍缸相提並論。李聿輕輕觸摸龍缸，忍不住自問：「我能做得出這樣的大龍缸嗎？」

龍缸內散置著一些用棕櫚葉包裹的青花瓷。棕櫚葉不比黃花梨，埋在地下這麼多年，早已乾裂腐朽，一件件白地青花的瓷器很自然的現出原形，所以李聿很容易就辨認出缸裡有些什麼樣的青花瓷。

基本上缸裡的青花瓷大多是宣德朝和成化朝的白地青花瓷器，有扁壺、執壺、軍持、梅瓶、玉壺春瓶，還有一些杯盤碗碟之類的明青花。特別是其中還有一件李聿曾經在土耳其托普卡帕宮博物館看過的鎮館之寶——青花荔枝紋抱月瓶，讓李聿大為感嘆高案這個傢伙還真是敗家，居然把這樣的國寶賣給荷蘭人，幸好這批瓷器沒有真的被運走，否則他老兄肯定是萬死莫贖。

「這些瓷器是不是很值錢？」陳思南看李聿忙著拿手機給那些瓷器拍照，似乎也不急著再把坑挖大一點，好看看別的箱子裡都裝了些什麼樣的瓷器。

「光是這個大龍缸裡的青花瓷隨便一件都值個幾千萬，你說值不值錢。」李聿看拍的差不多了，開始把之前拆下來的木板又重新鋪回去。

「不挖了？」陳思南覺得奇怪，這才打開了一個箱子，怎麼就停下來不挖了呢？

「答案找到了，證據也有了，其他的看不看已經不重要。」李聿不慌不忙的將箱子重新封好，轉身對陳思南說：「你累不累？你要是不累的話，幫忙一起把土填回去。」

「你找到你的初心啦？」陳思南動手之餘不忘揶揄。

「多虧你提醒，找到了。」李聿深深的吐了一口氣，「改天請你吃大餐。有了這些照片，『船貨迷蹤』檔案終於可以完美的畫下句點。」

「那這批瓷器呢？你打算如何處理？」陳思南看著逐漸消失在土中的木箱，感覺好像看到一艘緩緩沒入水中的沉船。

「暫時就不去想這個了，船到橋頭自然直。」李聿看著身材健美的陳思南，露出不懷好意的笑容，「我覺得現在應該要研究的問題是你要加入我家，還是我要加入你家。」

「噁心，誰要跟你一家。」陳思南害羞的轉身去收拾帶來的東西，「回去啦！奶奶等我們回去吃飯恐怕都等急了。」

§

陳思南和李聿又折騰了兩個小時才回到家裡，一進門就發現家裡來了客人。這個客人陳思南不認識，李聿倒是很熟，是周平湖教授。

「思南，這是周平湖周教授。」李聿帶著陳思南一起上前向周教授致意，「教授，她是陳思南，是我的……呃……未婚妻。」

「未婚妻？行啊，你……」周平湖教授似乎很驚訝，「不對啊！上次我請你來演講，問你有沒有女朋友，你說沒有，我還打算給你介紹一個。這才多久？都有未婚妻了……你這小子不老實。」

周平湖教授夾槍帶棒硬是把李聿批評了一番，就連上回李聿演講結束忽然不見人影，也拿出來數落半天。他是真的有意把他門下一位各方面都很優秀的女研究生介紹給李聿，沒想到李聿不聲不響，偷偷摸摸的居然整出個未婚妻，真是枉費他一片苦心。

「陳小姐你好，我叫周平湖，很高興認識你。剛才我批評他，你可不要介意，這小子有時真不令人省心，不過人還是不錯的。」

周教授黑臉唱完了，現在又來唱白臉。李聿聽了直翻白眼，陳思南倒是覺得眼前這位老教授很有意思，連聲附和。

「咦？不對啊！你帶你未婚妻來這裡做什麼？」周教授滿臉疑惑的看著李聿。

「這裡是他未婚妻的家。」陳思南祖母手裡拿著一個放著一條像是麻布的細長編織物的托盤，不慌不忙的從屋裡走出來。

「未婚妻的家？哈！你孫女？」周教授恍然大悟，「哇，我說你小子實在太不夠意思，不就是要你做個演講嘛，你倒好，把我們黎族的美女拐走了。不行，這事你非得給我一個交代不可。」

「什麼……交代？」李聿感覺情況似乎不妙。

「這樣吧！下學期你來我們學校開門課，教什麼，你自己決定。」周教授把話撂下之後轉身看著陳思南祖母，「老太太，你看這樣好不好？」

「你是說讓他當老師？」老太太笑咪咪的看著李聿，「當老師好，當老師好。」

「那就這麼說定了，你可別耍賴。」

周教授覺得他這一趟來的真是太值得了，不僅借到了想借的東西，還把李聿給套住了，他一直在打李聿的主意，要李聿來學校開課。萊頓的博士不好好貢獻所學，真是浪費人才，有違天理。

「這就是我們黎族的記憶帶？」周教授搞定了李聿，開心的看著盤子裡的那條不知是麻布還是棉布編織的記憶帶。

「什麼是記憶帶？」李聿一臉茫然的看著周教授。

「真是，要當我們黎族的女婿，居然不識記憶帶，像話嗎？」

周平湖教授逮到李聿的短板，得意的賣弄起來。所謂的記憶帶顧名思義就是記事用的。黎族沒有文字，所以黎族人的歷史、傳說、信仰、禁忌等等傳統文化及民族情感都藉由黎族獨特的紡織技藝，也就是所謂的黎錦而表現出來。

黎錦簡單的說就是黎族傳統紡染織繡的技藝，是黎族文化的載體，也是聯合國教科文組織認定的非物質文化遺產。黎錦使用的材料主要是棉麻，其工藝技術暫時不去談它，就說說黎錦的圖案。黎錦圖案約有一百多種，大體上可分為人形紋、動物紋、植物紋、幾何紋，以及反映自然界現象和日常生活用具，包括漢字符號等等許許多多的紋樣。其中最常見的則是人形紋、動物紋和植物紋，例如婚禮圖、舞蹈圖、豐收圖，以及青蛙、蜜蜂、蝴蝶、稻穀、花卉、樹木、日月、星辰、雲彩、雷電等等，幾乎涵蓋黎族人生活的所有面向。不過這些圖案所傳達的是黎族人生活的共同經驗，但記憶帶則有些不同，它傳遞的是特殊事件的訊息，類似古代的結繩記事，就比如眼前的這條記憶帶。

「我打聽了很久，才打聽到這裡有這麼一條特殊的記憶帶，這種記憶帶現在已經非常少見了。我打算借去學校展示一段時間，讓同學們更深刻的認識黎族文化。」周教授興奮的說。

「周教授你來遲了，你要是早幾天來，我就作主借給你了。不過現在這條帶子已經不屬於我，所以能不能借，要問新主人。」老太太笑咪咪慢條斯理的說。

「新主人？新主人是誰？」周教授急了，怎麼突然冒出個什麼新主人，真是莫名其妙。

「是他。」老太太手往李聿身上一指。

「他是新主人？」

「是啊！他答應娶我孫女，這是我孫女嫁妝的一部份。不都說嫁雞隨雞，嫁狗隨狗嗎？我孫女嫁給他，這記憶帶自然就歸他保管了。」

「祖母萬歲！」李聿大聲歡呼，這下可輪到他得意了。剛才被批評了半天，現在終於能扳回一城，「祖母放心，這麼珍貴的東西，我一定好好保管，不會隨便外借。」

周教授一聽李聿說不外借，知道李聿要使壞，趕忙姿態放低，語氣放軟，「那個……李聿，你下學期不是要來學校開課嗎？要不……」

「不行，這可是我媳婦的嫁妝，怎麼能隨便借人？萬一弄壞了，我怎麼向我媳婦交代，要是我媳婦怪罪……」

媳婦一詞李聿聽過，卻從未講過，這會兒像是開了洋葷，朗朗上口，媳婦來，媳婦去的，愈說愈來勁，陳思南卻愈聽愈彆扭，趕忙出來打圓場，免得老教授下不了台，不過說實話，她心裡其實也是不願借給人的，這可是她的嫁妝啊！而且就算要借，也得有個說法，總要心裡過得去才行。

「周教授，您看這樣好不好？這條記憶帶在我家代代相傳，也不知多少年了，帶子上的圖案代表什麼意思，也沒人能看懂。您學問好，要是能告訴我們這條帶子在說些什麼，我就讓李聿借給你。」

陳思南果然是武林高手，這一招連消帶打，使得漂亮。答得出，帶子借你，因為陳思南自己也很想知道這條帶子究竟傳遞了什麼特殊事件的訊息？要是答不出，你難道好意思硬借？你都看不懂，學生看了不也是白看。既然是白看，那乾脆就別看了。

道已經劃下來了，周教授不得不接招，「這樣吧！我們先看看帶子。」

別說，這條帶子還真的很特別，一般黎錦上常見的諸如青蛙紋、人形紋、植物紋、幾何紋等等，一樣也沒有。有的只是幾個看起來像瓶子、罐子和碗盤之類的圖案，另外還有幾個重複出現由圓形和扁扁的長方形連在一起構成的圖案。

「這幾個看起來像是家裡用的碗盤和酒瓶之類的東西，另外這幾個形狀相同的說不準，應該是某種工具之類的東西。」

周教授拿著帶子仔細端詳了半天，同時也在腦海中搜尋他所見過的各式各樣的黎錦圖案，最後不得不承認他看不懂這條記憶帶上面的圖案代表什麼意思。不過他看不懂，不代表別人也看不懂，李聿就看懂了，不但看懂了，而且懂的很誇張。

「我明白了，我明白了……」李聿大聲喊叫，把所有人都嚇了一跳。

「小夥子，你明白什麼啦？大呼小叫的，說來聽聽。」

老太太發話了，陳思南和周教授也直楞楞的看著他。李聿這才發現自己興奮過頭了。因為有周教授在場，他本來想打個馬虎眼混過去，就說自己搞錯了，他其實和周教授一樣，也沒看懂帶子上的圖案代表什麼意義，不過當他發現老太太似乎對這條帶子很在意，等在那裡聽他解釋，意識到這條帶子對老太太來說，肯定有非常重要的意義，他要是搪塞不說，不但老太太不高興，也會得罪周教授。

「祖母，是這樣的，周教授說的沒錯，我覺得這條帶子左邊畫的確實是碗盤和酒瓶一類的東西，右邊畫的，如果我沒看錯，應該是大砲，古人用的那種紅衣大砲。」

「大砲？」黎族什麼時候有過大砲？老太太、周教授，還有陳思南異口同聲的開砲。

李聿之所以想打馬虎眼混過去，就是他心裡其實很清楚，一旦他亮出大砲，肯定是沒完沒了，不過誰叫他一時興奮曝露了「軍事機密」，只好坦白交代，否則恐怕很難走出這間屋子。他現在能做的就是儘量淡化所說之事的細節，換句話說，打馬虎眼。

李聿說他在荷蘭東印度公司的檔案中看到一則記載，說一六〇四年來華貿易的荷蘭人韋麻郎曾經向福建方面買了一批精美的瓷器，不過韋麻郎因為遭到明朝水師驅離，走的匆忙，沒有把這批瓷器帶回去。經過他深入研究，發現這批瓷器最後落在一位來華傳教，而且是在海南島傳教的波蘭籍耶穌會神父卜彌格手裡。卜彌格效忠南明朝廷，所以想拿這批瓷器和澳門的葡萄牙人換紅衣大砲。因為葡萄牙人喜愛中國瓷器，而南明軍隊有一次和清軍交戰，就是靠葡萄牙人的紅衣大砲打贏的。不過卜彌格還沒來得及去做這件事，就奉南明朝廷指派前往教廷求援，一去九年，最後壯志未酬死在越南。南明朝廷請卜彌格前往教廷求援的時候，還派遣了一名游擊將軍隨身保護。這名游擊將軍的名字叫陳安德，後來隱居在海南島。

「這條記憶帶應該就是……」

「小夥子，謝謝你，我知道了。」

老太太打斷了李聿的話，眼中含著淚水握住李聿的手。難怪自己第一眼看到李聿就覺得順眼，難怪自己毫不猶豫的答應把孫女嫁給李聿，原來……原來是因為這條記憶帶。

陳家的這條記憶帶之前一直放在那個青花竹節把壺之中，沒去動過，時間久了，連老太太幾乎都忘了壺裡頭還有這麼一條記憶帶。要不是李聿前次專門來看這把壺，老太太把壺拿出來，才發現裡面還藏著記憶帶。老太太一直不知道這條無人能看懂的記憶帶竟然隱藏了一個這麼大的祕密，一個讓所有陳家子孫都可以引以自豪的祕密。

老太太拍拍李聿的肩膀滿心歡喜的進屋去了，陳思南則因為李聿剛才那一番話陷入沉思，也不知道她心裡在想些什麼？

「那批瓷器呢？」周教授突如其來的蹦出一句。

「不知道。」李聿搖搖頭，除了搖頭，還是搖頭。

「那真是可惜了，那批瓷器要是留到今天，肯定非常值錢。」周教授打了個哈哈，「李聿，你今天說的事很有意思，卜彌格的事我知道，你上回來演講也說過了，不過陳安德的事我從來沒聽說過，要不你把整件事寫下來，在學術期刊上發表，那一定是非常精彩的一份研究報告。」

周教授離開的時候並沒有帶走他想借的那條記憶帶，他現在知道那條記憶帶對陳家人的意義，再說那還是人家的嫁妝，他怎麼好意思借走，何況就算他想借，看陳思南那個架勢，他也很清楚這事還是就此打住為好。

晚間嘮嗟過後李聿和陳思南手牽著手外出散步，涼風習習，四野寂靜，滿天星斗。陳思南說在敦煌月牙泉那晚她沒看到流星，「不曉得今晚能不能看到？」李聿說陳警官吉人天相，福澤深厚，流星肯定會來報到。李聿和陳思南耍了一陣嘴皮後默默的走了一小段路。

「我家老祖宗為什麼要把那批瓷器從澎湖轉移到海南島來？」陳思南問，李聿說出記憶帶祕密的時候，她就在想這個問題。

「不知道。」

李聿搖搖頭，不過陳思南顯然不滿意，用身體撞了李聿一下。

李聿苦笑說他是真的不知道，不過倒也不是完全沒有想法。李聿認為陳安德把那批瓷器從澎湖轉移到海南島來應該是為了便於和葡萄牙人進行交易。不過隨著鄭成功的死亡和南明朝廷的覆滅，他覺得反清復明已經不可能實現，即使用瓷器換得了大砲也是英雄無用武之地，所以就把那批瓷器藏起來，人也從此隱姓埋名，自我放逐在海南島。

李聿甚至懷疑陳安德早在和卜彌格出發前往教廷求援之前，就已經將那批瓷器從澎湖轉移到了海南島，只是後來沒有機會，或許也沒有必要，再和葡萄牙人進行交易，李聿認為這是非常可能的情況。如果真是如此，那麼卜彌格弄出的拉丁文密碼就是故佈疑陣，是個文字遊戲，難怪又是凱撒密碼又是盤中詩，目的就是要把意圖取得那批瓷器之人的注意力引向瓷器曾經存放過的地點——澎湖群島的西吉嶼。

「我們家的老祖宗是一個了不起的人。」

「對！他的確是一個了不起的人，就像諸葛亮出師表說的，鞠躬盡瘁，死而後已。」

「你說暫時不去處理那批瓷器，那你打算什麼時候處理？」

「不知道。你說你管的是抓壞人，不管尋寶。我也一樣，我要準備為人師表，哪有時間去管藏寶的事。」

「你還為人師表？學生不被你教壞才怪。」

「教壞了你來抓啊！」

「我才懶得抓你。」

「你不抓我？」

「誰要抓你？不抓。」

「你確定你不抓？」星星在李聿眼中亮起，「你要是不抓我，那我就抓你囉！」

說完李聿猛然抱住陳思南，用力而深情的吻下去。陳思南雖然武藝高強，但這一刻人就像是被點了穴道，不能動彈，無力反抗。當李聿和陳思南兩人閉著眼睛陶醉在彼此肌膚的接觸，心跳的共鳴，靈魂的交流時，那顆在敦煌月牙泉躲著不肯露面的流星，突然悄悄的出現，燦爛而華麗的點亮夜空，向南海疾飛而去。

EPILOGUS
尾聲

李聿和陳思南的婚禮是在隔年秋天舉行的。婚宴一共辦了兩場，一場在景德鎮，一場在海南島，分別宴請兩地的親友。李聿的父親實踐了他先前的承諾，真的在兩地都擺出青花宴的大陣仗。李聿還特別為他和陳思南的囍宴設計了一款以十字蟹為飾的青花瓷盤，贈送給前來祝賀的親朋好友，而且在海南島的這一場囍宴，更是直接將紅通通的紅花蟹堆滿青花十字蟹盤端上桌，紅藍相間的十字蟹驚豔全場，陳思南的祖母高興得合不攏嘴。

做為婚禮的主婚人，陳思南的祖母當然也出席了景德鎮的婚宴，這回她笑的更開心，因為這不但是她生平第一次搭飛機，也是第一次看到囍宴中還有小朋友唱詩歌，老太太看到小朋友彷彿像是看見自己的重孫，臉上一直是笑咪咪的。

唱詩歌的小朋友是幸神父安排的，神父很感謝李聿幫他找回了那個被偷走的青花倭角瓶，不但帶唱詩班的小朋友為李聿和陳思南的婚禮獻上祝福，還帶領大家一起祈禱。幸神父顯然是有備而來，他的祈禱詞非常簡短，就只讀了一節經文，《舊約．傳道書》九章七節：「你只管去歡歡喜喜喫你的飯，心中快樂喝你的酒，因為神已經悅納你的作為。」

去年李聿在陳思南的協助下，順利取回了被法國警方列為犯罪證物的青花倭角瓶。這個青花倭角瓶當年還放在李家的時候，李聿針對瓶子若干特徵拍攝了不少照片，證明這個瓶子確實就是犯罪團伙從景德鎮教堂偷走的那個青花倭角瓶，而且警方的筆錄也證實這是贓物，依法應當歸還。馬丁內茲賠了夫人又折兵當然非常不情願，李聿不願為法律訴訟耽誤時間，特地把他以前曾經仿製過的一個青花倭角瓶送給馬丁內茲做為補償。馬丁內茲從走私販子手中買下的那個青花倭角瓶，雖然給李聿帶來不少麻煩，但也無意中促成了他和陳思南的姻緣。從這個角度而言，李聿是要感謝他的。馬丁內茲本來還不太樂意，不過當他看到李聿拿給他的青花倭角瓶時，臉上綻放了極為誇張的笑容，事情就此圓滿落幕。

李聿唯一覺得有點遺憾的是孔修圓沒有出席他的婚禮，因為孔修圓當時人不在台灣，不知道李聿結婚的消息，等他後來知道的時候，婚禮已經結束了。不過孔修圓人雖然沒能趕來，卻寄來了一份賀禮，那是一枚古代的銅錢，上面有四個字——高昌吉利。做為祝賀新人結婚的禮物，這四個字無疑是非常稱旨非常合適的，然而當李聿看到這枚銅錢背面的圖案時卻異常驚訝，因為銅錢背面的這個圖案顯示這枚銅錢和卜彌格曾經將之譯為拉丁文的「大唐景教流行中國碑」屬於同一個時代之物，而且彼此間有密切關聯。

「高昌吉利？」

剎那間李聿的心思飛向了另一個時空。

後記

我喜歡青花瓷，也收藏了不少「我喜歡的」青花瓷，特別是那些我認為有可能是明代瓷器的明青花。時間久了，收藏的「明青花」多了，一個以「明青花」為題材說故事的念頭漸漸浮現，但也只是想想，並無行動。

一九九七年廣受世人敬仰的德蕾莎修女辭世，那時我在華視工作，藉職務之便策劃播出《德蕾莎修女》這部有名的紀錄片，並邀請樞機主教單國璽、台北總主教狄剛及教廷代辦車納德神父蒞臨華視觀賞。事後我收到狄剛總主教一封以毛筆寫的親筆信，對徒然領有聖名卻不折不扣是一隻迷途羔羊的我表示感謝並多所慰勉。因為受到狄神父的感召，我又進一步取得該紀錄片錄影帶發行權並安排在統一超商上架以廣流傳，星雲大師還特別撰文推薦。大師說：「德蕾莎修女以『貧窮為傲』正是我嚮往『以無為有』的精神！」但我總覺得應該還可以為我出生時即賜福與我的天主教會再做些什麼。

問題是：我能做什麼？怎麼做？沒有答案。

二〇〇八年我寫了《黃金天下》一書，承蒙中研院史語所陳國棟教授抬愛，具名推薦。陳教授是國際知名歷史學者，台大經濟系教授，荷蘭萊頓大學研究生指導教授，他願意向讀者推薦我這個外行人寫的一本與歷史和黃金貨幣沾了點邊的著作，對我來說是莫大的肯定和鼓勵。我前往中研院向陳教授致謝並執弟子之禮問學，陳教授豁達大度，毫不藏私的給與我許多指導和協助。每次我前往史語所總能從陳教授那裡獲知許多埋藏在歷史文獻中不為人知的「祕密」和歷史斷點，這些寶貴的吉光片羽撐起了我這本遲至今日才完成的小說《最後的青花》極為重要的骨架。

有很長的一段時間我不斷的從陳教授那裡知道了很多大航海時代中國與荷蘭之間貿易歷史的點點滴滴，但因為我個人對瓷器的偏愛，所以這些歷史的點滴很自然的向瓷器貿易匯聚。荷蘭東印度公司最大股東艾薩克·樂梅爾、他的兒子荷蘭東印度公司第七任台灣長官馬克西米利安·樂梅爾、首先登陸澎湖的荷蘭東印度公司艦隊司令韋麻郎、萬曆朝的太監高寀，以及一名親眼見證當年中荷之間貿易歷史的通譯林玉等等，這些曾經出現在大航海時代歷史舞台的人物漸次進入我的腦海，直到有一天，我又認識了曾經在康熙年間到江西景德鎮打探瓷器是如何製作的法國籍耶穌會神父殷弘緒，終於使我腦海中紛亂雜陳的許許多多與瓷器有關的資訊，逐漸形成一個以青花瓷為依託的小說初步的故事架構。

小說的雛型有了，但寫作的動力不足，所以《最後的青花》一直停留在只聞樓梯響不見人下來的尷尬狀態。而且因為一本黃金佛經的意外出現，硬是把正在南海絲路徘徊的我帶向南海觀音的座前。二〇一一年，在我廢寢忘食研讀佛教文獻三年之後，我出版了生平所寫的第一本小說——《千手觀音：失落的畫像》，裡面滿是菩薩真言，沒有一點瓷器的影子。

因為小說的出版，我應邀至佛教弘誓學院教授中國語文課程。很奇怪的，每每我向同學們解釋我是如何理解佛典中的語言時，常常會不由自主的以聖經中的語句來印證。比如說《維摩詰經‧觀眾生品》云：「言說文字皆解脫相。所以者何？解脫者不內不外，不在兩間。文字亦不內不外，不在兩間。」很自然的我就想起《聖經‧啟示錄》說的「我是阿拉法，我是俄梅戛。我是首先的，我是末後的。我是初，我是終。」阿拉法是希臘文的第一個字母α，俄梅戛是希臘文的最後一個字母Ω。這兩段經文無疑是兩種語言，但表達的卻是幾近相同的概念——無所不在。法無所不在，神無所不在。

在學院任教時我認識了藍吉富教授，一次閒聊時藍教授談到日本德川幕府禁教，逼迫信仰基督教的日本教徒必須踩踏基督聖像才能活命，同時也用這種所謂「踏繪」的手段分辨來日本做生意的荷蘭人是否為傳教士。當時耶穌基督和聖母馬利亞的塑像都被打碎丟棄，迫使日本基督徒不得不暗地從中國景德鎮引進陶瓷的觀世音菩薩像權充聖母馬利亞像。

景德鎮製作的這種以走私方式祕密進入日本的「聖母馬利亞像」，在耶穌會神父殷弘緒來到景德鎮之前十多年，就因為日本幕府嚴厲查禁而不復存在，所以當景德鎮一位教友送給殷弘緒一個繪有聖母馬利亞和聖約翰分別守在十字架兩旁的粗碟子，殷弘緒感動莫名，他對這個粗碟子的珍愛「遠甚於千年上好古瓷」。我在小說中以《舊約聖經》所言「下到窯匠家裡」的耶利米比喻故事的主角，靈感就是來自在景德鎮成就一生功業的殷弘緒。

一九二〇年代，一位和我祖籍籍貫相同的臨川人范乾生來到景德鎮經營范永盛瓷號。他製作的聖品瓷，包括耶穌基督和聖母馬利亞的聖像以及祭台上用的花瓶、燭台、聖水罐等等，因為技藝精良栩栩如生，獲得教宗的肯定，梵諦岡並通電世界各地天主教會向景德鎮范永盛瓷號訂製所需聖品瓷。這段歷史讓我想起《新約聖經．羅馬書》所言：「窯匠難道沒有權柄，從一團泥中拿一塊做成貴重的器皿，又拿一塊做成卑賤的器皿嗎？」同時這也使我意識到我的青花瓷小說不能只有我喜歡的明青花，也不能將場景完全局限在中國和荷蘭的瓷器貿易，應當還要有當初我收到狄剛神父的信時所立下的「初心」。

星雲大師多次在對信眾開示中提到的「不忘初心」提醒我找回初心的重要，從而生出以拉丁文聖經的經文設計故事中尋找失蹤的青花瓷的關鍵線索——拉丁文密碼，因為拉丁文是最符合神父身份的語言，而小說的緣起又和神父有密切的關聯。為了對拉丁文有所瞭解，我重回母校師大法語中心學習拉丁文。一分耕耘，一分收穫。在我對拉丁文有了初步的認識後，根據古典拉丁文沒有J、U、W這三個字母，再加上退位法的凱薩密碼，以及中國傳統盤中詩的文字排列方式，總算不負所學的設計出小說所需要的一個九乘九共八十一個拉丁字母的神祕藏寶圖密碼。

就這樣，一個以大航海時代中國與荷蘭瓷器貿易為背景，找尋一批被遺忘在某處歷史角落的青花瓷的故事終於慢慢成形了。有一天，我和畫家楊恩生教授閒聊，談到我這本進度緩慢的小說，楊教授立即決定根據我描述的情節畫一幅採用十七世紀荷蘭古典靜物油畫風格所畫的水彩畫幫我加油打氣。這幅青花倭角瓶裡插了一束百合花的畫作，成為小說中十字蟹和拉丁文密碼隱藏在一幅畫中畫底層的原始圖像。

二〇一六年德蕾莎修女由教宗方濟各封聖，現任教宗方濟各也是耶穌會士，他日後有沒有可能封聖我不知道，但我知道在他之前有兩位方濟各曾經封聖。一位是一二二八年封聖的亞西西聖方濟各，他創立了方濟會。另一位則是大航海時代遠赴東方傳教，一直想進入中國但卻抱憾以終的耶穌會神父聖方濟各．沙勿略。

亞西西聖方濟各領受聖恩的方式，就是小說中男主角跟隨神父學習拉丁文所採行的方式，上課時隨機翻閱拉丁文聖經，翻到哪頁就以那一頁的經文做為當日學習的教材。一六二二年封聖的聖方濟各．沙勿略則是大航海時代初期的人物，他在行經麻六甲海峽時，手畫十字祝福一隻將他擲入海中的十字架送還給他的螃蟹的傳說，使得另一位在一六四五年來海南島傳教的波蘭籍耶穌會神父卜彌格將出現於南海、背殼有十字架花紋的十字蟹視為上帝恩寵的示現。

十字蟹背上的神奇記號象徵卜彌格神父為南明朝廷鞠躬盡瘁死而後已的無悔承諾，也象徵奉命隨身保護卜彌格安全的南明游擊將軍陳安德忠於職守的節義，更是這個大航海時代的故事所遺留的未解之謎的關鍵線索。

至此，一個虛構的小說故事就在真實歷史的基礎上自然而然的展開了，而引發故事的導火線則是一件合乎故事發生年代的明代青花瓷器，一件曾經被另一位鼎鼎大名的耶穌會神父郎世寧畫入《瓶花圖》中的大明宣德年製青花獸面耳牽牛花紋倭角瓶。這幅畫我從很久很久以前就注意到了。

二〇一一年我寫的《千手觀音：失落的畫像》出版後，《人間福報》曾經刊出專文報導。該報編輯在報導中所下的標題至今我仍記憶猶新。第一個標題是「天主教徒寫佛學小說」，第二個標題是「建構故事真實情節」，第三個標題是「藉史實來訴說觀音」。我生性愚魯，編不出曲折離奇的故事，只能有一說一，有二說二，不過我衷心盼望這本小說《最後的青花：十字蟹與拉丁文密碼》沒有偏離上述三個標題所標示的路線。

當然，這本小說不是天主教徒寫佛學小說，也不是訴說觀音，而是一隻迷途的羔羊在人生的旅途中尋找他喜愛的明青花時，偶然在海南島遇見了一位寫過《中國植物志》、《中國地圖冊》，並將西安出土的「大秦景教流行中國碑」譯成拉丁文，被視為「波蘭的馬可波羅」的耶穌會神父卜彌格所引發的故事。

小說雖然以「最後的青花」為題，但我相信這絕對不會是以青花為題的最後一本小說。

最後我要特別感謝許多直接或間接給與我許多指導和協助的良師益友，特別是出版社的總編龐君豪先生和主編歐陽瑩小姐，沒有他們的幫忙，我無法完成這本小說，在此我誠摯的表達內心的感謝，謝謝大家。

最後的青花：十字蟹與拉丁文密碼

ODYSSEY OF THE HONOR PORCELAIN
the Crucifix Crab & the Latin Code

作　　者　李念祖
總 編 輯　龐君豪
責任編輯　歐陽瑩
封面設計　王璽安
排　　版　菩薩蠻數位文化有限公司

發 行 人　曾大福
出　　版　暖暖書屋文化事業股份有限公司
　　　　　地　址　106 臺北市大安區青田街 5 巷 13 號 1 樓
　　　　　電　話　02-23916380
　　　　　傳　真　02-23911186
總 經 銷　聯合發行股份有限公司
　　　　　地　址　231 新北市新店區寶橋路 235 巷 6 弄 6 號 2 樓
　　　　　電　話　02-29178022
　　　　　傳　真　02-29158614
印　　刷　成陽印刷股份有限公司
出版日期　2024 年 9 月（初版一刷）
定　　價　400 元

國家圖書館出版品預行編目 (CIP) 資料

最後的青花 : 十字蟹與拉丁文密碼 = Odyssey of the honor porcelain : the crucifix crab & the Latin code/ 李念祖著 . -- 初版 . -- 臺北市 : 暖暖書屋文化事業股份有限公司 , 2024.09
304 面 ;21x14.8 公分

ISBN 978-626-7457-08-5(平裝)

863.57　　　　113011012